숨진 김 영감네 개가 수상하다

숨진 김 영감네 개가 수상하다

지은이 서메리
펴낸이 임상진
펴낸곳 (주)넥서스

초판 1쇄 발행 2024년 4월 25일
초판 3쇄 발행 2024년 10월 25일

출판신고 1992년 4월 3일 제311-2002-2호
10880 경기도 파주시 지목로 5 (신촌동)
Tel (02)330-5500 Fax (02)330-5555

ISBN 979-11-6683-823-1 43810

가격은 뒤표지에 있습니다.
잘못 만들어진 책은 구입처에서 바꾸어 드립니다.

www.nexusbook.com
&(앤드)는 (주)넥서스의 문학 브랜드입니다.

숨진 김 영감네 개가 수상하다

서메리
장편소설

&

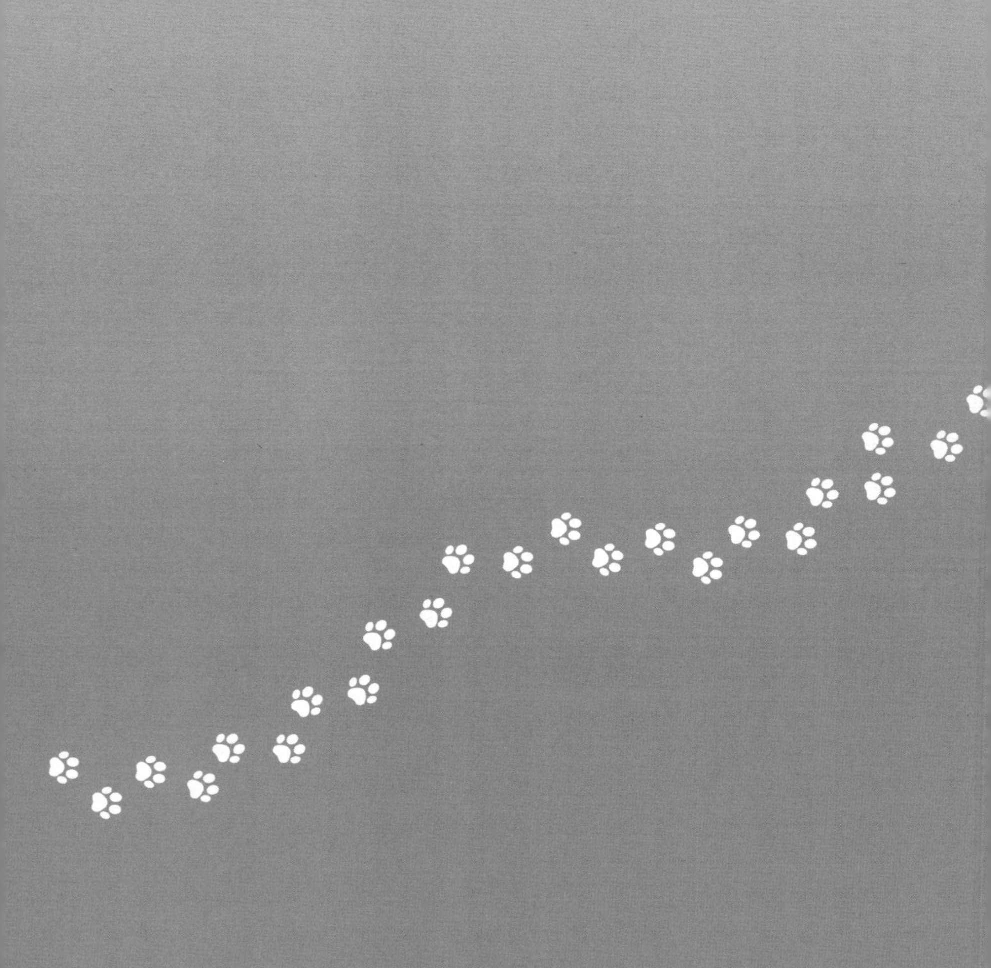

프롤로그 07

1부 비밀: 김 영감 10

2부 열쇠: 꽃순이 46

3부 날개: 안이양 127

4부 도박: 두 사람과 한 마리 211

에필로그 290

작가의 말 295

일러두기

- 맞춤법은 국립국어원의 원칙을 따랐으나 뉘앙스를 살리기 위한 일부 표현은 그렇지 않을 수 있습니다.
- 이 책에 등장하는 지역, 기업, 인물 등은 특정되지 않은 가상임을 밝혀 둡니다.

프롤로그

그 녀석은 안다. 이 집에서 일어나고 있는 모든 일을, 어쩌면 밖에서 일어나는 일까지도. 내가 냄새를 맡았다는 사실도 진작 눈치챘다. 최근 며칠간 미묘하지만 확실하게 나를 피하는 낌새가 느껴졌다.

하지만 함부로 움직여서는 안 된다. 아무래도 그 녀석의 지능은 내가 예상한 것보다 훨씬 높은 모양이니까. 확실한 증거도 없이 덤볐다가는 괜히 어제처럼 빠져나갈 구멍만 만들어 줄 것이다. 기억하자. 나는 인간적으로 그쪽보다 불리한 입장에 있다.

어제 아침, 내가 방에서 거실로 나오자마자 녀석은 읽고 있던 신문을 두고 태연한 표정으로 자리를 떴다. 펼쳐져 있던 사회면에는 헤드라인 아래 정장을 입은 한 남자의 사진이 큼직하게 박혀 있었다.

검찰, KNC투자증권 이준상 대표 횡령 혐의로 소환 조사

물을 마시는 척하면서 기사를 살펴보니, 사진에 나온 대표라는 사람이 100억 원도 넘는 회삿돈을 빼돌려서 비자금을 만든 모양이

었다. 검사에 따르면 돈의 출처를 찾을 수 없도록 현금화하거나 몇 번에 걸쳐 수표로 바꾸는 등 치밀하게 돈세탁을 한 증거도 확인되었다고 했다.

'단순히 신문을 보던 걸까? 아니면 굳이 사회면 기사를 찾아 읽은 걸까? 어제도 분명 사회면을 보고 있었는데.'

머리가 복잡했지만, 일단은 내 관심을 들키지 않는 게 더 중요했다. 나는 표정과 움직임을 최대한 자연스럽게 유지하며 컵을 내려놓고 소파에 앉아 TV를 켰다.

얼마 후 방으로 들어갔을 때, 녀석은 역시 아무렇지 않은 태도로 나를 스쳐 거실로 나갔다. 평온한 얼굴은 내가 오는 걸 전혀 몰랐다고, 딱 그 타이밍에 방을 나서다 우연히 마주친 것뿐이라고 말하고 있었다. 책상에 놓인 노트북은 뚜껑이 덮인 채였다. 하지만 뒤쪽에서 냉각팬 돌아가는 소리가 들렸다. 손을 대니 희미한 온기도 느껴졌다.

노트북을 열고 비밀번호를 입력하자 인터넷 창과 포털 사이트 메인 화면이 떴다. 여기까지는 내가 나가기 전에서 세팅해 둔 그대로였다. 하지만 분명히 느껴지는 위화감. 나는 터치 패드에 가만히 손가락을 올리고 뒤로 가기 버튼을 눌러 보았다.

역시나, 내가 열어 본 적 없는 지식백과 페이지가 떴다.

돈세탁: 범죄 행위를 통해 얻은 수입을 조작해 추적을 어렵게 하는 행위.

자, 이래도 전부 우연이라고 할 거야? 아까 보고 있던 신문, 인터넷에서 한 검색, 전부 네가 의도적으로 그 기사를 읽고 관심을 가진다는 사실을 증명하잖아.

그 순간 반쯤 열려 있던 방문 사이로 살금살금 들어오는 기척이 느껴졌다. 분명 그 녀석이다. 내가 뭘 확인하고 있는지 신경이 쓰였겠지. 그 시점에는 나도 더 거리낄 게 없었다. 현장을 잡았다는 확신과 함께, 나는 손가락으로 화면을 가리키며 몸을 확 틀어 그 녀석을 똑바로 바라보았다.

"이 검색, 네가 한 거지? 내가 거실에서 쭉 봤다고. 그사이 이 방에 들어온 건 너 하나뿐이야. 아니, 애초에 너 아니면 이 집에서 이런 단어를 찾아볼 사람도 없거든? 뭣하면 지금 나가서 다 붙잡고 물어볼까?"

분명 당황했을 텐데도, 녀석은 끝까지 이성을 잃지 않았다. 눈동자가 큰 눈을 깜빡이며 순진한 표정으로 고개를 갸웃할 뿐이었다.

"뭐야. 이 상황에서까지 발뺌을 하겠다는 거야?"

답답함에 벌떡 일어난 내가 그동안 쌓였던 말을 쏟아 내려 했지만, 그 녀석은 그럴 틈도 주지 않았다. 왈, 하고 가볍게 짖더니 그대로 뒤로 돌아 도망쳐 버린 것이다.

도도도, 작은 발로 장판을 차는 소리가 멀어져 갔다. 나는 식탁을 끼고 주방 쪽으로 사라지는, 통통하게 올라붙은 엉덩이와 또르르 말린 꼬리를 허탈하게 바라보았다. 집으로 데려온 지 이제 3주가 된, 저 여섯 살짜리 퍼그 강아지가 요즘 나를 미치도록 번뇌하게 하고 있다.

이 환장할 사태의 시작은 김 영감이었다. 정확히 말하면, 김 영감의 죽음이었다.

1부
비밀: 김 영감

1

수상하기 짝이 없는 우리 집 퍼그, 꽃순이는 원래 김 영감네 개였다. 82세로 세상을 떠난 김 영감은 이 깡촌에 딱 하나 있는 약국 주인이었는데, 5년 전에 꽃순이를 입양해서 죽기 직전까지 키웠다. 그의 반려견을 내가 맡게 된 데는 복잡한 사정이 있다.

하지만 그 얘기를 하려면 먼저 김 영감이라는 사람에 대해 좀 설명하고 넘어가야 할 것 같다. 그 부분이 빠지면 이야기에 구멍이 너무 많이 생길 테니까. 괜히 싸가지 없다는 오해를 받을까 봐 걱정도 되고. 비록 내가 한창 사춘기를 지나고 있는 질풍노도의 중학생이긴 하지만, 나보다 70살 가까이 많은 어른을 '영감'이라고 막 부를 만큼 무개념은 아니란 말이다.

김 영감과 나는 친했다. 아니, 단순히 친하다는 말로는 부족하다. 우리는 사전에 있는 어떤 단어로도 설명할 수 없는 특별한 사이였다. 피는 안 섞였지만 가족보다 가까웠고, 나이 차이가 엄청났지만 동갑 친구보다 편했다. 그와 나의 신기한 인연은 내가 태어난 지 얼마 안 됐을 때 시작됐다. 그건 어디까지나, 우리 집이 쫄딱 망해서 이 동네로 이사 온 덕분이었다. '덕분'이라는 말을 쓰고 싶지는 않지만.

🐾

내가 나고 자란 곳은 충청북도 시골구석인 운랑리다. 가장 가까운 도시는 차로 한 시간 거리인 청주시고, 그나마 놀거리가 있는 읍내까지도 30분은 걸린다. 나는 (당연히) 운전을 못 하니까, 읍내에 있는 햄버거집 한번 가려면 빙빙 돌아가는 버스를 타고 50분 넘게 가야 한다.

이렇게 촌놈으로 크고 있는 불쌍한 나와 달리, 우리 부모님은 서울 출신들이다. 이 시골로 내려오기 전까지는 둘 다 그곳을 벗어나 본 적이 없다고 했다. 엄마도 아빠도 잘사는 편은 아니었지만 열심히 일해서 모은 돈으로 결혼을 했고, 아빠 직장 근처에 월세로 신혼집도 얻었다. 명문대 경영학과를 나온 아빠는 여의도에 있는 큰 증권 회사에서 일했는데, 엄마 말에 따르면 잘나갈 땐 연봉을 1억씩 받았다고 했다.

그 시절 부모님은 희망에 부풀어 있었다. 지금처럼 열심히 살면 금방 돈도 모으고 잘살게 될 거라고, 언젠가 이 대도시에 내 집이 생길 거라고 믿었다. 평생 공부하고 노력했으니까 그 정도 보상은 당연한 줄 알았다나?

하지만 30대 초반까지 엘리트 코스를 밟던 아빠는 어느 날 갑자기 직장을 잃었다. 내가 태어나기 직전에 터졌던 '모기지 사태'인가 뭔가 때문이라는데, 그때 아빠 회사뿐만 아니라 전 세계적으로 은행과 증권 회사가 많이 망했다고 했다. 하필 그때 엄마는 나를 임신하면서 회사를 그만둔 상태였고, 주가가 폭락하면서 빚까지 내서 투자했던 주식은 휴지 조각이 되고 말았다.

"눈 떠 보니 시궁창에 빠져 있더라."라고, 언젠가 집에서 러닝셔츠 바람으로 소주를 마시던 아빠가 얘기한 적이 있다. "지금이야 담담히 얘기하지만, 그땐 어찌나 힘들었는지……. 마지막에는 당장 다음 달 월세도 못 낼 만큼 몰렸었거든. 대출에 카드 빚에 이자는 눈덩이처럼 불어나지, 생활비가 모자라서 임신한 와이프 밥 한 끼 제대로 못 먹이지, 그때는 진짜 확, 눈이 돌아서, 이대로 동반 자살이라도 해 버릴까……."

마지막 말이 나오자마자 옆에 있던 엄마가 아빠의 등짝을 철썩 후려쳤다. "아들 듣는 데서 못 하는 소리가 없어!"라는 호통과 함께. 아빠는 술이 확 깬 얼굴로 입을 다물었고, 그날 이후 두 번 다시 그 이야기를 꺼내지 않았다. 그렇지만 이미 들은 말은 내가 잊고 싶다고 잊히지 않았다.

나는 지금도 가끔 상상한다. 그때 듣지 못했던 이야기의 뒷부분과, 어쩌면 달라졌을지도 모를 내 운명에 대해. 만약 그때 엄마 아빠가 죽음을 택했다면 나는 태어나지도 못했겠지. 근데, 그게 꼭 나쁜 일이었을까?

잠깐 딴 데로 샜는데, 아무튼 폭삭 망한 아빠는 배가 불러 오는 엄마를 데리고 여기 운랑리로 내려왔다. 뜬금없이 연고 하나 없는 촌 동네로 온 건 일자리 때문이었다. 이 지역에서 보험사 지점장으로 일하던 아빠의 대학 선배가 보험 영업을 뛰어 보지 않겠냐고 제안했던 것이다. 다른 선택지가 없었던 부모님은 이사를 결정했다. 어차피 주식 빚을 갚으려면 월셋집 보증금을 빼야 했고, 남은 돈으로는 서울에 세 식구 살 집을 구할 수 없었으니까. 그렇게 나는 운랑리 출신으로 태어났고, 아직 서울에는 한 번도 가 본 적이 없다.

🐾

당장 분윳값 기저귓값도 없었던 탓에, 엄마는 나를 낳고 몸조리를 끝내자마자 돈을 벌어야 했다. 그런데 취직보다 더 어려운 게 아기를 맡기는 일이었단다. 그때는 돌도 안 된 갓난아기를 받아 주는 시설이 없었고, 서울에 계신 할머니 할아버지는 일을 하느라 나를 봐 줄 형편이 아니었다.

급한 마음에 동네 아주머니들을 찾아다니며 부탁도 해 봤지만 도와준다는 사람은 나타나지 않았다. 아니, 오히려 사람들은 몇 달 전에 이사 온 엄마를 '외지인'이라고 부르며 슬슬 피했다. 어렵게 구한 아르바이트 자리마저 놓친다는 생각에, 엄마는 미치기 직전 상태까지 갔었다. 걱정 때문에 임신 전보다도 살이 5킬로그램이나 빠졌다고 했다.

바로 이 타이밍에 김 영감이 등장한다. 엄마의 설명에 따르면, 마치 예수님 부처님처럼 뒤에서 후광이 비쳤다고. 나는 그날 그 자리에 있었다. 물론 갓난아기였기 때문에 기억은 못 한다. 그럼에도 불구하고 부모님과 김 영감 양쪽에서 귀에 피가 나도록 들은 탓에, 그 사건의 모든 장면을 마치 내 기억처럼 생생하게 떠올릴 수 있다.

🐾

"건너편 셋집에 들어온 새댁이지?"

누렇게 뜬 얼굴로 나를 업고 해열제를 사러 온 엄마에게 약을 건네며, 희끗한 머리의 약사가 걱정스런 표정으로 물었다.

"애 맡길 데 찾는다면서? 동네 아지매들이 그러던디."

"네……."

힘없는 손으로 5,000원짜리를 건네며, 엄마는 멍하니 대답했다. 목을 가눌 기력도 없어서 비스듬히 올려다본 눈으로, 흰 가운 주머니에 수놓인 이름이 들어왔다. '약사 김기문'

"여즉 못 찾은 겨?"

김 영감이 다시 물었다.

"일 나가야 한다고 안 했어?"

"그렇기는 한데, 쉽지가 않네요."

엄마가 고개를 떨구며 말했다. 주름진 손이 내민 거스름돈을 받으며 저도 모르게 푸념을 덧붙인 건, 아마도 너무 절망적이라서였을 것이다. 자신이 무슨 말을 하는지도 모른 채, 입 밖으로 나오는 대로 중얼중얼 내뱉었다.

"뭐 어쩌겠어요. 제 팔자 탓이지. 없는 살림에 사례도 변변히 못

하는 처지니까요. 외지에서 온 뜨내기 사정에 관심 가져 주는 사람도 없고……."

내내 가출해 있던 엄마의 정신이 번뜩 돌아온 것은 이때였다. 자신이 무슨 말실수를 저질렀는지 깨달은 엄마는 그제야 고개를 쳐들고 주변을 둘러보았다. 카운터 맞은편에는 작은 몸집의 김 영감이 서 있었고, 그 뒤쪽으로 바둑을 두러 모인 서너 명의 동네 아저씨와 할아버지들이 보였다. 모두의 눈은 엄마 쪽으로 향해 있었다.

"그, 그러니까 제 말은,"

엄마는 눈치를 보며 황급히 변명했다. 가뜩이나 기댈 데 없는 처지에 동네 사람들 뒷담화 했다는 소문이라도 나면 진짜 끝장이다 싶었던 것이다.

"마을 분들이 텃세를 부리신다는 그런 뜻은 절대 아니고요. 그냥 제 사정이 하도 급하다 보니……. 애는 키워야 되는데 돈은 없고 그러니까, 당장 한 푼이 급한 상황이라서."

하지만 엄마의 걱정과 달리, 김 영감은 전혀 화를 내지 않았다. 아니, 오히려 그가 보인 것은 완전히 뜻밖의 반응이었다.

"내가 맡아 줄까?"

"네?"

횡설수설하던 엄마가 깜짝 놀라 되물었다.

"뭘요?"

"뭐긴 뭐겠어. 애기지."

김 영감이 대답했다. 농담이라기엔 너무 진지한 얼굴이었다.

"맡길 데 없으면 여기 맡겨. 내가 봐 줄 테니까. 지금 업고 있는 그 앤가? 아들?"

"아, 아들 맞아요."

"이름은 뭐라고 지었대?"

"연재라고, 장연재……. 저, 근데 저는 아직도 무슨 말씀이신지……. 저희 애를 봐 주신다는 건가요? 그러니까 선생님이 직접? 아니면, 저, 사모님께서?"

혼란스러운 엄마 앞에서, 김 영감은 특유의 시원한 웃음을 터뜨렸다.

"하하, 내가 직접 봐 준다는 뜻이었구먼. 사모는 없어. 옛날에 아파서 떠났거든. 그래도 이 홀아비가 애 하나쯤은 볼 수 있지 않겄나? 요즘 세상에 남녀 역할이 따로 있는 것도 아니고. 출근하면서 애기 맡겨 놓고 갔다가 저녁에 찾으러 와. 나 이래 뵈도 수상한 사람 아니여. 여기 약국에 종일 오가는 손님도 많으니까 안심하고 맡겨도 돼."

"아니, 수상이라니, 그게 무슨 말씀이세요."

엄마는 잔뜩 당황해서 손사래를 쳤다.

"그런 게 아니라, 저는 다만……. 전혀 생각도 못 했던 말씀이라."

"좀 뜬금없을 겨, 그지이?"

김 영감은 벗겨진 이마를 문지르며 말했다.

"근디 사실 나는 요전부터 생각하고 있었구먼. 애기 엄마가 이 집 저 집 문 두드리고 다닌다는 소문 들었을 때부터. 오죽했으면 친엄마가 젖도 못 뗀 갓난쟁이를 맡기고 일을 나간다고 할까, 정 못 찾으면 내가 맡아 준다고 해야지, 하고 말이여."

"하이고, 우리 김 영감 천사 나셨네. 죽어서 아주 좋은 천국 가겄어."라고, 뚱한 목소리로 끼어든 건 바둑판 앞에 있던 동네 할아버지였다. 엄마도 나중에야 알게 된 사실이지만, 김 영감네 약국은 운랑리 어르신들의 아지트 같은 공간이었다. 놀이터를 뺏긴다는 생각에 심기가 불편했는지, 카운터 뒤에 모인 아저씨와 할아버지들은 하나 같이 심통 난 얼굴이었다. 그중에서도 처음 끼어들었던 할아버지는 대놓고 딴지를 걸었다.

"자기 핏줄도 아닌 남의 새끼를 뭣 하러 봐 준대? 가뜩이나 좁은 동네에서 우리 남자들 갈 데도 없는데, 여기까지 어린이집 되면 우리는 어디서 노가리 까라고?"

김 영감은 태연하게 그 말을 받아쳤다.

"아, 애 있다고 노가리 못 까나? 쉰내 나는 할배들만 드글드글한 약국에 귀여운 갓난이 하나 있으면 분위기도 밝아지고 좋지 뭘 그려."

하지만 딴지 건 할아버지는 쉽게 포기하지 않았다.

"그래도 그게 아니지. 여러 가지로 불편할 거 아녀. 바둑 두는데 옆에서 애가 울고 똥 싸고 하면 어디 집중이 되겠냐고."

"하이고, 누가 보면 입장료 내고 이용하는 고객님인 줄 알겄네."

김 영감이 콧방귀를 뀌며 쏘아붙였다.

"여기가 무슨 기원인 줄 알어? 애초에 남의 가게에 쳐들어와서 종일 죽치고 있는 건 자기네들 아니여. 내 약국에서는 내가 법이니까, 오기 싫으면 오지를 말어. 어디 보자고. 영감탱이들 갈 데가 있는지. 이 동네에서 자기네들이 아지매 등쌀 없이 마음 편히 쉴 수 있는 데가 이 홀아비네 약국 말고 더 있어?"

건물주의 위엄이 느껴지는 으름장에, 딴지 할아버지는 더 대꾸할 말을 찾지 못했다. 다른 어르신들도 서로 눈치만 볼 뿐 할 말이 없는 것 같았다. 슈퍼맨처럼 공격을 물리치고 뒤돌아 씩 웃는 김 영감을 보며, 엄마는 복받치는 눈물을 참을 수 없었다고 했다.

"여기다 맡겨. 애 키우는 데 약국만큼 안전한 데가 어디 있겠어?"

흐느끼는 엄마를 향해 이렇게 말하더니, 김 영감은 소리를 낮춰 속삭이듯 덧붙였다.

"동네 사람들한테도 너무 서운하게 생각하지 말어. 여기가 시골이라 다들 외지인이 낯설어서 그렇지, 속으로는 정 많은 사람들이구만. 조금만 가까워지면 자기 가족처럼 챙겨 줄겨."

눈물 콧물로 범벅이 된 얼굴로, 엄마는 몇 번이나 허리를 숙이며 감사하다고 말했다.

나는 그다음 날부터 아침마다 약국에 맡겨졌다. 김 영감은 약국 주변을 금연 구역으로 선포하고 시골 특유의 오지랖을 철통같이 방어하며 나를 키웠다. 처음에는 약간의 갈등도 있었지만, 어쨌든 동네 사람들에 대한 김 영감의 평가는 결과적으로 맞았다. 포대기에 싸여 칭얼대는 아기와 어르고 달래는 김 영감의 모습이, 점점 모두에게 자연스러운 약국 풍경으로 자리 잡아 갔다.

어느 순간부터 사람들은 나를 김 영감의 진짜 손주처럼 여겼다. 아저씨와 할아버지들은 자는 내가 깨지 않도록 소곤거리며 바둑을 두었다. 아주머니와 할머니들은 오며 가며 직접 만든 간식이나 안 쓰는 아기용품을 가져다주었다. 자식도 없이 적적하게 살던 김 영감이 아이 키우는 낙을 알게 되어 다행이라고, 나를 데리러 온 엄마 손을 꼭 잡고 말해 준 어르신도 있었다고 했다.

나는 약국에서 걸음마를 배웠고, 첫말도 그곳에서 뗐다. 내가 옹알거리다 내뱉은 첫 번째 단어는 엄마도 아빠도 아닌 '영감'이었다.

김 영감은 내 입에서 나오는 영감 소리를 그렇게 좋아했다. 내가 자기를 부를 때마다 사람들이 빵빵 터지는 게 웃겼다나? 말은 그렇게 하지만, 사실은 그게 내 입에서 나온 첫마디여서 그랬다는 걸 모를 수는 없다. 첫돌을 앞둔 아기의 옹알이가 '으여'에서 '여앙'으로, '여앙'에서 '영감'으로 변했을 때, 주변 어르신들은 전부 박수를 치며 웃었지만 김 영감만은 감격에 겨워 엉엉 울었다고 하니까.

그는 나의 다른 말들을 다 고쳐 주면서도 '영감'에만큼은 끝까지 손을 대지 않았다. 나중에야 사태를 파악한 우리 부모님이 뒤늦게 교정을 시도했지만, '할아버지' 같이 어른 느낌이 나는 호칭은 내 입에도 김 영감의 귀에도 끝까지 붙지 않았다.

"아, 자식 없어서 아버지 소리도 못 들어 봤는디 갑자기 할아버지가 웬 말이여."

김 영감은 어쩔 줄 모르는 우리 부모님에게 손을 내저었다.

"난 이대로가 좋으니까 신경 쓰지 말어."

"그래도, 우리 애가 그렇게 버릇없이 굴면 저희가 너무 죄송해서……."

아빠가 어물어물 대답했지만, 김 영감은 오히려 이때다 하는 얼굴로 말을 가로챘다.

"연재 아빠, 말 한번 잘했구먼. 연재는 연재 아빠 애지? 근데 나는 그쪽 아버지가 아니잖어. 근데 내가 어떻게 연재 할아버지가 된다는겨? 연재 할아버지는 서울에 멀쩡히 살아 계시는데. 호칭 겹치면 괜히 족보만 꼬이고 안 좋아. 남들이 보면 뭐라고 생각하겠어? 콩가루 집안으로 오해할 거 아녀."

김 영감의 다리에 찰싹 달라붙어 있던 나는, 상황을 잘 이해하지도 못하면서 그가 말할 때마다 열심히 고개를 끄덕였다고 한다.

김 영감 손을 잡고 다니던 유치원을 졸업하고, 굳이 그에게 맡겨질 필요가 없어진 다음에도 나는 학교가 끝나자마자 약국으로 달려갔다. 중학생이 되면서부터는 숙제니 시험이니 하는 귀찮은 것들 때문에 매일 찾아갈 수 없었지만, 그래도 주말이면 어김없이 약국 안쪽에서 계단으로 연결된 그의 2층 집으로 찾아갔다.

김 영감은 내가 모든 이야기를 털어놓는 유일한 사람이었다. 그는 초딩 때 잠깐 왔다 갔던 내 첫사랑 이야기를 비웃지 않고 들어 주었다. 부모님께 반항하다 다투고 시무룩해졌을 땐 우리만의 비밀이라며 술을 조금 따라 주기도 했다. 내가 가장 최근에 하고 있던 무거운 고민 역시, 그는 그냥 흘려 넘기지 않고 자기 일처럼 상담해 주었다.

"그러니까 네 말은, 태어나지 않았으면 좋았을 거라는 생각이 자꾸 든다는 겨?"

느릿느릿한 몸짓으로 믹스커피를 타며, 김 영감은 내 푸념에 대답했다.

나는 그의 집 식탁에 앉아 입을 쭉 내밀고 고개를 끄덕였다.

"어. 사실 내가 엄마 아빠한테 낳아 달라고 한 건 아니잖아. 선택하지 않은 환경에서 태어나서 하고 싶은 것도 못 하고 사는 게 무슨 의미인가 싶어."

"뭘 못 해서 속상한 겨? 너가 하고 싶은 게 뭔디?"

"……몰라."

"뭔 소리여."

김 영감은 커피를 들고 천천히 걸어오며 황당하다는 듯 나를 보았다.

"하고 싶은 걸 못 하고 살아서 의미가 없다매?"

"그러니까."

잔을 받아 들며 열심히 생각했지만, 머릿속을 꽉 채운 생각들을 말로 어떻게 표현해야 할지 알 수 없었다.

"아오, 뭐라고 설명할지 모르겠는데……. 그니까 그것도 결국은 같은 얘기라고 해야 되나? 만약에 내가 큰 도시에 살고, 우리 집에 돈도 많고 그랬으면 나도 뭐든 꿈이 있었겠지."

"아하, 알겠다. 어차피 못 이룰 환경이니 꿈을 꾸는 의미도 없다, 뭐 그런 겨?"

"비슷해."

내가 커피를 호록 마시며 대답했다.

"유튜브 보면 막 재벌이나 연예인 2세들 나오잖아. 그런 애들은 태어날 때부터 서울 강남에 살고 유전자 덕에 얼굴도 엄청 잘생기고. 뭘 해도 온 우주가 팍팍 밀어주는 느낌? 막말로 아무것도 못 하면 부모가 먹여 살려 주겠지. 근데 나는…… 나는 여기서 이게 뭐냐고."

"그래서 연재 너는, 여기서 이렇게 사는 게 싫기만 해?"

여기서 잠깐 말을 멈추더니, 김 영감은 거실에서 공놀이를 하던 강아지를 휘파람으로 불렀다.

"나도 있고, 이렇게 이쁜 꽃순이도 있는디."

"아, 그런 뜻 아닌 거 알잖아."

풀 죽은 목소리로 대답하면서, 나는 도도도, 달려온 꽃순이를 번쩍 안아 올렸다.

"알어, 인마."

김 영감이 웃으며 말했다.

"나라고 그런 마음을 안 가져 본 것도 아니고. 하물며 젊디젊은 너는 누군가의 번쩍이는 삶이 더 멋져 보이지 않겄냐?"

그는 내 무릎에 엎드린 강아지 머리를 부드럽게 쓰다듬으며 말을 이었다. 뭔가 과거를 회상하는 듯한 표정이었다.

"나도 말이여. 젊었을 땐 이런 시골에서 평생 살게 될 줄 꿈에도 몰랐어. 도시에 큰 약국 차리고 떵떵거리면서 살고 싶었지. 근데 그게 뜻대로만 안 되드라. 솔직히 나도 한때는 적잖이 우울했어. 밖에 나가면 사람들도 다 촌스러워 뵈고, 낡아 빠진 동네도 꼴 보기 싫고. 근디 어느 순간부터는 이 동네가 제일 좋고, 여기서 사는 것이 그렇게 감사하더라. 내가 언제부터 그렇게 변했는 줄 아냐?"

"몰라. 언제부터인데."

"너가 우리 약국에 찾아온 날부터."

그가 웃으며 말했다.

"너희 엄마가 샛노랗게 질려서는 애 봐 줄 데 없다고 동동대는데, 그걸 맡아 주면서 이런 생각이 들더라. '아이고, 내가 운량리에 안 살았으면 어쩔 뻔했어. 이 핏덩이를 누가 봐 줬겠냐고.' 하고 말이여. 나는 종교가 없지만서도, 그때는 나를 여기로 보낸 게 다 신의 계획이고 계시인가 하는 생각이 들더라."

"아, 그건 반칙이지."

내가 투덜댔다.

"그 얘기를 꺼내면 내가 할 말이 없잖아."

"할 말이 없긴. 말만 잘할 거면서."

그가 낄낄대며 말했다.

"근데 진짜여. 연재 너가 앞으로 어떤 인생을 살게 될지는 모르겠지만, 그래도 지금 있는 자리에서 그렇게 느끼는 순간이 반드시 올겨."

"글쎄, 지금 꼬라지 봐서는 절대로 안 올 것 같은데."

내 대답에 김 영감은 확신에 찬 얼굴로 대답했다.

"온다마다. 그것에 있어서는 나를 믿어도 돼. 가만 있자, 예를 들어서…… 그래. 당장 내일이라도 내가 황천길 떠나 봐라. 그럼 우리 꽃순이를 니가 거둬 줘야 하지 않겠냐? 그때가 되면 너도 '아, 내가 없었으면 이 오갈 데 없는 강아지가 큰일 났겠구나' 하고……."

"아 무슨, 예를 들어도 그런 걸 들어!"

나는 화들짝 놀라 김 영감 말을 끊었다.

"김 영감이 죽긴 왜 죽어! 100세 시대에 촌스럽게 진짜. 김 영감 정도면 청년이지. 아니, 청년까지는 아니더라도 중년이지. 죽을 나이는 절대 아니야!"

평소 같았으면 1초도 끊김 없이 티키타카를 이어 갔을 김 영감이었다. 그런데 그날은 왠지 멍하니 내 얼굴을 보며 꽤 오래 말이 없었다.

이제와 돌이켜 보면, 김 영감은 그때 자신의 운명을 알고 있었던 것 같다. 애초에 농담을 핑계 삼아 죽음 얘기를 꺼낸 것도, 어쩌면 그런 이유에서였을지 모른다. 하지만 나는 아무것도 몰랐고, 아무것도 알려고 하지 않았다. 지금 생각해 보면 분명한 힌트가 몇 개나 있었는데도, 나는 그저 귀를 막고 현실을 피하려고만 했다. 그가 늙어 간다는 현실, 하루하루 죽음에 다가가고 있다는 가혹한 현실을.
침묵하던 김 영감은 잠시 후 천천히 손을 들어 거실 쪽을 가리켰다.

"……연재 너."

그가 잠시 뜸을 들이다 말했다.

"저기 있는 이런저런 물건들, 다 어떤 것들인지 알지?"

"당연히 알지. 100번은 들었잖아."

여전히 못마땅한 목소리로 내가 대답했다.

"우리 김 영감 우정 컬렉션 아니야. 꽃병은 동네 어르신들이랑 도자기 축제 놀러 가서 다 같이 만든 거고, 그림은 강에서 빨가벗고 놀던 소꿉친구가 그려 준 거고, 돌하르방은 친한 후배가 제주도 신혼여행에서 사다 준 거고……."

"그래. 맞다."

내 말을 끊고 김 영감이 대답했다.

"근데 너, 저거 준 사람들 중에 몇 명이나 살아 있는 줄 알어?"

생각지도 못한 되물음에, 나는 흠칫하며 그의 얼굴을 보았다.

"몇 명 없다."

그가 덤덤한 표정으로 말했다.

"축제 놀러 갔던 노인네들 여럿 떠난 건 너도 알지. 돌하르방 사다 준 후배도 몇 년 전에 지병으로 갔어. 그림 그려 준 녀석도, 췌장암이라는 소식은 들었는데, 몇 달을 못 버티고 얼마 전에 떠났다더라."

"뭐야. 그래서 그런…… 얘기를 한 거야?"

순간 미안하고 속상해서, 나는 꽃순이를 가만히 내려놓고 일어나서 김 영감에게 다가갔다.

"미안해. 난 그런 것도 모르고. 음, 친구랑 후배랑 다 천국에 가셨을 거야. 그리고, 어…… 그래도 김 영감은 절대 안 죽어. 지금 이렇게 건강하고, 나, 나랑 꽃순이도 있잖아."

"으이그, 이 귀여운 녀석아."

나를 홱 올려다보는 김 영감의 얼굴에는 다행히도 평소와 같은 장난기 넘치는 웃음이 돌아와 있었다.

"그래. 네 말이 맞다. 너도 그렇고, 우리 꽃순이도 그렇고, 이 귀염둥이들을 두고 내가 어떻게 죽냐. 나 아무래도 아주 오래오래 살아야겠으니까, 나중에 가서 귀찮다고 하기 없기다."

"절대 없어. 걱정 말라고."

안심한 내가 덩달아 웃으며 말했다. 흐뭇한 얼굴로 나와 꽃순이를 번갈아 보더니, 김 영감은 문득 생각난 듯 자리에서 일어났다.

"읏차, 연재 너, 포도 먹을래?"

"포도 좋지. 근데 갑자기 웬 포도?"

"선물로 들어온 게 있거든."

그가 냉장고로 향하며 말했다.

"캔디 뭐시기 하는 품종이라던디, 어우야, '존나' 달고 맛있더라."

"아 진짜, 그런 말은 또 어디서 배웠냐고."

"따로 과외 받는다, 인마."

이렇게 말하며, 그는 어깨에 힘을 팍 주고 의기양양하게 나를 보았다. 자글자글한 주름과 비교되는 그 허세 넘치는 태도가 너무 웃겨서, 나는 방금까지의 심각한 대화도 다 잊어버리고 웃음을 터뜨렸다.

다음번 그의 집을 찾았을 때, 거실에 있던 기념품들은 치워지고 없었다. 나는 어쩐지 그 이유를 묻지 못했다.

그리고 이제는 영영 물을 수 없게 되었다.

2

"파킨슨이었대."

생각만 해도 진저리가 난다는 듯, 슈퍼 아줌마가 고개를 절레절레 저으며 말했다.

"돌아가신 우리 시아버지가 파킨슨이었잖아. 내가 수발들어 봐서 아는데, 그거 온 가족이 달라붙어도 감당이 될까 말까라고. 혼자서 관리할 수 있는 병이 절대 아니에요."

"근데 그렇게 감쪽같이 숨길 수가 있나? 병원도 다니고 거동도 불편하고 했을 거 아냐."

빨간 장바구니를 든 손님이 코를 긁으며 말했다.

"같이 바둑 두던 친구들도 몰랐대?"

"여든 넘은 노인 치고 병원 안 다니는 사람이 어디 있어. 팔팔 날아다니는 사람이 어디 있냐고. 그리고 약사였잖아. 집에 약이 천지니까 숨기기가 더 쉽지 않았겠어?"

회색 반팔 티를 입은 다른 손님이 팔짱을 끼고 받아쳤다.

"그나저나, 난 솔직히 좀 찝찝해. 파킨슨이면 치매 비슷한 거잖아? 정신도 온전치 않으면서 계속 약국을 했다는 게. 우리 애 약도 거기서 받았단 말이야."

빨간 장바구니 손님이 눈썹을 찌푸리며 말했다.

라면 코너를 서성이던 나는 이 대목에서 말없이 슈퍼를 빠져나왔다. 더 있다가는 대들게 될 것 같았기 때문이다. 솔직히 마음 같아서는 예의고 뭐고 다 엎어 버리고 싶었다. 함부로 말하지 말라고. 그거 명예훼손이라고. 김 영감 정신 말짱했고, 기억력도 나보다 훨씬 좋았다고.

하지만 나는 아무 말도 못했다. 예의가 아니라 자격 때문에. 내게는 김 영감 얘기를 당당하게 할 자격이 없었다. 바둑 친구 어르신들보다 훨씬 가깝다고 속으로 우쭐댔으면서, 그가 그런 병을 앓는다는 것도 까맣게 몰랐으니까.

인터넷으로 찾아본 파킨슨은 온몸의 근육이 마비되다가 결국 기억까지 잃어버리는 무서운 병이었다. 대표적인 증상으로 움직임이 느려지는 '서동증'이 있다는 설명을 읽자마자, 집 안에서도 이상하리만치 느리게 걸어 다니던 김 영감의 모습이 떠올랐다. "무릎이 뻣뻣한 걸 보니 비가 오려나 보다." 웃으면서 얼버무리던 그 변명을 생각 없이 믿어 버린 내가 한심했다.

김 영감네 집에서는 각종 약과 처방전이 나왔다고 했다. 마지막 순간에도 진통제를 맞은 흔적이 있었다고. 대체 얼마나 고통스러웠을까. 생각만 해도 마음이 찢어질 것 같았다.

"미안해 김 영감. 몰라서 미안해. 간호 못 해 줘서 미안하고, 외롭게 보내서 미안해. 그리고 그렇게……."

나는 꽉 깨문 입술 사이로 중얼거렸다. 요즘 참으려고 노력 중인 눈물이 결국 터지고 말았다.

"그렇게 이틀이나 혼자 누워 있게 해서, 내가 정말, 정말 미안해."

🐾

소식을 들은 건 방학식 날이었다. 중학교 마지막 여름방학을 앞두고 잔뜩 들떠서 하교하는데 주머니에서 진동이 울렸다. 휴대폰 화면에는 '엄마'라고 찍혀 있었다.

'어차피 곧 있으면 갈 건데 웬 전화? 심부름 시키려는 거 아니야?'

나는 귀찮은 마음으로 약간 망설이다 통화 버튼을 눌렀다.

"어, 엄마."

"연재야 잘 들어."

엄마의 목소리는 떨리고 있었다.

"뭐야, 긴장되게 왜 그래."

"약국 할아버지가 돌아가셨대."

잠깐의 정적. 그사이 내가 들은 말이 무슨 뜻인지 생각해 봤지만, 전혀 이해가 되지 않았다. 너무 농담 같은 이야기에 오히려 시큰둥한 반응이 나왔다.

"뭔 소리야. 약국 누구? 김 영감은 아닐 거잖아."

"김 약사 할아버지 맞아. 나도 방금 동네 단톡방 보고 깜짝 놀라서……."

어라. 이건 장난이 아닌 것 같은데.

"잠깐 끊어 봐."

나는 통화 종료 버튼을 누르며 다급히 말했다.

"아닐 거야. 확인해 보면 돼."

곧바로 김 영감에게 전화를 걸었다. 하지만 신호 대기음만 이어질 뿐 연결이 되지 않았다. 일단 끊고 통화 기록을 확인해 보니, 마지막으로 전화한 게 사흘 전으로 되어 있었다. 방학하면 자주 놀러 가겠다고 얘기한 이후로 며칠간 연락을 주고받지 않았던 것이다.

심장이 쿵 떨어졌다. 나는 집으로 가던 발길을 돌려 허둥지둥 약국으로 달려갔다. 건물 앞에 동네 주민들이 모여 있었고, 한쪽에 서 있는 경찰차도 보였다. 약국 안으로 뛰어들어 가려는 나를 제복 입은 경찰이 막아섰다.

"여기 살던 분은 돌아가셨어. 지금은 감식반이 현장 확인 중이라 외부인은 출입할 수 없다. 집으로 가든지, 저쪽에 사람들 있는 데로 가서 기다리든지 해."

"아저씨 뭐예요? 경찰차가 왜 여기 있어요? 김 영감한테 진짜 무슨 일 생긴 거예요? 사, 사건이라도 생긴 거예요? 설마, 설마……."

"그런 거 아니고, 혼자 사시는 분이라 우리가 수습을 도와드리는 거야. 시신은 아까 운구차에 실려 나갔다. 현장 감식도 곧 마무리될 거야."

"왜요? 김 영감이 왜요? 제대로 확인한 거 맞아요? 제가 친구인데요. 그럴 리가 없거든요."

마지막 통화를 할 때만 해도 활기찼던 그의 목소리가 떠올랐다.

"방학하면 놀러 가자고 그랬어요. 뒷산 계곡에서 낚시하자고요. 낚시 가르쳐 준다고, 꽃순이 데리고 가자고 그랬는데. 김밥, 김밥도 싸서, 가자고, 수박도 먹자고, 그랬거든요 분명히. 어, 엄청 건강했고, 죽을 이유가…… 없는데. 진짜, 하나도……."

점점 말이 나오지 않았다. 입술이 딱딱하게 굳어 갔고, 꽉 쥔 주먹이 덜덜 떨렸다. 하얗게 질린 내가 짠했는지, 단호하던 경찰의 태도가 약간 부드러워졌다.

"너 학생이지? 중학생? 고인은 가족이 없는 분이라고 들었는데, 생전에 가깝게 지냈던 모양이구나. 음, 감식은 수습 절차상의 과정이긴 하지만, 그래도 우리가 사인과 타살 혐의점 등을 다 확인할 거야. 우리를 믿고, 너는 일단 집에 가서 마음을 좀 추스르는 게 어떻겠니?"

알아들을 수 없는 어려운 말이 너무 많았다. 뭐라고 대답해야 할지도 알 수 없었다.

어디선가 "황 순경!" 하는 외침이 들렸다. 앞에 있던 경찰 아저씨는 내게 힘내라고 말한 뒤 "네!"라고 대답하며 그쪽으로 달려갔다. 혼자 남겨진 내 귀에, 구경꾼들이 웅성대는 소리가 확성기라도 사용한 것처럼 확대되어 꽂혔다.

"죽은 지 이틀은 되었다면서?"

"고독사 아니유, 고독사."

"연락할 친척이라도 있대?"

"아이고, 정 빼면 시체인 시골 동네에서 어쩌다 이런 일이."

정신없이 섞여 들리는 말들에 눈앞이 빙빙 돌았다. 김 영감이 정말 죽었다고? 이틀이나 전에? 대체 왜? 어떻게?

때마침 데리러 온 엄마가 아니었다면, 나는 분명 그 자리에서 쓰러졌을 것이다.

"일단 집으로 가자 연재야. 가서 기다리다가 빈소 정해지는 대로 찾아뵙자. 지금 여기 있어 봤자 네가 할 수 있이 일이 없어."

엄마가 내 팔을 붙잡으며 침통한 목소리로 말했다.

그게 맞다는 걸 머리로는 알았다. 김 영감은 이미 떠났고, 약국에 들어갈 방법도 없다는 걸. 하지만 거짓이 아닐까 하는 미련에 발이 떨어지지 않았다. 따로 노는 몸과 마음에 좀비처럼 휘청이는 내가 불안했던지, 엄마는 내 등을 꼭 붙잡고 천천히 걸음을 옮겼다. 그렇게 한 발 한 발 걸으며 그사이 듣게 된 소식들을 알려 주었다.

"쌀집 아저씨가 발견하셨대. 이틀이나 바둑 약속을 바람맞으니까, 약국 할아버지가 그럴 분이 아니다 싶어서 파출소에 신고하셨나 봐. 경찰이랑 같이 약국 문을 따고 들어갔더니 2층 침실에서…… 주무시다 그대로 가신 것 같다더라. 그래도 얼굴은 무척 편안하셨대."

침대 옆에는 강아지가 쓰러져 있더라고 했다. 생명에는 지장이 없지만 쇠약해진 상태라 경찰들이 일단 동물병원으로 옮겼다고. 집 안 곳곳에 가구와 물건들을 정리하던 흔적이 보이더라고도 했다.

"아마도 마지막을 준비하고 계셨던 것 같다고……."

조심스러운 엄마의 말에, 갑자기 치워진 기념품들 생각이 났다.

"김 영감 진짜 죽었구나."

그제야 눈물이 쏟아졌다.

"나한테는 말도 안 하고. 어떻게 그럴 수가 있어. 어떻게, 나한테 어떻게 그래."

나는 어린아이처럼 엉엉 울었다. 앞이 보이지 않아 엄마에게 부축받다시피 걸어야 했다. 겨우 집에 도착한 후로도 몇 시간을 울었다. 목이 쉬고, 머리가 울리고, 온몸의 물이 다 말라 버릴 때까지.

마침내 울 기력도 떨어져 침대에 새우처럼 웅크리고 있을 때 퇴근한 아빠가 돌아왔다.

"여보, 이게 무슨 일이야. 연재는 괜찮아?"

살짝 열린 방문 틈으로 걱정스런 목소리가 들렸다.

"종일 대성통곡을 했지. 방에 있는데, 울다 잠들었는지 지금은 조용하네."

"장례식은 어디서 한대?"

"그게, 아무 데서도 말이 없어. 금방 공지가 뜰 줄 알았는데 이상해. 가족이 없는 분이니 주민회에서 작게 준비할 거라고 했었거든."

"빈소를 못 잡았나? 암튼 준비하고 있자고. 연락받으면 연재 데리고 바로 출발해야 하니까."

아빠가 안방으로 들어가며 말했다. 하지만 그날 우리는 아무 데로도 출발하지 못했다. 온 식구가 이리저리 연락을 돌려도 장례식에 대해 아는 사람을 찾을 수가 없었기 때문이다.

연락이 온 것은 다음 날 아침이었다. 어제 종일 굶었으니 무조건 먹어야 한다고 엄마가 내민 죽을 꾸역꾸역 삼키는데, 식탁에 놓여 있던 우리 휴대폰이 동시에 울렸다. 같은 내용의 단체 메시지였다.

태어나서 처음 받아 본 '부고'라는 제목의 문자를, 나는 퉁퉁 부은 눈으로 한참 쳐다보았다.

[부고]

삼가 고인의 명복을 빕니다.

㈜에이치스토리 김현호 대표의 부친 故김기문 님께서 별세하셨기에 아래와 같이 부고를 전합니다.

장소: 충북대학교병원 장례식장 VIP실

상주: 김현호

발인: 20XX년 7월 24일 오전 7시

'부친이면 아버지잖아. 김 영감은 자식이 없는데.'

3

"연재 넌 교복 입어. 학생은 교복 입고 가는 거야. 아빠는 이따 회사 끝나고 따로 조문하신대."

엄마가 나갈 준비를 하며 말했다.

나는 말없이 고개를 끄덕이고 방으로 들어가서 흰 셔츠와 짙은 회색 재킷을 주섬주섬 걸쳤다. 방학 첫날 이 옷을 다시 입게 될 줄은 상상도 못했다.

'김 영감은 이 교복 싫어했는데.'

칙칙하고 촌스러운 디자인이 70년 전 자기가 입던 교복만도 못하다며, 김 영감은 우리 학교 애들이 짠하다고 했었다.

'그래도 장례식 복장으로는 딱이네. 이건 다행이라고 해야 하나.'

옷을 갈아입은 나는 검은 원피스 차림의 엄마와 함께 주민회관 앞으로 향했다. 그곳에서는 커다란 버스가 우리를 기다리고 있었다.

"그 뭣이냐, 상주께서, 흠흠, 우리 마을 조문객들을 위해 보내 준 차량이에요."

이장 아저씨가 올라타는 우리를 향해 말했다. 말을 하는 사람도, 듣는 사람도, '상주'라는 단어에 몸을 움찔했다.

얼핏 보니 차 안에는 이미 사람들이 꽤 타고 있었다. 김 영감과 친하던 어르신들도 있었고, 약국 단골이던 주민들의 얼굴도 보였다. 엄마와 나는 앞에서 세 번째 자리에 앉았다. 운전기사는 장례식장까지 한 시간 정도 걸린다고 안내한 뒤 버스를 출발시켰다.

처음에는 쥐 죽은 듯 조용했지만, 시간이 지나자 여기저기서 조금씩 소리가 났다. 할아버지 몇 분이 코를 훌쩍이며 눈물을 흘렸다. 수군거리며 대화를 하는 사람들도 있었다. 다 들리진 않았지만, 무슨 얘기를 나누는지는 뻔했다. 하룻밤 새 동네 화제의 중심이 된, 바로 지금도 내 뒷자리에 앉은 아저씨 아줌마가 하고 있는 바로 그 얘기겠지.

"약국 아들네 회사 있잖아. 에이치 머시기라던가?"

아줌마가 목소리를 낮춰 속삭였다.

"떡집네가 그러는데, 엄청 큰 기업이래. 무슨 시총인가 그런 게 1조 원은 된다는 거야."

"1조? 그건 재벌 아니여?"

놀란 아저씨가 순간적으로 소리를 높였다가 민망한 듯 헛기침을 했다.

"아유, 조용히 해!"

아저씨를 타박하면서도, 아주머니는 수다를 멈출 생각이 없는지 소곤소곤 말을 이었다.

"근데 떡집 말이, 완전 재벌까진 아니래. 준재벌 정도라던가?"

"준재벌? 그건 또 뭐여?"

"대기업은 아니고 그 바로 아랫급 회사라는 거지. 그래도 해외에서 그 뭐냐, 그래. 상장도 하고, 아주 상당히 끗발 있는 데래."

"아이구, 준재벌이 어디야. 1조가 대체 얼마냐고."

아저씨가 상상만 해도 놀랍다는 듯 숨을 삼켰다.

"아니, 약국 어르신은 어떻게 그런 아들을 감추셨대?"

아주머니는 조용하면서도 흥미로워 죽겠다는 목소리로 대답했다.

"감춘 게 아니라, 연을 끊었다잖어. 것도 수십 년 전에. 약국 어르신, 원래 부산 시가지에서 제일 큰 약국 하던 분이래. 근데 하나 있던 아들이랑 틀어진 뒤에 싹 정리하고 이 시골에 찾아와 틀어박혔다더라고. 너무 오래전 일이라 다들 잊어버리고 있었는데, 이렇게 되고 나니까 영감님들 몇 분이 희미하게 기억을 하시더라고."

"부산? 그럼 원래 경상도 분이신 겨?"

아저씨가 놀랍다는 듯 말했다.

"말투며 행동이며 여지없이 이쪽 토박이셨는디. 친구분들도 워낙 많으시고……."

"아유, 그거야, 이 동네서 산 세월이 거진 40년이니까 그렇지. 그 정도면 어디 살아도 그쪽 토박이 되지 않겄어? 말투쯤이야 마음만 먹으면 못 고칠 거 없지."

나는 주머니에서 이어폰을 꺼내 귀에 꽂았다. 음악 들을 기분은 아니었지만, 그래도 밀려오는 정보들을 더 이상 감당하기가 어려웠다.

생각할수록 머리가 아파 왔다. 내가 김 영감의 고향도 몰랐다니. 게다가 그걸 소문으로 듣게 되다니. 그래, 그것까지도 그렇다 쳐. 아들 이야기는 대체 뭐야? 고향 얘기는 꺼낸 적이 없는 거지만, 자식은 없다고 분명히 말했었잖아. 그것도 몇 번이나.

부고 문자에 적혀 있던 김 영감 아들의 회사, 에이치스토리는 얼핏 익숙하지 않은 이름이었다. 하지만 혹시나 하는 마음에 검색해 본 나는 그 자리에서 얼어붙고 말았다. 이름은 몰라도, 하는 일은 모르는 사람이 없는 엄청난 회사였던 것이다.

에이치스토리는 드라마 〈옥토퍼스〉와 〈로이어 킴〉을 만든 제작사였다. 둘 다 스트리밍 사이트에서 글로벌 시청률 1위를 찍고, 하이라이트 영상 조회 수가 몇천만 뷰를 넘은 어마어마한 작품들이었다. 내 주변에도 남녀노소 안 본 사람이 없고, 나 역시 반 친구 ID를 빌려서 밤새 정주행했었다.

그런 회사 대표가 동네 주민의 숨겨진 아들이라니, 사람들이 놀라 뒤집어진 것도 당연한 일이었다. 솔직히 나라도, 이게 김 영감 일만 아니었다면 엄청나게 흥미로워하며 이리저리 쑤시고 다녔을 것이다.

하지만 이건 김 영감의 일이었다. 그래서 내게 그 이야기들은 재밋거리가 될 수 없었다. 특히 그 아들 이야기는 더더욱. 할 수 있다면 그 대단하다는 사람의 이야기를 되도록 듣고 싶지 않았다. 그 아들이 잘산다는 걸 알면 알수록, 김 영감의 외로운 죽음이 자꾸만 더 초라하게 느껴지는 것 같아서.

🐾

장례식은 압도적이었다. 내가 아는 단어 중에서는 그것밖에 이 광경을 표현할 말이 없었다. '내가 경험이 없어서 그런가?' 벙쪄서 주위를 둘러봤지만, 엄마도 동네 어른들도 눈이 왕방울만 해져 있었다. 훌쩍이던 할아버지들조차 눈물을 뚝 그치고 입을 떡 벌린 얼굴이었다.

'VIP실'이라고 쓰인 팻말을 따라가자 축구장만 한 복도가 나타났다. 양옆으로 하얀 근조화환이 늘어서 있었고, 각 잡힌 유니폼을 입은 사람들이 끝없이 새로운 화환을 가져왔다. 리본에는 인터넷에서 보던 기업가와 정치인 이름이 줄줄이 적혀 있었다. 복도를 끼고 돌자 널찍한 식당과 빈소가 나타났다. 부의금을 내려는 사람이 어찌나 많은지, 줄이 뱀처럼 꺾여 가며 끝도 없이 이어졌다.

"저 사람 국회의원 아니유? 민주국민당에 그…… 맞다! 서창훈!"

슈퍼 아줌마의 탄성을 시작으로, 마을 사람들이 두리번거리며 한마디씩 수군거렸다.

"그 옆에는 박정인 감독 같은데. 무슨 국제 영화제에서 상 받은 사람."

"저기 끝에 선글라스 낀 사람은 한수영인가? 〈위기의 며느리〉 주인공 있잖어."

그건 누가 봐도 김 영감의 장례가 아니라 에이치스토리 김현호 대표의 부친상이었다. 고급스러운 차림에 화사한 얼굴의 조문객들은 장례식보다 오히려 파티장에 더 어울릴 것 같았다.

"안 되겠다. 연재 너는 어디 잠깐 앉아 있어."

잠시 후, 겨우 정신을 차린 엄마가 내게 말했다.

"우리도 부의금 내야 하는데, 아무래도 줄을 한참 설 것 같아."

엄마는 다른 어른들과 함께 긴 줄의 끄트머리로 향했다. 나는 두리번거리다 식당 안쪽의 빈 테이블에 자리를 잡았다.

"식사 드릴까요?"

"아, 아니요. 괜찮아요."

유니폼 입은 아주머니가 다가와서 묻더니, 내가 움츠리며 대답하자 돌아갔다.

'엄마는 얼마나 걸리려나.'

괜히 휴대폰을 만지작거리며 화면을 껐다 켰다 하는데 앞에서 드르륵, 하고 의자 끄는 소리가 났다. 고개를 드니 내가 입은 것과 같은 칙칙한 재킷과 흰 셔츠가 보였다. 그 위로는 하얗고 길쭉한 목, 살짝 튀어나온 입술, 작고 동그란 얼굴과 뒤로 질끈 묶은 머리.

"안이양?"

나도 모르게 큰 소리로 이름이 튀어나왔다. 아까 1조 원 얘기에 놀랐던 아저씨가 이런 기분이었으려나. 다행히 식당은 넓고 북적대서 아무도 내게 관심을 갖지 않았다.

"안녕, 장연재."

짧게 인사하더니, 안이양은 뾰로통한 느낌으로 덧붙였다.

"왜 그렇게 놀라? 나도 같은 동네 사람인데."

"어, 안녕. 놀란 게 아니라, 그냥 예상을 못해서."

거짓말이었다. 놀라지 않긴. 완전 깜짝 놀랐는데. 얘가 여기서 뭘 하는 거지? 김 영감이랑 아는 사이였나?

말도 못 하고 속으로만 당황하는 내게, 이양은 태연하게 계속 말을 걸었다.

"나도 너랑 같은 버스 타고 왔어. 뒷자리에 앉아서. 김 영감님 부고 문자를 받았거든."

"그, 그랬구나. 너도 부모님이랑 왔어?"

"아니, 나는 혼자 왔어. 학원 빠지고 온 거라 엄마가 알면 안 돼."

"그렇구나."

다시 이어지는 침묵. 나는 같은 반이지만 사실은 모르는 거나 다름없는, 갑자기 튀어나온 여자애에 대한 기억을 열심히 더듬었다. 안이양. 운랑중학교 3학년 1반. 작년에 전학을 왔고……. 처음이야 서울에서 온 전학생이라고 조금 주목을 받았지만 워낙 조용해서 금세 눈에 띄지 않는 아이가 되었다. 그 외에는 어떤 성격인지도 모르겠고, 누구랑 친한지도 모르겠다. 내가 얘에 대해 확실히 안다고 할 수 있는 건, 이렇게 누구를 찾아와서 불쑥 말을 거는 캐릭터가 아니라는 점뿐이었다.

열심히 머리를 굴렸음에도 결국 할 말을 찾지 못한 나는, 괜히 어색한 손을 뻗어 테이블 가운데 있는 생수를 집어 들었다. 그때 갑자기 무언가 머리를 띵 울렸다.

"안이양, 너!"

내가 다급히 말했다.

"방금 김 영감이라고 했어?"

그제야 나는 맞은편 여자아이의, 쌍꺼풀 없이 옆으로 긴 눈을 똑바로 쳐다보았다. 지금 보니 눈두덩이 퉁퉁 부어 있었다. 콧등도 빨갛고. 아무래도 나처럼 밤새 운 모양이었다.

"그러니까 내 말은."

나는 조심스레 말을 이었다.

"동네 어르신들 빼곤 그렇게 부르는 사람 나밖에 없었거든."

"김 영감'님'이라고 했지, 정확히는. 하지만 맞아. 나도 그렇게 불렀어. 약사님이니 선생님이니 그런 호칭은 다 싫다고 하셔서."

이양은 부은 눈으로 살짝 웃었다. 그 미소를 보자 나도 조금은 긴장이 풀렸다.

"맞아. 그런 거 되게 싫어했지 진짜."

"너랑 한번 얘기해 보고 싶었어."

이양의 입에서 생각도 못 한 말이 나왔다.

"나도 김 영감님이랑 친했거든. 너만큼 길게 알지는 못했고, 그래서 너처럼 허물없이 지내지도 못했지만. 그래도 나름 꽤 가까웠다고 생각해."

"그렇지만 나는 너랑 김 영감이랑 얘기하는 거 한 번도 못 봤는데. 약 사러 온 적이 있던가?"

내가 고개를 갸우뚱하며 말했다.

"다른 사람 있을 땐 아는 척 안 했으니까. 내 얘기 누가 듣는 거 불편하거든. 하지만 나는 네가 김 영감님이나 꽃순이랑 노는 거 많이 봤어. 영감님한테 네 이야기도 들었고."

"이야기? 무슨 이야기?"

내가 초조하게 물었다. 혹시 바보 같은 실수담이라도 들켰을까 봐 순간 걱정이 되었다.

"이상한 건 없었으니까 안심해. 내 얘기 퍼지는 거 싫어하는 만큼 남의 사정도 캐묻지 않는 편이야. 영감님도 그냥 네가 아주 좋은 아이라고만 하셨어. 그리고, 음……. 너랑 내가 과거의 잘못에 대한 속죄라고 하시더라."

"과거의 잘못? 속죄? 난 그런 얘기 한 번도 못 들었는데."

"나한테도 그렇게만 말씀하시고, 정확히 무슨 일인지는 얘기 안 해 주셨어. 그래서 내내 궁금했거든. 근데 이제는 좀 알 것 같아."

이양은 휴대폰으로 뭔가를 검색하더니 내 눈앞에 화면을 들이댔다. 그것은 인터뷰가 실린 기사였다. '뉴욕증시 상장 신화, 김현호 대표의 성공 스토리'라는 제목이 보였다.

"여기, 이 부분 한번 봐 봐."

나는 그 아이의 가느다란 손가락이 가리키는 부분으로 시선을 돌렸다.

- 기자: 성공의 동력이 반항심이었다. 이런 말씀인가요?

- 김현호 대표(이하 김 대표): 그렇게도 얘기할 수 있겠죠. 스무 살 때 대학을 자퇴하면서 의절당하다시피 집을 나왔으니까요. 아버지가 아주 엄하고 보수적인 분이라 공부 이외의 길을 용납하지 못하셨거든요.

- 기자: 저런, 무척 괴로우셨겠군요.

- 김 대표: 말도 못하게요. 자책감, 자괴감……. 인간이 생각할 수 있는 온갖 부정적인 감정은 다 겪었죠. 하지만 지금 와 돌이켜 보면, 그렇게 감

정의 밑바닥을 찍은 경험이야말로 저를 채찍질해 준 원동력이었다 싶어요. 힘들 때마다 이를 악물고 생각했거든요. 내가 지금 이 일을 하기 위해서 무엇을 버렸는지. 또 무엇으로부터 버림받았는지.

- 기자: 여담이지만, 부모님 마음도 이해가 가긴 하네요. 서울대학교 보내 놓은 아들이 자퇴한다고 하면, 어휴, 저라도 허락하기 쉽지 않겠는데요. (웃음)
- 김 대표: 솔직히 말씀드리면, 저도 부모가 되어 보니 조금은 알겠더라고요. (웃음)

"김 영감이 엄하고 보수적인 아버지였다고?"

전혀 공감이 되지 않았다. 김 영감은 가끔 철이 없다 싶을 만큼 헐렁하고 개방적인 성격이었는데.

"나도 상상이 되지 않지만, 사람은 변하는 거니까. 수십 년 전에는 그랬을 수 있지."

이양이 휴대폰을 거둬 가며 대답했다.

"그리고 나는 그렇다 쳐. 그 속죄인지 뭔지에 너는 왜 포함되는데?"

의아해진 내가 물었다.

"나야 김 영감이 키운 거나 다름없지만, 넌 작년에 이사 왔잖아."

"그건……."

이양은 말을 하다 말고 내 뒤쪽을 보며 멈칫했다. 돌아보니 부의금을 낸 엄마가 이쪽으로 오고 있었다.

"다음에 얘기할 기회가 있겠지. 난 간다. 지금 땡땡이 중이라."

이양은 자리에서 일어나더니, 문득 생각난 듯 나직이 덧붙였다.

"김 영감님한테 '존나' 가르쳐 준 사람 나다? 너한테 써먹었더니 반응 되게 좋더라고 신나하시더라."

마지막 말에 놀란 내가 멍해진 사이, 이양은 우리 엄마를 향해 허리를 꾸벅 숙이고 의자를 제자리에 넣더니 뒤돌아 떠났다. 토끼 꼬리처럼 동그란 올림머리가 빠르게 멀어졌다.

"누구니? 학교 친구?"

엄마가 이양이 떠난 자리에 앉으며 물었다.

"뭐, 어. 같은 반이야."

나는 표정을 관리하려 애쓰며 대답했다.

"태도만 봐도 야무지네. 공부 잘하지?"

"안 친해서 모르겠는데. 막 그렇게 잘하진 않을걸?"

"그래? 똑순이처럼 보이던데."

엄마가 어깨를 으쓱하며 말했다.

"암튼, 부의금 냈으니까 향 올리러 가자. 할아버지한테 인사드려야지."

우리는 영정 사진이 모셔진 빈소로 갔다. 상주 완장을 찬 김현호 대표가 우리를 맞았다. 50살도 넘었다고 들었는데, 머리는 새까맣고 피부도 최소 열 살은 어려 보였다. 팽팽하고 감정 없는 얼굴은 영정 사진 속 쭈글쭈글한 김 영감과 전혀 닮지 않았다.

액자에 담긴 김 영감은 한복 차림으로 환하게 웃고 있었다. 그 모습이 너무 자연스러워서 또 한번 울컥했다. 나 몰래 영정 사진도 찍어 됐구나, 싶어서. 꺽꺽대며 울음을 터뜨린 나와 달리, 상주는 맞절이 끝날 때까지도 반듯했다. 시선은 계속 바닥에 있었고, "와 주셔서 감사합니다."라는 인사 역시 기계처럼 딱딱했다.

절을 마치고 빈소를 나선 엄마와 나는 기다리던 사람들과 합류했다. 주차장으로 가서 버스에 타니 2인석 맨 뒷자리에 혼자 앉은 안이양이 보였다. 눈이 잠깐 마주쳤지만 아는 척은 하지 않았다.

차가 다시 출발하고, 나는 올 때처럼 귀에 이어폰을 꽂았다. 마음이 복잡했다. 김현호와 안이양, 그 아이가 알려 준 김 영감의 과거 이야기까지. 열심히 차단했는데도 어느새 밀려온 새로운 정보들이 슬픔과 함께 머릿속에서 뒤죽박죽 엉켰다.

그때의 나는 몰랐다. 지금까지 알게 된 이야기들은 김 영감이 가진 비밀의 일부에 불과했다는 걸. 슬픔과 혼란에 정신을 못 차리는 사이, 나는 이미 그 기묘한 비밀에 깊이 휘말린 상태였다.

2부
열쇠: 꽃순이

4

꽃순이는 올해로 여섯 살 된 퍼그다. 처음 데려왔을 땐 손바닥만 한 새끼 강아지였는데, 지금은 6킬로그램짜리 어엿한 성견이 되었다. 사람 나이로 치면 서른이 넘었다지만, 그래도 내게는 여전히 귀여운 여동생 느낌이다.

이제 와 하는 말인데, 내가 그 아이를 처음부터 예뻐했던 건 아니다. 아니, 꽃순이는 김 영감네 집에 오자마자 나를 두 번이나 실망시켰다. 물론 걔 잘못은 아니었지만.

친구네 반려견이 낳은 강아지를 데려온다는 김 영감 말에, 초등학생이던 나는 잔뜩 기대에 부풀었다. 같이 놀고, 산책도 하고, 엄마한테 재봉틀로 예쁜 옷도 만들어 달라고 해야지. 암컷이라니까 원피스가 좋으려나? 설레는 마음으로 주말만 손꼽아 기다렸다.

하지만 약국으로 달려가 만난 그 아이의 첫인상은 예쁘지도 사랑스럽지도 않았다. 새까만 입가는 지저분해 보였고, 쭈글쭈글한 주름은 징그러웠다.

"아기라며. 무슨 아기가 이렇게 주름이 많아. 이건 할망구잖아."

칭얼대는 나를 김 영감은 차분하게 달랬다.

"그런 말 하면 못 써. 아무리 동물이라도 다 알아듣는 법이여. 그리고 이건 늙어서 생긴 주름이 아니고 퍼그라는 종의 특징인데, 자세히 보면 귀엽다? 꼭 꽃같이 생겼잖아. 왜, 저쪽 놀이터에 피어 있는 맨드라미꽃 있지?"

바로 이 부분이 두 번째 문제였다. 콩깍지가 낀 김 영감이 그 못생긴 개를 꽃에다 비유하더니, 급기야 꽃순이라는 믿을 수 없게 촌스러운 이름을 붙여 버린 것이다. 강아지 이름에도 로망을 갖고 있던 나는 당연히 결사반대했다.

"꽃순이가 뭐야. 요즘 누가 그런 이름을 지어. 더 예쁘고 공주님 같은 걸로 해."

"공주님 같은 이름이 뭔데?"

"엘사, 쟈스민, 그런 거 있잖아. 아니면 음, 에이리얼?"

"에이리얼 같은 소리 하고 자빠졌네. 야, 너 그거 쓸 줄은 아냐?"

김 영감은 코웃음을 쳤다.

"엘사는 또 뭐야. 무슨 소련 첩보원 이름 같다야."

"소련이 뭔데?"

"냉전 시대 사회주의 국가인데…… 아, 그런 게 있어. 궁금하면 선생님한테 여쭤봐. 아무튼 고운 우리말 놔두고 뭐 하러 꼬부랑말을 갖다 써? 그러는 너는 무슨 레오나르도 장이냐?"

내가 말발로 김 영감을 이길 수는 없었다. 그래도 나는 한동안 강아지를 '엘사'라고 부르며 혼자 시위를 했다. 하지만 약국 주인도, 손님들도, 모두가 꽃순이라는 이름을 쓰는 가운데 홀로 다른 길을 걷기란 쉽지 않았다. 나는 점점 헷갈리기 시작했다.

"엘르, 이리 와. 아니, 엘르 아닌데. 엘레나? 뭐였지?"

결국 나는 그 아이에게 꽃순이가 어울린다는 사실을 인정할 수밖에 없었다. 그러는 사이 외모에 대한 생각도 차츰 바뀌었다. 익숙해져서 그런가? 얼굴 가득한 주름이 진짜 맨드라미꽃처럼 보이더니, 얼마 후에는 활짝 핀 장미처럼 보이기 시작했다.

아무래도 콩깍지는 전염되는 모양이다. 그렇게 불평하던 내가 몇 달 사이에 '동생 바보' 오빠가 되어 버린 걸 보면. 그 무렵 처음으로 갖게 된 중고 스마트폰에 가장 많이 저장된 사진은 처음부터 지금까지 꽃순이였다. 그다음으로 많은 건 김 영감과 나, 꽃순이가 함께 담긴 단체 사진이랑 영상이고.

내가 아끼는 강아지여서가 아니라, 꽃순이는 정말 나무랄 데 없는 반려견이었다. 순하고, 애교도 많고, 사람도 잘 따랐다. 똘똘하기는 또 얼마나 똘똘한지. 김 영감과 사는 동안 그 흔한 배변 실수 한 번 한 적이 없었다. 내가 초등학교 5학년 때 바지에 오줌 싼 사건을, 김 영감은 꽃순이와 비교하며 두고두고 놀렸다.

"이야, 두 살 된 강아지가 열두 살 된 사람보다 낫네. 우리 연재, 배변 패드 줄까?"

"아 진짜! 딱 한 번 그런 거잖아. 한 번만 더 놀리면 나 이제 안 올 거야!"

나는 잔뜩 꽁해서 투덜거렸다. 하지만 지금 생각해 보면 김 영감 말이 맞았다. 꽃순이는 나보다 훨씬 나았다. 그때도 그랬고, 지금도 그렇다. 내가 놓친 김 영감의 마지막을 그 아이는 혼자서 지켰으니까.

시신이 발견되었을 때, 침대 곁에 쓰러져 있던 꽃순이는 탈수 상태였다고 했다. 사료통에도, 물통에도, 이틀간 입을 댄 흔적이 없었다고 했다.

🐾

꽃순이를 만나기 위해 읍내로 가는 버스를 탔다. 장례식에 다녀오고 4일째 되는 날이었다. 경찰들이 데려다줬다는 병원 이름을 듣지는 못했지만, 뻔하지 뭐. 여기서 갈 만한 데라곤 읍내에 있는 동물병원 하나뿐이니까. 김 영감과 함께 꽃순이 검진을 하러 나도 몇 번 가 본 적이 있는 곳이었다. 수의사 선생님은 나를 기억하셨고, 전화로 면회가 가능한지 묻자 허락해 주셨다.

건강하다는 말은 들었지만 그래도 걱정이 되었다. 김 영감 죽은 걸 알고 있을 텐데, 애가 얼마나 충격이 클까. 사실 딸이나 다름없는 앤데 강아지라는 이유로 장례식도 못 갔잖아. 게다가 이제는 둘이서 함께 살던 집마저 없어질 판이었다. 김 영감이 죽은 이후로 약국 유리문은 굳게 닫혔고, 어제저녁에 가 보니 '매매'라고 쓰인 종이가 붙어 있었다.

'꽃순이는 이제 어떻게 되는 거지?'

죽기 전 김 영감은 내게 꽃순이를 부탁한다고 말했었다. 그때는 몰랐지만, 지금 생각해 보면 유언이나 다름없는 말이었다. 원래 같았으면 생각할 것도 없이 내가 데려다 키우는 게 맞았다.

하지만 김 영감의 진짜 가족이 나타난 지금은 사정이 달라졌다. 그 사람이 아버지 개를 데려간다고 하면, 내가 막을 방법이 있을까? 친아들이라는 것만으로도 이미 게임이 안 되는데, 재벌급이라는 사람을 내가 어떻게 상대하겠어. 일단은 열심히 졸라 보겠지만, 그쪽에서 단호하게 나온다면 아마도 포기할 각오까지 해야 할 것이다.

김 영감에 이어 꽃순이까지 못 보게 된다 생각하니 마음이 울적해졌다. 나는 털털거리며 달리는 버스 안에서 어떻게든 긍정적인 생각을 해 보려 애썼다.

'그래. 어쩌면 꽃순이한테는 그게 더 나을 수 있어. 에이치스토리 대표면 집도 엄청 넓을 거 아냐. 손바닥만 한 우리 집에서 사느니, 서울에 있는 저택에서 호강하며 사는 게 좋겠지. 그리고 아들이라는 사람한테 어떻게 잘 부탁하면…… 가끔 얼굴이라도 볼 수 있게 해 주지 않을까?'

보아하니 이장 아저씨가 김 영감네 아들 연락처를 아는 것 같았다. 약국 건물이랑 여러 가지 관리를 그쪽이 맡아서 해 주는 모양이었다. "어휴, 김현호 대표랑 다이렉트로 통화가 된다고 어찌나 거들먹거리는지, 아주 눈 뜨고 못 볼 지경이라니까?"라고, 엄마가 빨래를 개며 아빠에게 흉보는 소리를 방에서 얼핏 들었다.

'병원 들렀다가 이장 아저씨 댁에 가서 한번 부탁드려 보자. 김 영감 아들한테 나랑 꽃순이 사이 좀 잘 설명해 달라고. 아저씨는 사

정을 다 아는 분이니까, 분명 좋게 얘기해 주실 거야.'

이런저런 생각을 하는 사이 읍내에 도착했다. 동물병원은 정류장에서 5분쯤 떨어진 길가에 있었다. 곱슬곱슬한 단발머리 수의사 선생님이 나를 반갑게 맞아주셨다.

"연재 왔구나? 에휴, 약국 어르신 그렇게 가시고 마음고생이 얼마나 심했니."

아이들이 입원된 공간으로 나를 데려가며 선생님이 말했다.

"그나마 꽃순이가 건강해서 다행이야. 처음 실려 왔을 땐 호흡이 너무 약해서 정말 큰일 나는 줄 알았거든."

"감사해요, 선생님. 우리 꽃순이 치료해 주셔서요."

내가 따라가며 말했다.

"감사는 무슨, 그게 내 일인 걸." 하고 대답하시는 선생님의 목소리는 언제나처럼 쿨하고 털털했다. 하지만 곧바로 낮게 중얼거리는 소리가 들렸다.

"지금부터가 문제긴 하지만."

"네? 무슨 일 있는 거예요?"

내가 의아해서 물었다.

"응? 아니야. 그냥 어른들 일이지 뭐."

선생님은 찝찝하다는 듯 뒤통수를 긁었지만, 금세 표정 관리를 하고 반대 손으로 한쪽을 가리켰다.

"우리 꽃순이 저기 있다."

꽃순이는 유리문이 달린 3층짜리 케이지의 2층에 있었다. 처음에는 엎드려서 눈을 감고 있었지만, 내가 이름을 부르자 조용히 일어나더니 문 쪽으로 다가와 얼굴을 갖다 댔다.

"꺼내 줄까? 안아 볼래?"

"그래도 돼요?"

"그럼. 엑스레이도 찍고 피 검사도 했는데 이상 없어. 안아 봐도 돼."

유리문이 열리고, 꽃순이가 가운을 입은 팔에 안겨 밖으로 나왔다. 나는 아이를 받아 품에 안았다. 못 본 지 일주일이 조금 넘었을 뿐인데, 아주 오랜만에 만난 기분이 들었다.

"다 회복했으면 이제 퇴원하겠죠?"

나는 눈치를 보며 슬쩍 물었다.

"퇴원하면 역시 김현호 대표가, 그러니까 김 영감 아들이라는 분이 데려가나요? 그 분은 언제 온대요?"

"뭐?"

선생님은 눈썹을 치켜뜨더니, 순간 어두운 표정이 되었다. 그러더니 머뭇거리며 입을 열었다.

"그게 있잖아. 그쪽에서 안 데려갈 모양이야. 아무래도 많이 바쁜 분이고……. 강아지 키울 여유가 없으시다나 봐."

엄청난 비극이라도 전하는 듯한 말투에, 나는 순간 당황해서 멈칫했다. 하지만 몇 초 후 깨달았다. 방금 들은 말이, 내가 그토록 원하던 대답이라는 걸.

"진짜예요?"

정신을 차린 내가 외쳤다.

"꽃순이 안 데려간대요? 김 영감 아들이?"

"어? 어. 뭐, 일단은."

"대박! 그럼 제가 키울 수 있는 거죠?"

이번에 어안이 벙벙해진 것은 선생님 쪽이었다. 찌푸렸던 눈을 동그랗게 뜨고, 선생님은 전혀 예상하지 못했다는 듯 되물었다.

"꽃순이를 키운다고? 네가?"

"왜요? 안 되나요?"

"아니, 안 된다는 게 아니라."

선생님이 다급하게 대답했다. 어둡던 안색이 서서히 밝아지는 게 보였다.

"다행스러워서 그렇지. 연재 네가 그 아이를 맡아준다니. 그래. 그러면 되는 건데. 내가 멍청했어. 왜 그 생각을 못 했지?"

"에이, 당연히 제가 데려가야죠."

나는 안고 있던 꽃순이의 작고 동그란 정수리에 코를 묻었다. 마음을 안심시키는 향긋하면서도 구수한 냄새가 났다.

"애 제 동생이잖아요. 이대로 뺏기는 줄 알고 얼마나 걱정했는데요."

내 대답을 듣고 잠시 멍해 있더니, 선생님은 옆쪽에 있던 바퀴 달린 의자를 끌어와 털썩 주저앉았다.

"고맙다, 연재야."

의자를 권하는 손짓을 보고 나도 자리에 앉았다. 긴장이 풀린 듯 가운 입은 어깨를 축 늘어뜨리며, 선생님은 내가 몰랐던 그간의 이야기를 들려줬다.

"사실 지난 며칠간 얼마나 마음이 안 좋았는지 몰라. 너 없었으면 꽃순이, 꼼짝없이 임시 보호로 넘어갈 처지였거든. 김현호 대표 쪽에서 그렇게 처리해 달라고……. 보호 거쳐서 입양 보내 달라고 하더라. 뭐, 흔한 얘기야. 주인이 남기고 떠난 반려동물이 갈 데 없어지는 거. 근데 꽃순이의 경우는 상황이 특히 나빴어. 일단 퍼그는 유행이 지난 종이니까. 요즘은 사람들이 비숑이나 푸들처럼 복슬복슬한 강아지를 주로 찾아서 이런 외모는 인기가 없는 편이거든. 게다가 꽃순이는 나이까지 많잖아? 다섯 살 넘은 비인기 견종이 무사히 입양될 확률은, 사실상 거의 없다고 봐야 해. 막말로 나야 치료비도 다 받았고, 보호 넘어간 아이들이야 수의사 책임이 아니라지만, 그래도 경험상 어떻게 될지는 예측할 수 있는 부분이거든. 꽃순이는 어쩌면, 아니, 아마 높은 확률로……."

"잠깐만요."

나는 선생님의 말을 끊고 후다닥 꽃순이의 귀를 막았다.

"그럼 얘가 그, 보, 보건소 같은 데서……."

머리에 정확한 단어가 떠올랐지만, 차마 입으로 꺼낼 수가 없었다. 경악해서 뻐끔거리는 나 대신, 선생님은 고개를 작게 끄덕이며 문장을 완성해 주었다.

"그래. 안락사, 당할 가능성이 컸지."

소름이 쫙 끼쳤다. 물론 우리 꽃순이가 그런 일을 당했을 리는 없다. 얘한테는 내가 있으니까. 그럼에도 불구하고, 이 작은 강아지가 지난 며칠간 좁은 케이지에 갇혀 보냈을 시간들을 상상하자 참을 수 없는 공포와 죄책감이 밀려왔다. 사람 말을 못 알아듣는다지만, 영리한 꽃순이는 분명 느꼈을 것이다. 커다란 인간들이 자신의 목숨을 가지고 끔찍한 이야기를 하고 있다는 걸.

아무리 아버지랑 인연을 끊었대도 그렇지, 막말로 가족이나 다름없는 강아지를 버리고 그런 취급을 받게 만든 김 영감 아들에게 치가 떨렸다. 다 큰 어른이면서 그런 요구 하나 못 막은 수의사 선생님도 괜히 원망스러웠다. 하지만 제일 싫은 건 나였다. 꽃순이의 진짜 보호자는 난데, 아무리 김 영감을 보내고 정신이 없었다지만 애를 이런 데 방치해 버리다니.

"얘, 지금 바로 데려갈 수 있나요?"

꽃순이를 안고 자리에서 벌떡 일어나며 내가 말했다.

"치료비도 다 냈다면서요. 그 아들이라는 인간이."

"어? 그건 안 되지."

선생님이 당황한 얼굴로 나를 따라 일어나며 말했다.

"현재 소유권자로 되어 있는 김 대표 허가 없이는 못 데려가. 그쪽에서 딱히 거부할 것 같진 않지만, 어쨌든 그게 절차니까."

'소유권'이니 '절차'니 하는 말들의 묵직한 느낌에 조금 움찔했지만, 그렇다고 이대로 돌아갈 수는 없었다.

"그럼 전화해 보면 안 돼요?"

내가 조르듯 말했다.

"오케이 해 주겠죠. 그쪽은 얘한테 관심도 없다면서요."

"그것도 당장은 어려워. 나도 연락처를 모르거든. 꽃순이 상태 전달이며 비용 정산이며 모두 이장님을 통해서 하고 있어. 그리고……."

양팔을 뻗어 강아지를 달라는 제스처를 취하며, 선생님은 말을 이었다.

"지금 급한 건 그게 아니야. 김 대표 허락보다 먼저 필요한 건 네 쪽의 보호자 동의니까. 일단은 집에 가서 허락을 받고 부모님이랑 같이 여기로 올래? 설명을 드리고, 동의서를 받고, 그다음에 이장님 통해서 김현호 대표한테 연락을 넣자. 그게 순서야."

솔직히 마음에 들지 않았다. 생명이 걸린 문제에 순서가 어디 있어. 하지만 이성적으로 생각하면 선생님 말씀이 맞았다. 그분의 진지한 표정에서 꽃순이를 도와주고 싶어 하는 진심도 느껴졌다.

그렇다면 지금은 꾸물거릴 때가 아니었다. 나는 품에 안긴 강아지를 쑥 내밀어 넘기고 동물병원 문 쪽으로 뛰다시피 걸었다.

"기다리세요. 엄마 집에 있을 거거든요? 모시고 금방 올게요!"

초조하게 버스를 기다리고, 내리자마자 집 쪽으로 쉬지 않고 달렸다. 엄마가 계속 문자를 안 봐서 혹시 외출했을까 봐 걱정했는데, 다행히 골목 쪽으로 열린 부엌 창의 창살 너머로 익숙한 이마와 고무줄로 묶은 머리가 보였다. 아마도 주방 일을 하느라 휴대폰을 못 본 모양이었다. 나는 다섯 집이 모여 사는 다가구 주택의 대문을 밀고 들어가 떨리는 손으로 우리 집 비밀번호를 눌렀다. 엄마는 현관 맞은편의 싱크대에서 설거지를 하는 중이었다.

"엄마!"

내가 신발장 앞에 서서 다급하게 외쳤다.

"빨리 나와! 꽃순이 데리러 가야 돼!"

"뭐? 꽃순이?"

엄마가 손을 멈추고 뒤를 돌아보며 말했다.

"갑자기 무슨 소리야? 동물병원 간다더니, 거기서 무슨 일 있었어?"

아무것도 모르는 엄마의 느긋한 태도에 나는 속이 탔다.

"아 씨, 지금 이럴 시간 없는데."

내가 발을 동동 구르며 말했다.

"김 영감 아들이 꽃순이를 안 키운다고 했대. 선생님한테 입양 보내라고 그랬대. 그럼 당연히 우리가 할 거잖아. 근데 나는 미성년자라 보호자 동의가 필요해서, 지금 엄마를 모셔 와야 된대."

급해서 디테일을 엄청 날려 먹은 설명이었지만, 어쨌든 대강 상황은 전달된 것 같았다. 그런데 바로 외출 준비를 할 줄 알았던 엄마의 반응이 좀 이상했다.

"얘가, 강아지 키우는 게 어디 장난이니? 돈도 많이 들고, 밥 주고 똥 치우고 목욕시키고 챙길 게 얼마나 많은데. 우리 집에서는 그런 거 못 해."

내가 뭔가를 조를 때 으레 그러듯, 엄마는 어깨를 한번 으쓱하고는 다시 싱크대 쪽으로 돌아섰다.

"그게 무슨 말이야. 이건 그런 문제가 아니잖아."

당황한 나는 그제야 신발을 벗고 집 안으로 들어갔다.

"꽃순이라니까? 그냥 강아지가 아니라."

내 쪽을 보지도 않고 설거지에 열중하는 엄마를 향해, 나는 더듬

더듬이지만 열심히 사정을 설명했다. 꽃순이가 당장 임시 보호로 넘어가게 생겼다는 얘기부터 견종과 나이 때문에 입양이 어려울 거라는 수의사 선생님 말씀, 김 영감이 내게 남겼던 유언까지 전부 다.

그러나 충격적이게도, 엄마는 그 모든 이야기를 듣고도 여전히 반응이 없었다. 심지어 내가 동물병원에서 입에 담지도 못한, '안락사'라는 무시무시한 말까지 내뱉었는데도 마음을 바꾸지 않았다.

"들어 보니까, 당장 애를 어떻게 한다는 것도 아니네."

엄마가 말했다. 과장되게 밝은 목소리였다.

"보호를 거쳐서 입양을 보낸다는 거잖아? 거기서 좋은 주인 만날 수도 있는 거고."

"아니, 내 말 못 들었어?"

나는 답답함에 소리를 쳤다.

"안 될 거라잖아, 입양이! 나이든 퍼그는 아무도 안 데려간다고. 그럼 애가 진짜로, 죽을 수도 있단 말이야! 안락사 몰라?"

나는 설거지통에서 나올 줄을 모르는, 고무장갑 낀 엄마의 손을 덥석 붙잡고 사정하듯 매달렸다.

"키우는 것 때문에 그래? 그런 건 내가 다 할게. 나 잘해. 김 영감이랑 맨날 해 봤잖아. 내가 용돈도 안 받을게. 응? 엄마. 애가 죽는다잖아. 김 영감도 가 버렸는데 꽃순이까지 그렇게 되면 어떡해. 제발 엄마. 제발."

세제와 반찬 찌꺼기가 손에 묻어 미끌거렸다. 내내 덤덤하던 엄마의 표정이 흔들리는 것을 나는 분명히 보았다. 그러나 한참 망설인 끝에 나온 대답은 결국 같았다.

"이건 조른다고 되는 문제가 아니야. 우리는 못 데려와. 그런 줄 알아."

단호한 얼굴은 아무리 말해도 소용없다는 뜻을 분명히 담고 있었다. 실망과 혼란으로 머리가 하얘졌지만, 이대로 포기할 수는 없었다. 나는 주말 모임으로 집을 비운 아빠에게 길고 긴 문자를 보냈다. 다행히 답장은 금방 왔다.

- 꽃순이가 너무 안됐네. 너무 걱정하지 마. 아빠가 이따 들어가서 엄마랑 잘 얘기해 볼게.

그날 저녁, 부부싸움이 났다.

"그냥 데려오자. 애가 저렇게 원하는데."

아빠가 말했다.

"아니 연재는 애니까 그렇지, 당신은 왜 그래?"

엄마 목소리에 짜증이 가득했다.

"데려오면 누가 키워? 뭐로 키워? 막말로 여기 우리 집도 아니잖아. 아빠면 아빠답게 애를 타일러야지, 오히려 바람을 넣으면 어쩌라는 거야?"

"바람을 넣긴 누가 넣어. 얘기를 해 보겠다고 한 거지. 그럼 얘기도 못 해?"

"안 되는 건 안 된다고 딱 잘라야 할 거 아니야. 당신 그러는 게 오히려 희망 고문이라고."

"아니, 아예 희망도 없는 거야? 연재 말대로 꽃순이는 그냥 개가 아니잖아. 게다가 얘도 나름대로 생각이 있더만. 강아지 돌보기도 지가 다 하겠다잖아. 안 그래도 쥐꼬리만 한 용돈까지 안 받는다고 하는데, 그걸 어떻게 딱 거절하니?"

"용돈? 그래. 막말로 연재 용돈을 끊는다고 쳐. 근데 개를 그걸로 키울 수 있을 것 같아? 사료에 용품에 숨만 쉬어도 돈이고, 아프기라도 하면 수백이 우습게 깨진다더라. 우리 집이 그걸 감당할 형편이야?"

"결국은 돈 문제라는 거야?"

돈 이야기가 나올 때마다 그렇듯, 아빠의 목소리가 날카로워지기 시작했다.

"그럼 그냥 돈이 없다고 딱 말을 하지, 뭘 그렇게 돌려서 해?"

"내가 언제 돌렸어?"

엄마가 빽 하고 소리를 질렀다. 윗집, 앞집에 다 들릴 만큼 큰 소리였다.

"돈! 돈! 그래! 돈이 없다고! 좁아터진 셋집살이에, 생활비도 없어서 마이너스 통장 쓰는 집구석이 개는 무슨 개야. 집안일 하랴 부업 하랴 허리가 휘다 못해 끊어지게 생겼는데, 근데도 세 식구 입에 풀칠하기가 빠듯한데, 그 와중에 내가 개 사룟값까지 걱정해야 돼?"

"몇 번을 말해! 그냥 개가 아니라고!"

고함치는 아빠 목소리 역시 엄마만큼 커지고 있었다.

"약국 할아버지, 연재한테 친할아버지보다 더 잘해 주신 분인 거 몰라? 아무리 어려워도, 사람이면 은혜를 갚아야 할 거 아냐!"

"누가 은혜를 몰라? 나라고 그 개가 눈에 안 밟혀? 나는 무슨 사이코패스인 줄 알아?"

악쓰는 엄마의 목소리에서는 이제 울음이 느껴졌다.

"나도! 나도 갚고 싶다고 은혜! 근데 가진 게 없는데 어떡해! 막말로…… 막말로 약국 할아버지가 유산이라도 남겨 주셨으면, 큰돈도 다 필요 없고, 그저 남겨진 강아지 거둘 만큼이라도 주셨으면, 나도 토 한 번 안 달고 그냥 데려왔을 거야. 근데 진짜 안 되는 걸 어떡해? 연재 조르는 거 보면서 머릿속으로 백 번도 더 계산해 봤어. 근데 안 돼. 안 된다고! 어쩌라는 거야 당신은? 그 개를 데려오고 우리 애를 굶기자는 거야? 그게 당신이 말하는 은혜 갚기야?"

"무슨 이야기가 또 그렇게까지 가? 어휴, 진짜 말도 안 통하고. 그래! 내가 죄인이다! 돈 못 번 내가 죄인이야!"

씩씩대는 아빠 목소리와 부스럭대며 신발 신는 소리가 들리고, 뒤이어 현관문이 쾅 닫혔다. 아마도 골목에 담배를 피우러 가는 거겠지.

나는 불 꺼진 방에 웅크리고 앉아 무릎 사이로 얼굴을 묻었다. 우리 집에서 돈 이야기는 곧 싸움이라는 걸, 모르는 건 아니었다. 내가 숙제용 노트북을 사 달라고 했을 때, 반 애들 다 갖고 있는 휴대폰을 갖고 싶다고 했을 때, 엄마 아빠는 어김없이 싸웠다. 하지만 보통은 안방에서 문을 닫고 다투는 정도였고, 꼭 필요한 물건이라면 중고나 값싼 모델로라도 웬만하면 사 주려고 애를 썼다.

맞다. 우리 부모님은 좋은 사람들이다. 그렇게 살려고 발버둥 치는 모습이 내 눈에도 보일 만큼. 그랬기에 이번에도 어떻게든 될 줄 알았다. 조금 다투거나 잔소리를 듣더라도, 결국에는 꽃순이를 구해서 데려오게 될 거라고.

하지만 내가 틀렸다. 멍청하고 세상 물정 모르던 내게, 오늘 터진 싸움은 분명히 알려 주었다. 우리 집이 넘볼 수 있는 좋은 삶은 기껏해야 가족을 챙기는 데까지라는 걸. 아무리 김 영감에게 은혜를 입었어도, 그가 남기고 떠난 강아지를 살리는 일은 우리 형편으로 넘볼 수 있는 일이 아니라는 걸.

아르바이트로 돈을 벌면 되지 않을까, 싶어 급하게 인터넷도 뒤져 보았다. 하지만 무슨 일이라도 하려면 일단 만 15세가 넘어야 한다고 했다. 생일만 빨랐어도 괜찮았을 텐데, 하필 12월에 태어난 나는 아직도 5개월을 기다려야 했다.

쭈그린 내 두 다리가 희미하게 보이는, 컴컴한 방바닥 위로 온갖 장면이 스쳐 갔다. 아빠 지갑을 열고 돈을 꺼내는 내 손. 병원 유리를 깨고 강아지를 훔쳐 달리는 내 다리. 그렇게라도 해서 꽃순이를 살릴 수 있다면, 잘못이든 범죄든 못 저지를 게 없을 것 같았다.

하지만 '그다음'을 생각하면 여전히 답이 없었다. 인정하기 싫어서 미쳐 버릴 것 같지만, 결국은 엄마 말이 맞으니까. 동물을 키운다는 건, 정말 숨만 쉬어도 돈이 나가는 일이니까.

"김 영감 진짜, 왜 그렇게 갑자기 죽어 버린 거야."

축축하게 젖은 얼굴을 옷소매로 쓱쓱 문지르며, 나는 들어줄 사람도 없는 허공에 원망을 쏘았다.

"어이없어. 진짜 유산이든 뭐든 좀 남겨 주던가. 나는 그렇다 치고 꽃순이한테는 좀 줬어야지. 갠 김 영감 딸이잖아. 물건은 그렇게 잘 정리했다면서, 정작 남겨질 딸 생각은 못 한거야?"

생각하지 않으려 아무리 애써도, 끔찍한 상상이 자꾸만 펼쳐졌다.

"두고 봐."

내가 훌쩍이며 중얼거렸다.

"꽃순이 죽으면 나도 따라서 죽어 버릴 거니까. 다 후회하게 만들 거야. 이까짓 거지 같은 세상 탈출해서, 나도 꽃순이랑 김 영감 있는 데로 확 가 버릴……."

그때였다. 어둡기만 하던 머릿속에 하얀 얼굴 하나가 떠오른 것은.

"안이양."

낯선 듯 익숙한 그 이름을 입 밖으로 꺼내고 나자, 문득 정신이 확 차려졌다. 나는 허둥지둥 주머니에서 폰을 꺼내 메신저 앱을 켰다. 스크롤을 몇 번 내리자 이양의 이름이 보였다. 폰 번호는 몰랐지만, 같은 반이라 친구 등록은 되어 있는 상태였다.

'김 영감이랑 친하다고 했잖아. 꽃순이도 잘 알고. 애는 사정을 아니까. 어쩌면, 진짜 어쩌면 꽃순이를 키워 줄 수도 있지 않을까?'

큰 기대가 되는 건 아니었다. 그래도 매달릴 수 있는 데는 다 매달려 봐야 한다는 생각이 들었다. 아주 잠깐 머뭇거렸지만, 나는 결국 사진이 등록되어 있지 않은 그 애의 프로필을 눌러 대화를 신청했다.

- 안녕? 나 장연재인데, 잠깐 얘기 좀 할 수 있을까?

잠시 후 읽음 표시가 뜨더니 답장이 왔다.

- 무슨 일인데?

- 그게 있잖아, 혹시 너희 집 강아지 키울 수 있어?

- 웬 강아지?

나는 문자로 꽃순이에게 닥친 상황을 설명했다. 부모님이 싸운 이야기는 뺐지만, 우리 집은 돈 때문에 데려오기 어렵다는 이야기까지 다 했다. 친하지도 않으면서 어려운 부탁을 하는 거니까 나도 최대한 솔직해야 할 것 같았다. 장례식에서 걔 입이 무거워 보인다는 느낌을 받기도 했고.

이양이 보내온 답은 예스도 노도 아니었다. '띠링' 소리와 함께 도착한 것은 열한 자리의 숫자였다.

- 010 XXXX 0320

'얘 폰 번호인가? 전화를 걸라는 뜻이겠지? 무슨 말을 하려고 통화까지?'

긴장 한가득에 약간의 희망을 안고, 나는 번호를 눌러 전화를 걸었다. 통화는 신호음이 한 번 울리기도 전에 연결됐다.

"장연재."

휴대폰 너머로 이양이 말했다.

"어, 안녕."

나는 어색하게 인사했다.

이양은 대답 대신 바로 본론을 말했다.

"난 못 키워. 일단 우리 집은 빌라인데 반려동물 키우기 금지거든. 게다가 엄마가 직업상 집에서 일을 하시는데 성격이 엄청 예민하셔. 짖는 동물은 절대로 안 된다고, 이사 오기 전에도 강아지 키우자는 내 부탁 안 들어주셨어."

분명하고, 단호한, 어떻게 비벼 볼 틈 하나 없이 완벽한 거절.

"그……렇구나."

나는 너무 실망하는 티가 나지 않도록 애쓰면서 대답했다. 그래도 굳이 통화까지 하자고 한 걸 보면 얘도 나름대로 신경을 써 준 것 같았으니까.

"갑자기 뜬금없는 부탁을 해서 내가 미안해. 들어 줘서 고맙고."

이렇게 말하며, 나는 허탈한 마음으로 전화를 끊으려고 했다. 그때 갑자기 뜻밖의 말이 들렸다.

"얼마 필요한데?"

"어? 뭐가?"

당황한 내가 되물었다.

"꽃순이, 돈 없어서 못 데려간다며. 얼마 있으면 데려갈 수 있는데?"

"어, 음, 그게……."

이건 생각도 못한 질문이었다. 나는 김 영감과 함께 꽃순이를 돌보던 기억을 되살리며 더듬더듬 대답했다.

"사료는 3만 원짜리 한 포대 주문하면 한두 달은 먹는 것 같고, 미용비가 한 번에 대략 5만 원쯤? 그리고 배변 패드랑, 그거 말고도 이것저것 필요한 물건들이 있는데……."

"정리해서 보내."

이양이 내 말을 자르고 끼어들었다.

"정리?"

"어. 꽃순이 데려가는 데 필요한 총 비용 정리해서 보내라고."

마치 숙제 공지라도 하듯 무뚝뚝한 말투였다.

"최저 금액으로. 나도 학생이라 돈 없으니까."

이 말을 끝으로, 안이양은 전화를 뚝 끊었다.

5

무슨 일인가 싶어 얼떨떨했지만, 나는 일단 이양의 말대로 꽃순를 키우는 데 필요한 비용을 정리해 보았다. 목욕이나 산책처럼 힘 쓰는 일은 많이 도왔어도, 돈만큼은 전부 김 영감이 냈기 때문에 나도 모르는 부분이 많았다. 인터넷을 찾아보니 반려견을 키우려면 사룟값, 미용비, 검진비, 강아지용 칫솔이나 샴푸 같은 용품값을 합쳐서 매달 최소 20만 원은 드는 것 같았다.

'12월에 생일 지나면 바로 알바 구할 거니까, 일단은 그때까지 쓸 돈만 있으면 될 거야. 미용을 직접 하면 한 달에 5만 원 정도는 아껴지겠지? 그건 내가 유튜브로 배워서 어떻게 해 보자. 이번에 입원하면서 검사를 싹 했으니 당분간 크게 병원비 들 일은 없을 거야.'

셀프 미용비를 빼고 한 달에 15만 원씩, 8월인 지금부터 12월까지 드는 비용을 계산해 보니 총 75만 원이 나왔다. 나는 이양에게 메신저로 금액과 내용을 알려 주었다. 답장은 금방 왔다.

- 미용비까지 넣어서 100만 원으로 해. 뭘 믿고 너한테 미용을 맡겨.

- 그건 그렇지만……. 네가 최소 금액으로 알려 달라며.

- 그런 돈은 아끼는 거 아니야. 애 다치기라도 하면 병원비가 더 나와. 암튼 100만 원은 내가 만들어서 빌려줄게. 며칠만 기다려.

이양의 마지막 메시지를 본 나는 그대로 굳었다. 그 돈을 만든다고? 어떻게? 얘 사실 부자였나? 아무리 그래도 그렇지, 중학생이 100만 원을 이렇게 망설임 없이 준다고?

놀란 내가 답장도 못 하고 머뭇거리는 사이, 이양이 새로운 메시지를 보냈다.

- 그냥 주는 거 아니야. 빌려주는 거야. 알바 시작하면 다달이 나눠서 갚아.

- 고마워. 일단 꽃순이는 구해야 하니까, 염치없지만 받을게.

- 염치없을 거 없어. 이건 나한테도 중요한 문제야. 말했잖아. 김 영감님이랑 꽃순이는 나한테도 가까운 사이였다고.

- 근데 혹시 물어봐도 돼? 돈을 어떻게 만든다는 건지. 부모님께 받는 거야?

- 그런 건 아니지만 넌 신경 쓸 필요 없어. 애나 잘 지켜.

아무래도 안이양은 내가 생각한 것보다 훨씬 쿨한 성격인 것 같았다. 신경 쓸 필요 없다는 말도 진심처럼 보였고. 하지만 아무리 그래도 출처도 모른 채 그 큰돈을 받기는 좀 찝찝했다. 돈이 급할 때 내가 했던 나쁜 생각들을, 어쩌면 얘도 했을지 모르니까. 이런 자신이 좀 구질구질해 보이긴 했지만, 나는 결국 용기를 내서 다시 한번 자판을 두드렸다.

- 계속 물어봐서 미안한데, 돈 어떻게 마련할 건지 알려 주면 안 돼? 그래도 알고는 받아야지. 내가 도울 수 있는 일이라면 돕고 싶기도 하고.

읽음 표시가 뜨고도 한참 동안 답이 없었다. 어딜 갔나? 얘답지 않게 망설이는 걸까?

답장이 온 건 거의 10분이 지나서였다.

- 아빠 유품 팔거야.

뭐라는 거야. 얘가 미쳤나. 나는 당장 전화를 걸었다.

"야, 안이양. 미쳤어? 뭘 팔아?"

내가 따져 물었다.

"문자 봤잖아. 아빠가 남겨 주신 유품 판다고. 내 물건 내가 판다는데 뭐 문제 있어?"

이양의 목소리는 무섭도록 담담했다. 그 냉철함에 나는 약간 기가 눌렸다.

"아니, 문제가 있다는 게 아니라. 이, 일단 너희 아버지 돌아가신 거 몰랐어. 내가 문자 하면서 '부모님'이라고 하지 않았나? 미안. 사과할게."

"괜찮아. 내가 말 안 해서 몰랐던 건데 뭘."

이양이 말했다.

"그리고 유품은 진짜 걱정하지 마. 어차피 몇 년 있다가 다 팔려고 했던 거야. 조금 먼저 팔아서 꽃순이까지 구할 수 있으면 더 좋지. 스무 살 전까지는 쓸 일 없으니까, 그 전에만 갚아."

"음, 팔려는 유품이 뭔데?"

내가 물었다.

"나비."

"나비?"

"응. 나비 표본. 우리 아빠가 나비를 연구하는 곤충학자셨거든. 돌아가시면서 내가 물려받은 표본들이 있는데, 그거 팔면 당장 필요한 돈 마련할 수 있을 거야."

"그, 그렇구나."

대답을 어떻게 이어 가야 할지 알 수 없었다. 유품? 곤충학자? 나비? 무슨 질문을 할 때마다 구구절절 예상 못 한 대답이 나오냐. 나는 점점 혼란스러웠다.

"참고로 되게 비싼 건 아냐."

이양이 침묵을 깨고 말했다.

"어차피 희귀종은 판매도 못 해. 불법이거든. 뭐, 당장 암거래까지 해야 할 정도로 큰 금액이 필요한 것도 아니고. 내가 팔려는 건 아도니스몰포나비, 아트레우스부엉이나비처럼 한 마리에 10만 원 전후쯤 하는 것들이야. 그래도 우리 아빠가 직접 만든 표본이라 시세보다는 조금 비싸게 받을 수 있어. 나비 표본은 종 이상으로 상태가 중요하거든. 그런 부분에서 우리 아빠는 전문가였으니까."

"미안, 나 하나도 못 알아들었어. 아도니스 무슨 나비?"

이양이 말을 하면 할수록 어안이 벙벙해졌다. 이건 아버지가 아니라 본인이 곤충학자 같은데. 그건 그렇고, 얘가 이렇게 똑똑하고 조리 있게 말하는 애였나? 교실에서 봤던 안이양은 항상 말이 없고, 선생님이 발표를 시켜도 들릴 듯 말 듯 웅얼거리다 푹 앉아 버리는 그런 애였는데.

분명 바보 같았을 내 반응이 웃겼는지, 수화기 너머에서 웃음이 터져 나왔다. 역시 교실에서는 들어 본 적 없는 발랄한 소리였다.

"으하하. 미안. 못 알아듣는 게 당연하지. 나는 아빠랑 맨날 나비 얘기만 하면서 자랐거든."

이양이 웃음기 섞인 목소리로 말했다.

"그래도 아빠 돌아가시고 나서는 이런 말 들어 주는 사람 김 영감님밖에 없었는데, 네 덕분에 오랜만에 얘기하니까 좀 좋다."

"좋다니 다행이긴 한데, 그걸 진짜 팔아도 되는 거야?"

"된다니까 그러네. 너 은근 미련 부리는 스타일이구나? 그런 성격 안 고치면 여친 못 사귈걸."

어느 순간 이양의 목소리에는 장난기가 배어 있었다. 이런 면은 또 김 영감이랑 비슷한 것 같기도 하고. 이렇게 생각하며 나는 대답했다.

"그래도 유품이라니까 그렇지. 그럼 미련 부린 김에, 나 뭐 하나만 더 물어봐도 돼?"

"야, 너 좀 징하다. 수업 시간에는 질문하는 거 한 번도 못 봤던 것 같은데. 뭐가 궁금한데?"

"어차피 팔려고 했다며. 그 나비들 말이야. 그건 왜 그랬던 건데?"

"음."

이양은 잠시 멈칫했지만 곧 대답해 주었다.

"독립 자금으로 쓰려고."

"독립 자금?"

"어. 스무 살 되면 팔아서 독립 자금에 보태려고 했었어."

이렇게 말하더니, 이양은 다음 질문을 막으려는 듯 서둘러 이야기를 마무리했다.

"나 이제 학원 숙제 해야 돼. 돈은 2, 3일 내로 보내 줄게. 너희 부모님한테는 학교 애들이 단체로 모금해 줬다거나 그렇게 말씀드리는 게 낫지 않을까? 내가 혼자 줬다고 하면 안 받으실 수도 있잖아."

"어, 그런 부분은 생각 못 했는데. 네 말대로 하는 게 좋겠다."

"좋아 그럼. 은행 계좌는 있어? 없으면 만들던가 해서 메신저로 보내 놔. 나중에 딴소리 못 하게 계좌이체로 보낼 거니까."

"딴소리를 누가 해. 이자까지 쳐서 갚을 거야. 도와줘서 정말 고마……."

뚝. 전화가 끊겼다. 아무튼 이 이상한 여자애는 내가 말을 끝까지 하도록 내버려두는 법이 없었다.

🐾

돈은 사흘 뒤 정확히 입금되었다. 나는 부모님에게 입금 문자와 함께 이양과의 메신저 대화를 (물론 앞부분만) 보여 주며 시나리오대로 설명했다. 꽃순이를 살리기 위해 둘이서 모금을 했고, 일단 필요한 금액이 모였다고.

"기억나지? 장례식에서 인사했던 애잖아. 얘도 김 영감이랑 친했었대."

"아니, 아무리 그래도 그렇지."

엄마는 말을 제대로 잇지 못했다.

"중학생 애들이 이런 큰돈을……. 그리고 돈이 있다고 한들……."

"엄마, 제발, 응? 꽃순이 데려오자. 크게 아프지만 않으면 괜찮을 거야. 수의사 선생님이 이번에 웬만한 검사 다 했고, 검사비는 김 영감 아들이 냈다고 하셨어."

"에휴, 나는 모르겠다."

엄마가 두 손으로 얼굴을 감쌌다.

"미안하다, 우리가 없는 부모라."

금방이라도 울듯한 엄마 앞으로 아빠가 끼어들었다.

"그래, 연재야. 데려오자. 도와준 친구들 성의도 모른 척하면 안 되지. 동물병원 동의서는 나중에 쓰더라도, 아빠가 당장 이장님한테 전화해 볼게."

엄마는 자리에서 일어나더니 조용히 안방으로 들어갔다. 나는 '친구들 성의'라는 말에 괜히 뜨끔하면서, 혹시 엄마가 또 반대하거나 김 영감 아들이 안 된다고 할까 봐 초조해하면서, 이러지도 저러지도 못한 채 거실 바닥에 쭈뼛쭈뼛 앉아 있었다.

통화를 마치고 엄마를 달래던 아빠가 다시 나온 것은 20분쯤 뒤였다. 얼굴 가득 미소를 띤 채, 아빠는 화면이 켜진 휴대폰을 건넸다. '전갑수 이장님'이라는 이름 아래 문자가 찍혀 있었다.

- 허락한답니다. 고맙다고, 잘 부탁한다고 하시네요. 계좌번호 알려 주면 양육비 조로 약소한 사례금도 보내 주신답니다.

이번에는 내가 말을 잃었다. 믿기지 않아서 폰을 붙잡고 화면만 뚫어지게 쳐다보는 내 머리를 부스스 헝클어뜨리며, 아빠는 말했다.

"우리가 괜히 돈 돈 거리면서 오버했네, 그치?"

멋쩍은 웃음이 배인 목소리였다.

"그래도 사례금 같은 걸 받으리라고는 생각도 못했으니까. 뭐, 좋은 게 좋은 거지! 엄마 저러는 건 연재 네가 좀 이해해 줘라. 중학생 자식한테 돈 걱정을 시킨다는 게 부모로서 참, 할 짓이 아니라 그래."

"당연하지!"

내가 벌떡 일어나면서 대답했다.

"난 신경 안 써. 꽃순이만 데려올 수 있으면 다 좋아!"

아빠에게 휴대폰을 돌려주고, 나는 한달음에 방까지 달려갔다. 그리고 문이 잘 닫혔는지 확인한 뒤 주머니에서 내 폰을 꺼냈다. 이양에게 결과를 보고하기 위해서였다.

- 부모님 허락받았어. 김 영감 아들도 오케이 했고. 사례금까지 보내 준대!

쭉 기다리고 있었던 듯, 이양은 바로 문자를 읽고 답장했다.

- 잘됐네. 그럼 이제 아무 문제 없는 거지?

- 응. 문제없어. 너한테 받은 돈은 다시 줄게. 모금한 애들한테 다 돌려준다고 하지 뭐.

- 야, 성금을 돌려주는 경우가 어디 있냐? 최소한 너 알바할 때까지는 갖고 있어.

- 어, 그런가? 그래도.

나는 폰을 든 채 머리를 긁적이며 생각했다.

'성금을 돌려주는 건 이상한가? 하긴, 그것도 그래. 하지만 갖고 있는 것도 미안한데.'

갈팡질팡 고민하는 사이 새로운 메시지가 도착했다.

- 혹시 모르잖아. 돈 더 필요한 일이 생길지도.

'에이, 그럴 리는 없지.'

폰 화면을 보며 나는 생각했다. 구석구석 검사했는데 이상 없다는 수의사 선생님 말씀을 떠올리면서. 하지만 안이양과 대화해 본 몇 번의 경험상, 얘가 내 말을 들을 성격이 아니라는 건 확실했다. 순순히 알았다고 대답하며, 나는 흐뭇하게 보고를 마쳤다.

꽃순이는 다음 날 아빠 차를 타고 우리 집에 왔다. 조금 기력이 없었지만 나를 보자 꼬리를 흔들어 주었고, 시간이 지나며 달라진 환경에도 서서히 적응하는 것 같았다.

사실 적응이 필요한 건 가족들 쪽도 마찬가지였다. 엄마 아빠는 안 그래도 좁은 집에 식구가 늘어난 상황을 한동안 어색해했다. 처음에는 걱정도 됐다. 두 사람이 꽃순이랑 영영 못 친해질까 봐, 그 애를 짐 취급하거나 버리고 싶어 할까 봐. 하지만 초조해하면서 며칠 지켜본 결과, 나는 그런 걱정 따위가 무의미하다는 걸 깨달았다. 사랑하지 않을 수 없는 강아지였던 것이다, 우리 꽃순이는. 누구라도 빠져들게 되는, 그렇게 만드는 재주가 그 아이에게는 있었다.

내가 그 녀석을 의심하기 시작한 건 그 무렵부터였다.

6

"연재야!"

다급한 목소리가 거실에서 나를 불렀다. 아빠였다.

"나와, 얼른! 빨리!"

침대에 누워서 웹툰을 보던 나는 놀라서 뛰어나갔다.

"무슨 일이야?"

"빵야 해 봐. 거기서 내 쪽으로."

이렇게 말하는 아빠는 거실에 무릎을 꿇고 엎드린 자세였다. 그 옆에는 엉덩이를 붙이고 앉아 꼬리로 바닥을 탁탁 때리는 퍼그가 있었다.

“아, 뭐야. 깜짝 놀랐잖아.”

나는 짜증을 내며 돌아섰다. 하지만 아빠는 포기할 기세가 아니었다.

“힘드니까 빨리 해. 손으로 총 모양 만들면서 빵야, 해 보라고!”

“왜 저래 진짜.”

투덜대면서, 나는 새끼와 약지를 대충 구부리고 성의 없는 총소리를 냈다.

“빵야.”

“으악!”

아빠는 몸을 튕기듯 뒤집더니, 곧바로 일어나서는 지켜보던 강아지에게 헐떡거리며 말했다.

“헉헉, 꽃순아, 아빠 시범 봤지? 이게 ‘빵야’야. 내가 빵야! 하고 총을 쏘면 으악! 하고 뒤집어지는 거지. 자, 한번 해 볼까? 빵야!”

“깽!”

연한 갈색 털 아래로 핑크색 배를 드러내며 꽃순이가 후다닥 몸을 뒤집었다. 눈을 꼭 감고 입을 헤 벌린 디테일이 진짜 총이라도 맞은 듯 리얼했다.

“으하하, 이게 되네. 이렇게 한 방에 될 줄이야. 우리 꽃순이는 역시 천재야.”

아빠는 누워 있는 꽃순이를 번쩍 안아 올리더니 온 얼굴에 뽀뽀를 퍼부었다.

"연재야, 다시 한번 갈 테니까 이번에는 네가 동영상 좀 찍어 봐. 내일 출근해서 자랑해야지."

나는 한숨을 푹 쉬며 카메라 앱을 켜고 촬영 모드를 녹화로 설정했다.

"버튼 누른다. 자, 시작."

띵, 하는 신호음과 함께 녹화가 시작되었다. 아빠와 꽃순이는 곧바로 불꽃 연기에 들어갔다.

"아주 영혼의 파트너 나셨네."

안방에서 나온 엄마가 주방으로 들어가며 말했다. 말투는 무뚝뚝했지만, 얼굴을 보니 엄마 역시 꽃순이의 재롱이 귀여운 모양이었다. 아빠는 내친 김에 방금 개발한 개인기라며 꽃순이에게 '두두두'를 가르쳤다. 양팔로 기관총 모양을 만들고 연사하는 시늉을 하면 바닥을 구르는 고난도 기술이었다.

역시 꽃순이는 실수가 없었다.

"자, 간다! 두두두두두."

시범 후 바로 이어진 아빠의 구령에, 꽃순이는 뒤로 깩 넘어가더니 바닥을 세 바퀴 구르고선 축 늘어졌다. 좋아 죽는 아빠의 표정과 웃겨 죽는 엄마의 목소리.

"어휴 정말, 그만 좀 해! 애 힘들겠다. 퇴원한 지 얼마나 됐다고."

엄마가 눈물을 닦으며 말했다.

"당신은 장난 그만 치고 나가서 빨래나 걷어 와. 꽃순이는 이리 온, 밥 먹자."

꽃순이는 발딱 일어나 주방으로 총총 달려갔다. 아빠가 숨을 몰아쉬며 자리에서 일어났고, 나는 그대로 녹화 종료 버튼을 눌렀다.

"방금 찍은 거 톡으로 보내 줘."

빨래를 걷으러 나가며 아빠가 외쳤다. 알았다고 대답하며 방으로 들어가는 내게, 주방에서 사료통을 채우던 엄마가 말했다.

"애 정말 영리하다. 사고라도 칠까 걱정했는데, 어쩜 키우면 키울수록 연재 너보다 손이 안 가는데?"

대꾸하지 않고 침대에 벌렁 누워 영상을 전송한 뒤, 나는 가족 단톡방 대화창을 위로 쭉 올려 보았다. 스크롤 몇 번이 넘어가도록 온통 강아지 사진과 동영상뿐이었다. 애교를 부리는 꽃순이, 점프에 성공한 꽃순이, 노래에 맞춰 춤을 추는 꽃순이. 아빠의 톡 프로필은 어느새 지리산 배경의 기념사진에서 발랑 누운 퍼그 사진으로 바뀌어 있었다.

좋은 일이었다. 그게 당연했다. 내가 어렵게 구해 낸 강아지를 부모님이 이렇게 예뻐해 주는데, 불평할 일이 뭐가 있겠어? 하지만 방금 찍은 영상을 돌려 보는 내 마음속에는 뭐라 설명할 수 없는 찝찝함이 꿈틀댔다.

'애가 원래도 똘똘하긴 했지만, 이 정도였던가?'

한쪽 팔을 벤 채, 나는 폰 앨범을 눌러 '꽃순이'라는 이름의 폴더를 열었다. 그곳에는 녀석이 한 살짜리 아기 강아지였을 때부터 쭉 쌓아 온 기록이 있었다. 내 기억보다 더 젊고 건강해 보이는 김 영감의 모습과 함께.

언젠가 찍은 동영상 속에서, 김 영감은 환호성을 지르며 꽃순이에게 달려가고 있었다. 카메라 뒤에 있어 모습은 보이지 않지만, 그

못지않게 들뜬 내 목소리도 들렸다.

"맞지? 맞지?"

영상 속 내가 외쳤다.

"꽃순이 지금 앉은 거 맞지? 우리 애가 드디어 '앉아'를 배운 거야!"

"그래, 맞어!"

김 영감이 감격한 표정으로 강아지를 덥석 안으며 말했다.

"아이고야, '앉아'를 닷새 만에 배우다니. 아무래도 우리 꽃순이 천재인갑다. 이런 걸 뭐라고 부른다고 했지? 너가 전에 말했던 거 있잖어. 천재개였나?"

"천재개 아니고 천재견."

내가 낄낄거리며 대답했다.

"천재개가 뭐냐고. 미치겠다 진짜. 큭큭. 암튼 '앉아' 했으니까 우리 이제 다른 것도 가르쳐 보자. '손'이랑 '점프'랑, 막 그런 거 있잖아."

좋다고 대답하며 싱글벙글 웃는 김 영감의 손바닥 아래에서, 꽃순이는 맹하고 해맑은 표정으로 혀를 날름거렸다.

그날 이후로도 나와 김 영감은 꽃순이에게 이런저런 개인기를 가르쳤다. 앨범을 훑어보니 생생히 기억났다. 어떤 건 며칠 만에 성공했지만 어떤 건 한 달이 넘게 걸렸고, 훌라후프 통과하기 같은 고난도 개인기는 아무리 가르쳐도 이해하지 못해서 결국 포기했었다. 괜히 애 스트레스 주지 말자면서.

"그래. 이게 내가 알던 꽃순이지."

입속말로 중얼거리며, 나는 다시 한번 최근에 찍은 가족 단톡방의 영상들을 자세히 보았다. 확실한 차이가 느껴졌다. 우리 애가 천재인 건 맞다. 하지만 아무리 그래도 이 정도는 아니다. 걸 그룹 노래에 맞춰 엉덩이춤 안무를 따라한다고? 그것도 아빠가 틀어 준 뮤직비디오를 딱 한 번 보고? 이게 말이 되냐고. 저 그룹 메인 댄서도 그렇게는 못 했겠다.

하지만 이 말도 안 되는 상황을 제대로 보고 있는 건 나뿐인 것 같았다. 하긴, 어찌 보면 당연한 일인지도. 지금 살아 있는 사람 중에서 그 아이의 원래 모습을 제대로 아는 사람은 나뿐이니까. 우리 부모님은 꽃순이의 상태에서 수상함을 전혀 느끼지 못했다. 며칠 전에 은근히 이상하다는 얘기를 꺼내 봤지만, 돌아온 건 역시나 뭔 소리냐는 반응이었다.

"얼씨구, 둘째 생기면 첫째가 질투한다더니. 여동생한데 관심 뺏기니까 서운해?"

내 볼을 쭉 잡아당기며 엄마가 말했다. 옆에 있던 아빠도 나서서 거들었다.

"쓸데없는 소리 말고. 그럴 시간 있으면 영상 편집하는 법이나 좀 찾아서 알려 주라. 우리 꽃순이 찍어서 유튜브에 올려 보게. 이거 아무래도 대박 날 것 같단 말이야."

문제를 전혀 이해하지 못하는 엄마와 내 말을 듣지도 않는 아빠. 한숨을 푹 쉬며 두 사람을 번갈아 바라보고는, 나는 힘이 빠진 채 방으로 돌아왔다.

차라리 질투였으면 좋겠다고 생각했다. 정말로. 진심으로. 하지만 아무리 봐도 이건 그딴 뻔한 감정이 아니었다. 그 아이를 먹이고, 씻기고, 부대끼면서 보낸 시간이 몇 년이다. 엄마 아빠의 딸이 되기 한참 전부터 그 애는 내 동생이었단 말이다. 그 시간이 내게 말하고 있었다. 꽃순이가 이상하다고. 이상해졌다고.

심지어 나는 그 녀석이 변한 순간까지 콕 집어 말할 수 있었다. 그것은 열흘 전, 그 아이가 두 번째로 퇴원한 날부터였다.

병원에서 우리 집으로 온 후, 꽃순이는 한동안 기운을 차리지 못했다. 밥도 물도 겨우 먹었고, 하루 중 대부분의 시간을 바닥에 늘어져 있었다. 이름을 부르면 눈을 뜨긴 했지만 보통 때는 죽은 게 아닐까 싶을 정도로 무기력했다.

그런 꽃순이가 걱정되면서, 한편으로 부모님 눈치가 보였다. 애초에 이 아이를 못 데려올 뻔했던 이유가 있었으니까. 김 영감 아들에게 받은 사례금으로 기본적인 케어는 가능하겠지만 그건 어디까지나 꽃순이가 건강할 때 이야기였다. 엄마가 싸우면서 한 말마따나 강아지가 아프면 돈이 얼마나 깨질지 몰랐다. 아닌 척하려 노력하는 것 같았지만, 꽃순이를 보는 부모님에게서는 그런 걱정이 분명히 느껴졌다.

"재, 건강한 거 맞겠지? 금방 또 병원 다니고 그런 거 아니겠지?"

조심스레 묻는 엄마 목소리가 안방 문틈으로 새어 나왔다.

"괜찮을 거야. 검사 싹 했다잖아. 적응하느라 잠시 저러는 거겠지."

이렇게 말하는 아빠의 말투에는 자신이 없었다. 그럴 만도 하지. 밖에서 엿듣는 나도 이렇게 자신이 없는데.

기어이 일이 터진 것은 3일째 되던 날이었다. 저녁을 먹은 우리 가족은 후식 과일을 깎아 들고 거실에 모여 앉았다. 아빠 엄마는 소파에 앉아서 텔레비전을 보았고, 나는 바닥에서 꽃순이를 쓰다듬으며 한 손으로 휴대폰을 했다. TV 화면에서는 뉴스가 나오고 있었다. 정장을 입은 아나운서가 심각한 목소리로 말했다.

"검찰은 김동민 대표에게 구속영장을 발부하기로 결정했습니다. 혐의는 업무상 횡령 및 배임, 사기 등입니다. 검찰에 따르면 김 대표는 해외 도주 우려가 있으며……."

그때였다. 꽃순이가 발작을 일으킨 것은. 내 무릎에 엎드려 있던 그 아이가 갑자기 벌떡 일어나서 미친 듯이 깽깽거리더니, 다음 순간 나무토막처럼 툭 쓰러졌다. 몸통에 경련이 일어나고 눈동자가 뒤집혔다. 입에서는 흰 거품이 줄줄 새어 나왔다.

"꽃순아, 왜 그래! 정신 차려!"

당황한 내가 꽃순이를 붙잡으며 외쳤다. 엄마 아빠는 놀라고 당황해서 그대로 굳어 버렸다. 잠깐의 침묵 후, 우리는 누가 먼저랄 것도 없이 강아지를 안고 현관 밖으로 달려 나갔다. 담장 밖에 주차된 아빠 차를 타고 동물병원으로 가는 동안, 나는 행여 애가 잘못될까 봐 벌벌 떨며 온몸을 주물렀다.

"제발, 꽃순아, 조금만 버텨 줘."

뛰어 들어온 우리를 보고 놀란 것은 수의사 선생님도 마찬가지였다.

“어라, 연재니? 꽃순이 다치기라도 했어? 무슨 일이야?”

나는 갑작스레 벌어진 일을 정신없이 설명했다.

“우리 꽃순이 죽는 거 아니죠?”

내가 떨리는 목소리로 물었다. 선생님은 말없이 강아지를 받아 들고 진찰대에 눕힌 뒤 이리저리 살폈다. 청진기를 대고, 입을 벌리고, 눈꺼풀을 뒤집고, 다리를 들어 올렸다. 다행히 그사이 발작은 많이 가라앉은 것 같았다. 한참이 걸린 진찰 끝에, 선생님이 우리 부모님에게 말했다.

“일단 겉보기에 큰 이상은 없는 것 같은데요. 갑자기 바뀐 환경에 스트레스를 받아서 그랬을 수 있어요. 일단 오늘 하루 입원시키고 수액 맞히면서 지켜보시죠.”

우리는 아이를 맡기고 차로 돌아왔다. 집으로 돌아가는 내내 누구도 입을 열지 않았다. 하지만 모두가 같은 생각을 하고 있다는 걸 나는 알았다. 병원비는 얼마나 나올까. 이런 일이 또 생길까. 생긴다면 얼마나 자주 생길까.

다음 날, 나는 전화로 꽃순이 상태를 확인한 뒤 혼자 동물병원을 찾았다. 안이양이 빌려준 돈으로 입원비를 내기 위해서였다. 꽃순이를 계속 키우려면 아무래도 부모님에게 돈 걱정을 한 번이라도 덜 시켜야 할 것 같았다.

선생님이 할인을 해 주셨는데도 생각보다 많은 금액이 나왔다. 버스를 탈 때 필요한 반려견용 이동장도 없어서 병원에서 쓰는 물건을 빌려야 했다.

'집에 가면 인터넷으로 이동장부터 주문하고, 추천받은 영양제도 최저가로 알아보고…….'

순식간에 줄어드는 잔고를 생각하니 머리가 띵했다. 이렇게 예상치 못한 지출이 계속 생긴다면 아르바이트를 하기도 전에 돈이 떨어질 것 같았다.

답답한 심정으로 집에 도착한 나는 꽃순이를 데리고 방으로 들어왔다.

"이 녀석아, 건강해야지. 아프긴 왜 아파 가지고 속을 썩이냐."

동글납작한 퍼그의 머리통을 쓰다듬으며 내가 투덜댔다. 하지만 땡그란 눈을 깜빡이는 귀여운 얼굴을 보자 나도 모르게 마음이 풀어졌다.

"에휴, 그래. 널 내가 책임져야지 누가 책임지겠냐. 다 좋으니까 올해 말까지만 좀 버텨 봐. 알바를 해야 병원비든 뭐든 댈 거 아니야."

왈왈!

꽃순이가 밝게 짖었다. 그 모습을 보니 당장은 회복한 것 같아 조금 안심이 되었다.

계속 갇혀 있어서 그런가, 다리를 버둥거리는 모양이 갑갑한 것 같아서 꽃순이를 내려놓고 방문을 열어 주었다. 녀석은 통통한 엉덩이를 씰룩이며 열린 문틈으로 힘차게 뛰어나갔다.

'그러고 보니, 데려온 이후로 처음 봤네? 저 녀석 짖는 모습 말이야.'

나는 흐뭇한 마음으로 생각했다.

그날 이후, 모든 게 달라졌다.

언제 아팠냐는 듯, 언제 기운이 없었냐는 듯, 퇴원한 꽃순이는 생기 넘치던 예전 모습을 완전히 되찾았다.

"병원에서 수액 놓는다더니, 도핑이라도 한 거 아냐?"

방방 뛰는 강아지를 본 엄마가 이렇게 말할 정도였다.

회복한 것은 건강뿐만이 아니었다. 활발해진 꽃순이는 깜짝 놀랄 만큼 똑똑하고 사랑스러운 반려견이 되어 부모님 마음을 차례로 사로잡았다. 그렇게 병원비 걱정을 하던 두 사람이, 언젠가부터 꽃순이가 아프다면 빚이라도 내서 치료해 줄 기세로 뒤바뀌었다.

먼저 넘어간 것은 아빠였다. 맨날 '위기의 중년' 타령을 하며 가장 대접 좀 받고 싶다고 노래를 부르던 아빠는, 꽃순이의 사랑스러운 애교에 사정없이 녹아내렸다. 녀석은 아빠를 꼬시는 방법을 정확히 알고 있었다. 퇴근 시간에 맞춰 반갑게 현관으로 달려 나가고, 틈만 나면 달라붙어 볼을 부비고 꼬리를 흔들었다.

그중에서도 결정타는 신문이었다. 매일 새벽 배달되는 종이 신문은 한때 엘리트 증권맨이었던 아빠의 자존심 같은 물건이었다. 구독료 아까우니 인터넷으로 보라는 엄마의 잔소리에도 꿈쩍하지 않고, 아빠는 매일 식탁에서 두툼하고 커다란 종이 뭉치를 보란 듯이 펼쳐 들었다. 무슨 사건이 일어났다는 둥, 무슨 법이 통과됐다는 둥, 신문을 보며 끝없이 쏟아 내는 아빠의 설명을 솔직히 엄마와 나는 대놓고 귀찮아했다. 폰을 보거나 우리끼리 얘기하며 밥을 먹고, 식사를 마치면 아빠 얘기가 안 끝났어도 적당히 일어나 버리는 식이었다. 그런데 10년도 넘게 무시받던 그 지루한 설명이, 꽃순이로 인해 하루아침에 의미를 찾게 된 것이다.

꽃순이는 아빠가 신문을 펼치기만 해도 쫄쫄 뛰어가서 착 자리를 잡았고, 길면 한 시간도 넘게 이어지는 지루한 이야기를 세상에서 가장 재미있다는 표정으로 경청했다. 중간중간 "왈!"이라든지 "끙." 하는 추임새도 적절하게 넣어 가면서.

"이야, 집구석에 들어와도 쳐다보지도 않는 와이프랑 아들보다 강아지가 백배 낫다!"

이렇게 선언한 순간부터, 아빠는 꽃순이 팬클럽 회장이 되었다. 외출했다 돌아오면 꽃순이부터 찾았고, 직장 근처에 있는 펫 용품점에서 하루가 멀다 하고 간식과 장난감을 사왔다. 회사에서는 좀 참으라고, 밖에서도 이렇게 강아지 얘기만 하면 왕따당한다고, 보다 못한 내가 잔소리를 할 정도였다.

물론 말은 이렇게 하면서도 아빠의 변화가 기뻤다. 적어도 처음에는. 같은 편이 생겼다는 게 든든했고, 내내 눈칫밥을 먹던 꽃순이가 드디어 가족으로 인정받은 것 같아 뿌듯했다. 하지만 시간이 갈수록 나는 신기방기한 재주로 사람 혼을 빼놓는 퍼그가 낯설게 느껴졌다. 가끔은 무서운 마음마저 들었다.

"이건 내가 알던 꽃순이가 아니야. 그냥 영리한 강아지 정도가 아니라고."

온갖 개인기가 담긴 수십 개의 영상을 돌려 보며 나는 중얼거렸다.

"너무 완벽해. 실수 한 번이 없어. 아빠가 좋아하는 행동만 쏙쏙 골라서 하잖아."

스스로 생각하면서도 어이가 없었지만, 영상 속에 담긴 강아지의 모습은 재주 많은 반려견이라기보다 마치…… 미인계를 쓰는 영화 속 스파이처럼 보였다.

그 와중에 엄마의 이성은 조금 더 오래 유지됐다. 그건 아마도, 아빠와 내가 결벽증이라고 투덜대는 깔끔한 성격 때문이었을 것이다. 꽃순이가 퇴원해서 뛰어다니게 되자마자, 엄마는 의자와 식탁다리에 재봉용 천을 둘둘 감고 소파에는 장롱에서 꺼내 온 홑이불을 깔았다. 재롱을 귀여워하는 것 같으면서도, 낯선 강아지에 대한 엄마의 마지막 경계심은 쉽게 풀리지 않았다.

"혹시라도 개가 긁거나 물어뜯으면, 당신이 책임질 거야?"

토요일 오후, 이불이 미끄러져 눕기 불편하다는 아빠의 불평에 엄마가 딱 잘라 말했다.

"소파는 망가지면 답도 없어. 그 이불 치웠다가 흠집 하나라도 생기면, 강아지랑 당신이랑 묶어서 같이 내다 버릴 줄 알아."

"알았어, 알았다고. 깔고 누우면 되잖아."

아빠는 구시렁거리며 꿈틀꿈틀 몸을 돌렸다.

주방에서 간식거리를 찾던 나는 괜히 불똥이 튈까 싶어 찬장을 닫고 조용히 방으로 향했다. 그 길목에서 분명히 보았다. 소파 아래 엎드린 꽃순이를. 아무것도 모르고 아무 생각도 없다는 표정으로, 그 아이는 엄마의 말을 가만히 듣고 있었다.

반지가 없어진 것은 그다음 날이었다.

7

"없어. 어떡해. 없어졌다고!"

개학을 일주일 앞둔 일요일 오전, 아침 겸 점심을 차려 먹고 안방에 들어갔던 엄마가 사색이 되어 뛰쳐나왔다.

"뭐가?"

이불 깔린 소파에 누운 아빠가 무심하게 물었다.

"다이아, 내 다이아가 없어."

"뭐? 다이아?"

소파에 반쯤 흡수되고 있던 아빠가 튕기듯이 일어나며 외쳤다. 화장실에 가던 나도 깜짝 놀라 멈춰 섰다.

"엄마 다이아 반지?"

물음표를 붙여 말하긴 했지만, 사실 이건 질문이 아니었다. 이 집에 다이아몬드 박힌 물건은 딱 하나밖에 없으니까. 없어졌다는 '다이아'는 분명 엄마의 보물 1호인 결혼반지였다.

우리 집이 망했을 때, 다른 건 다 처분하면서도 끝까지 팔지 못한 유일한 예물이라고 했다. 솔직히 다이아라고 부르니까 그런가 보다 하는 거지, 얇은 링에 인상을 쓰고 봐야 겨우 보이는 알이 점처럼 콕 박힌 거라 딱히 보석이라는 느낌도 없었다. 하지만 아빠에게 신문이 그렇듯, 엄마에게 그 반지는 여유 있던 과거를 떠오르게 해 주는 소중한 보물이었다.

행여 흠집이라도 날까 봐 평소에는 끼고 다니지도 못했다. 중요한 모임이나 행사가 있는 날에나 벌벌 떨면서 착용했고, 집으로 돌아온 뒤에는 가장 먼저 빼서 화장대 보석함에 모셔 두었다. 청소를 하다가, 로션을 바르다가, 혹은 그냥 화장대 앞을 지나다가, 종종 그 반지를 꺼내 닦으며 추억에 잠기는 엄마의 습관을 아빠도 나도 잘 알고 있었다.

“가만히 있던 반지가 왜 갑자기 없어져. 어디 떨어진 거겠지. 화장대랑 바닥이랑 잘 찾아 봤어?”

아빠가 침착하려 애쓰는 목소리로 물었다.

“당연하지. 바닥은 틈새까지 다 찾아 보고, 서랍 빼서 뒤쪽도 싹 뒤졌어. 목걸이니 귀걸이니, 다른 짝퉁 장신구는 다 있는데 그 다이아만 쏙 없어졌어. 혹시 누가 훔쳐 간 거 아닐까? 도, 도둑 든 거 아냐?”

엄마는 당장이라도 기절할 것 같았다.

“침착해. 마지막으로 본 게 언제야?”

아빠가 물었다.

“어, 어제저녁. 청소하다가 닦으려고 잠깐 꺼냈어. 그러고 바로 보석함에 넣어 뒀거든? 그 뒤로는 손도 안 댔어. 진짜야. 내가 분명히 기억해.”

“사람 기억에 분명한 게 어디 있어. 잘 넣는다고 생각했어도 잠깐 딴생각하다가 떨어뜨리고 그러는 거지. 암튼 어제저녁에 봤으면 도둑은 아닌 거네. 그때부터 지금까지 집 완전히 비운 적 없었잖아.”

모두가 당황한 상태였지만, 어쨌든 반지가 집 안에 있다는 아빠의 장담은 엄마의 패닉을 조금이나마 가라앉혔다.

곧바로 수색이 시작되었다. 방심한 사이에 반지를 떨어뜨리고,

그 위로 청소기를 돌리거나 걸레질을 하다가 가구 밑으로 밀어 넣었으리라는 게 아빠의 추측이었다.

"아이스하키에서 공 치듯이 말이야. 휙 하고 어디 틈으로 들어가 버린 거지."

엄마와 나는 고개를 끄덕였다. 우리는 길고 얇은 물건을 손에 들고 배로 바닥을 쓸며 집 안의 틈이란 틈은 모조리 훑고 다녔다. 몇 년 묵은 먼지 구덩이 속에서 연필, 열쇠고리, 동전, 머리끈 같은 잡동사니가 쏟아져 나왔다. 하지만 반지는 없었다.

"하키가 아니라 골프였을 수도 있어. 걸레 자루에 튕겨서 좀 더 높은 곳으로 들어갔을 수가 있잖아."

아빠의 새로운 주장에, 우리는 바로 허리를 펴고 바닥보다 높은 구멍들을 뒤지기 시작했다. 신발장, 그릇장, 창틀, 선반, 연필통, 화분. 하지만 역시 소득은 없었다.

몇 시간이 흘렀을까. 청소기를 분해하고 수챗구멍을 쑤시고 쓰레기봉투를 뒤지던 엄마는 결국 울상이 되어 바닥에 주저앉았다.

"이게 어디로 갔단 말이야. 여보, 당신이 진짜 안 가져갔어? 연재 너 진짜 몰라?"

"내가 어떻게 가져가. 그거 없어지면 무슨 봉변을 당할지 뻔히 아는데."

아빠가 난장판이 된 거실과 주방을 보며 진 빠진 목소리로 중얼거렸다.

"나야말로 결백하지. 어제저녁부터 안방 들어가지도 않았잖아."

괜히 의심받았다는 사실에 발끈한 내가 퉁명스럽게 대답했다.

"그럼 그걸 누가 가져갔냐고. 도둑도 아니고 집 안에 있는 것도 아니면 대체……."

엄마가 손바닥으로 얼굴을 감쌌다. 지켜보던 아빠는 한숨을 쉬며 고개를 푹 숙였다.

정확히 이 타이밍에 그 아이가 등장했는데, 그걸 단순한 우연이라고 생각할 수 있을까? 집이 폭격을 맞는 동안 현관 옆에 가만히 엎드려 있던 꽃순이는 별안간 발딱 일어나더니 이쪽으로 천천히 걸어왔다. 그리고 멍하니 선 나와 아빠 사이를 자연스럽게 지나쳐서 웅크린 엄마의 다리에 조용히 얼굴을 갖다 댔다.

"꽃순이구나. 위로해 주려고?"

고개를 든 엄마가 강아지를 꼭 껴안았다.

"아가, 엄마 다이아가 없어졌다. 이 박복한 팔자에 보석이라곤 딱 그거 하나였는데, 이제 그것마저 없어져 버렸어."

"반지는 또 사면 되지."

아빠가 가망 없는 위로를 건넸다.

"찾을 수 있을 거야."

거짓말이었지만, 나 역시 이것밖에 할 말이 없었다.

하지만 꽃순이는 달랐다. 녀석이 보여 준 건 말이 아니라 행동이었다.

왈왈. 낮게 짖는 소리로 시선을 집중시키더니, 꽃순이는 짧은 다리로 장판을 차며 안방으로 달려갔다. 그리고 의자를 발판 삼아 화장대 위로 점프한 뒤, 반지 자리가 빈 보석함에 코를 대고 킁킁거렸다. 몇 초 후, 그 녀석은 바닥으로 뛰어내려 방문을 넘어오더니 우리를 바라보며 고개를 까딱거렸다. 마치 자기를 따라오라는 것처럼.

부모님은 홀린 듯 꽃순이를 따라갔다. 잠시 멈칫했던 나도 그 뒤를 따랐다. 찹찹, 쫑쫑, 가볍게 옷과 쿠션 무더기를 피해 가며 현관 앞에 도착한 꽃순이는 문을 보며 짧게 짖더니 또 한번 우리 쪽을 보았다.

"열라고?"

엄마의 물음에 왈, 하고 녀석이 대답했다. 아니, 꼭 대답하는 것처럼 짖었다.

엄마는 최면에 걸린 사람처럼 앞으로 가더니 손잡이를 돌렸다. 문이 채 열리기도 전에 밖으로 뛰어나간 녀석은 오른쪽으로 돌더니 현관 바로 옆에 멈춰 섰다. 그곳에는 갈색 종이 쇼핑백이 놓여 있었다.

"설마!"

엄마가 맨발로 뛰어나가며 외쳤다.

"무슨 일이야?"

영문을 모르겠다는 표정으로, 아빠와 나는 슬리퍼를 신고 그 뒤를 따랐다. 엄마의 다급한 손에 쇼핑백이 거꾸로 뒤집혔다. 내용물이 바닥에 쏟아졌다. 안에 있던 것은 나이키 로고가 큼직하게 박힌 흰색 운동화였다.

"뭐야? 내 농구화잖아. 저게 왜 여기 있어?"

현관에서 고개만 내밀고 있던 내가 놀라서 외쳤다.

"어차피 못 신잖아 이제는."

엄마가 신발을 뒤집어 흔들며 말했다.

"사이즈 안 맞아서. 그래서 중고로 팔려고, 아까 밥 차리기 전에……."

팅, 신발 속에서 은빛 고리가 튀어나와 바닥으로 떨어졌다.

"있어, 여기 있어."

엄마가 떨리는 목소리로 말했다. 반지를 주워 든 손이 머리 위로 올라갔다.

"찾았어! 내 다이아! 찾았다고!"

소란에 놀랐는지 앞집 아줌마 아저씨가 문을 열고 얼굴을 내밀었다. 아빠는 민망한 듯 멋쩍게 인사하며 죄송하다고, 신경 쓰지 마시라고 했다. 나 역시 얼굴이 빨개져서 고개를 숙였다. 하지만 엄마는 이웃도 가족도 눈에 들어오지 않는 모양이었다.

"아가, 이걸 네가 찾은 거야? 냄새로?"

감격에 겨운 목소리로, 엄마는 바닥에서 헥헥대는 꽃순이를 번쩍 들어 올렸다.

"세상에나, 어쩜 이렇게 똑똑하니. 정말 큰일 했다. 개가 영물이라더니, 그 말이 맞네. 얘가 우리 집 재산을 지켰어!"

"아이고, 머리야. 그래도 찾았으니 됐다."

아빠가 고개를 절레절레 저으며 말했다.

"어떻게 된 거야? 결국 골프였던 거야?"

"그랬나 봐."

엄마가 꽃순이를 와락 껴안으며 대답했다.

"튕겨서 신발 속으로 들어갔었나 봐. 나는 그런 것도 모르고, 하필 그 신발을……. 아휴, 푼돈 벌어 보려다가 다이아 잃을 뻔했어. 우리 딸내미 아니었으면 진짜 어쩔 뻔했냐고."

"으이그, 이 사람아, 내가 궁상떨다가 손해 본다고 했어 안 했어?"

말은 이렇게 해도, 아빠는 마음이 놓인 듯 웃으며 엄마와 꽃순이를 동시에 껴안았다.

"그래. 당신 말이 맞다. 재산도 재산이지만, 꽃순이가 진짜 큰 사달 막았네. 우리 집에 복덩이가 굴러 들어왔어."

꽃순이는 생색내지 않았다. '뭐 이 정도 쯤이야.' 하는 표정으로, 두 사람 사이에 끼어 살랑살랑 꼬리를 흔들 뿐이었다.

한 덩어리가 되어 행복해하는 부모님과 강아지를 보며, 나는 어째서인지 웃을 수가 없었다.

'골프라고? 떨어진 반지가 튕겨서 내 농구화로 들어갔다고?'

혼자 현관으로 돌아온 나는 높다란 신발장을 위아래로 훑어보았다. 삼촌이 중학교 입학 선물로 사 줬던 나이키 조던. 발이 커져서 못 신게 됐지만 차마 버릴 수 없었던 그 근사한 농구화를, 나는 이 두 손으로 신발장 맨 위 칸 깊숙이 넣어 두었다. 추억을 저장하는 심정으로.

'우리 집이 아무리 좁아도 그렇지, 안방에서 떨어뜨린 반지가 어떻게 현관까지 굴러 나와. 만에 하나 그랬다고 해도, 그걸 어떻게 치면 내 키보다 높은 칸 안쪽까지 튕겨 들어가? 엄마가 무슨 프로 골퍼야?'

아무리 생각해도 말이 되지 않았다. 엄마가 그 신발을 미리 내려놨으면 몰라도. 하지만 그랬을 리는 없다. 조던에 손만 대도 난리치는 나를 모르는 사람이 아니니까. 엄마는 분명 맨 위 칸에서 신발을 꺼내자마자 쇼핑백에 넣어 후다닥 내놓았을 것이다. 행여 나한테 들킬까 봐 전전긍긍하면서.

나는 찬찬히 기억을 되짚었다.

'오늘 아침에 외출했던 건 꽃순이 데리고 산책 갔었던 아빠밖에 없어. 하지만 아빠가 반지를 훔쳤다면, 굳이 엄마가 팔려고 내놓은 물건에다 숨기지는 않았겠지.'

엄마도 아니고, 아빠도 아니다. 나는 물론 아니다. 그렇다면 남은 건…….

나는 현관 밖으로 고개를 돌려 꽃순이를 보았다.

녀석은 이미 이쪽을 보고 있었다.

범인은 저놈이다. 그렇게 밖에 생각할 수 없었다. 내 표정을 본 꽃순이 역시 들켰다는 사실을 눈치챈 것 같았다. 천천히 다가오는 나를 힐끔힐끔 보다가, 내 손이 닿기 전에 아빠 품에서 뛰어내려 잽싸게 집 안으로 달아난 걸 보면.

"호호호, 쟤 발바닥 봤어? 뛰는 것도 어쩜 저렇게 귀엽지."

강아지가 찾아 줬다고 믿는 반지를 꼭 쥐고, 엄마는 그저 예쁘다는 표정으로 녀석이 달려간 방향을 바라보았다.

"보기에만 귀여운 게 아니야. 폭신한 발바닥에서 누룽지처럼 고소한 냄새가 나는데, 그거 맡고 있으면 근심 걱정이 녹아내린다니까."

아빠가 싱글거리며 말했다.

"그 반지……."라고 말을 꺼내다가, 나는 순간 멈칫했다.

"반지 뭐?"

엄마가 빤히 쳐다보며 물었다.

"아니, 아무것도 아니야."

웅얼거리며 입을 다물고, 나는 뒤돌아 슬리퍼를 벗으며 집 안으로 들어갔다.

'저렇게 좋아하는데, 바로 찬물을 끼얹을 건 없지. 어차피 지금은 증명할 방법도 없잖아.'

솔직히 일러바친다는 게 찝찝하기도 했다. 꽃순이가 물건을 훔치면서까지 이런 쇼를 벌인 이유도 어렴풋이 알 것 같았고. 잘못하면 내다 버린다는 엄마의 말과, 입양이 어렵다는 수의사 선생님의 말이 머리를 맴돌았다.

'그래. 이건 순서가 아니야.'

집으로 들어가면서 내가 내린 결론이었다. 내가 지금 얘기해야 할 사람은 엄마 아빠가 아니다. 사람 말을 알아듣는 게 확실한, 대체 얼마나 똑똑한지 짐작도 안 되는 우리 집 강아지에게, 나는 물어볼 것이 아주 많았다.

"꽃순아, 나랑 얘기 좀 해!"

이렇게 외쳐 부를 때만 해도, 나는 당장 그 녀석을 붙잡고 대화할 수 있을 줄 알았다. '대화'라는 말이 이상하지만, 어쨌든 그게 가능한 건 분명해 보였으니까. 하지만 꽃순이는 나타나지 않았다.

나는 집을 빙빙 돌며 안방과 내 방을, 거실과 주방과 화장실을 차례로 뒤졌다. 강아지는 그림자도 보이지 않았다. 세면대 안이랑 변기 뒤까지 확인하고 다시 거실로 나왔을 때, 황당하게도 파리채를 입에 물고 뛰어가는 토실한 엉덩이가 보였다.

"장연재, 너도 정리 도와."

엄마의 양손에는 바닥에 흩어져 있던 물건들이 가득 들려 있었다.

"꽃순이 좀 본받아라. 강아지도 이렇게 잘 도와주는데."

"아, 알았어."라고 대답하며, 나는 쿠션을 집어 드는 척 꽃순이가 있는 쪽으로 살살 걸어갔다. 녀석은 몸을 홱 틀어 안방으로 쏜살같이 도망쳤다. 뒤를 쫓아갔지만 역시나 보이지 않았고, 다시 나오니 거실 저편에서 아빠 다리에 매달려 있었다.

그제야 그놈이 뭘 하는지 보였다. 녀석은 나를 피하는 중이고, 앞으로도 잡힐 생각이 없는 것이다.

'어디 해 보자 이거지.'

그렇게 추격이 시작되었다.

방 두 칸에 화장실 하나, 거실에 연결된 작은 주방. 세 식구 살기도 좁다고 늘 불평하던 이 낡은 다가구 주택이 무려 일주일짜리 추격전의 무대가 될 수 있다고 누가 상상했을까.

하지만 막상 해 보니 가능했다. 그것도 얼마든지. 물론 상대가 작은 동물이라는 전제가 필요했지만. 몸길이 26센티미터, 체중 6킬로그램짜리 퍼그에게 이곳은 도망에 최적화된 게임 맵이나 다름없었다. 169센티미터에 59킬로그램인 인간에게는 신체 조건부터 지고 들어가는 싸움이었다. 그러니까, 내가 일주일 동안 개 한 마리를 못 잡고 쩔쩔맨 게 꼭 멍청해서만은 아니란 얘기다.

처음 하루 이틀은 뭣도 모르고 꽃순이 뒤를 무작정 쫓았다. 하지만 체력만 있는 대로 쓰고 손끝 하나 대지 못했다. 전생에 무슨 이순신 장군이었는지, 녀석은 지형을 기가 막히게 활용할 줄 알았다. 예민한 청각으로 내 발소리를 알아채고는, 가까워진다 싶으면 옷장, 신발장, 빨래통, 재활용품 수거함으로 쏙 숨어 버렸다. 어쩌다 발견해서 쫓아가면 소파나 침대 밑처럼 손이 닿지 않는 곳으로 도망쳤고, 잡으려고 바닥에 엎드리면 그 틈을 타 반대편으로 탈출했다.

부모님의 도움은 기대할 수도 없었다.

"너 요즘 왜 그렇게 꽃순이 귀찮게 해?"

달아난 그놈을 따라왔다가 빨래통을 뒤집는 내게 엄마가 확 짜증을 냈다.

"숨바꼭질 놀이도 한두 번이지, 집도 다 어지르고 이게 뭐야. 네가 무슨 다섯 살짜리 애야? 그러고도 오빠야?"

그때 알았다. 적어도 꽃순이를 상대하는 문제에서, 이 집에는 내 편이 하나도 없다는 걸. 까딱하다간 그 녀석이 아니라 내가 쫓겨날 판이었다.

분위기를 파악한 나는 엄마의 뚜껑이 열리기 전에 계획을 수정했다. 꽃순이에게 관심 없는 척 조용히 지내다가 방심한 틈을 타서 확 덮치기로 마음먹은 것이다.

'어쨌든 개도 이 집에서 나갈 생각은 없는 것 같고, 그러려면 여기서 밥도 먹고 물도 먹어야 할 거 아냐. 부모님 앞에서 재롱도 종종 떨어 줘야 되고. 무식하게 계속 쫓아다닐 게 아니라, 알아서 기어 나올 때까지 기다렸다가 한 방에 잡아 버리자고.'

그러나 이 작전 역시 먹히지 않았다. 녀석은 내 생각보다 훨씬 눈치가 빨랐고, 내 바뀐 계획도 금세 알아챈 것 같았다. 내가 뛰어서 쫓아가지 않으니 녀석도 뛰어서 도망가지 않았지만, 뒤통수에 눈이라도 달린 듯 팔이 닿는 거리 안에는 절대 들어오지 않았다. 내가 방에서 나오면 슥 걸어서 자리를 피하고, 도망치기 애매한 분위기다 싶으면 낑낑거리며 부모님 품을 파고들었다.

"지금 저는 아빠랑 데이트 중이니까, 방해하지 말아 줄래용?"

개인기 연습에 걸리적거리는 내가 귀찮았는지, 아빠는 꽃순이 뒤통수에 입을 대고 복화술로 나를 쫓아냈다. 비웃는 듯한 표정으로 올려다보는 건방진 퍼그를 두고, 나는 씩씩대며 물러날 수밖에 없었다.

20평 될까 말까 한 공간에서 함께 사는데, 어떤 때는 바로 눈앞에서 알짱거리는데, 조그만 강아지 한 마리를 잡을 수가 없다는 사실이 믿기지 않았다. 짧은 여름방학은 끝나 갔고, 나는 점점 초조해졌다. 그 와중에 조금씩 드러나는 녀석의 희한한 능력은 나를 정말 환장하게 만들었다.

모를 땐 몰랐지만, 일단 눈치채고 나니 끝도 없이 보였다. 녀석은 똑똑했다. 아니, 똑똑하다는 애매한 말보다는 '지능이 높다'는 표현이 정확할 것 같다. 강아지 평균 아이큐가 몇인지는 모르겠지만, 녀석의 아이큐는 분명 웬만한 사람보다 높았다.

내가 새벽에 갑자기 깨서 물을 마시러 나갔을 때, 녀석은 식탁에서 후다닥 뛰어내리더니 거실의 어둠 속으로 도망갔다.

"어차피 지금은 쫓아갈 기운도 없거든."

나는 궁얼거리며 냉장고로 향했다. 물병과 컵을 꺼내는데 식탁 위에 놓인 신문이 보였다. 사회면이 활짝 펼쳐진 상태로.

아빠가 자기 전에 보던 건가? 별 생각 없이 고개를 돌리는데, 순간 귀신보다 더 무서운 장면이 눈에 들어왔다. 식탁의 반대쪽 모서리에 곱게 접힌 채로 놓인, 또 다른 신문 한 부가.

우리 집 식탁에는 언제고 신문이 하나씩만 올려져 있다. 정리정돈에 목숨 거는 엄마가 하루치만 빼고 싹 정리해 버리기 때문이다. '새 신문이 올라가면 헌 신문을 치운다.' 그건 하늘이 두 쪽 나도 지켜지는 이 집의 규칙이었다.

"에이, 설마."

입속말로 중얼거리며, 나는 식탁 쪽으로 걸어가 접힌 신문을 살펴보았다. 위쪽에 표시된 연, 월, 일은 자정이 지나 바뀐 어제 날짜로 되어 있었다. 그리고 펼쳐진 신문에 쓰인 날짜는…… 바로 오늘.

뻣뻣하게 굳은 목을 돌려, 나는 거실 벽에 붙은 시계를 보았다. 초침 소리가 나지 않는 무소음 시계의 야광 바늘은 대략 4시 반쯤을 가리키고 있었다. 조간신문은 새벽 4~5시에 배달된다고, 아빠가 얘기하던 기억이 났다. 세상에 신문 배달원만큼 성실한 분들은 없다면서 그렇게 말했었지. 그렇다면 식탁에 놓인 오늘 자 신문은 방금 배달된, 그러니까 배달원이 현관에 난 신문 구멍으로 끽해야 몇 분 전에 밀어 넣은 물건이라는 뜻이다.

안방에서 새어 나오는 아빠의 선명한 코골이를 들으며, 나는 지금 이 상황에 대해 조금이라도 말이 되는 설명을 찾아보려고 애썼다. 신문에 날개가 달려서 식탁까지 날아왔을 가능성이랑, 강아지가 신문을 가져와서 보고 있었을 가능성. 둘 중에 뭐가 그나마 덜 미친 것 같지?

두 신문의 날짜를 확인하고 또 확인하는 사이, 지금껏 대수롭지 않게 넘겼던 기억들이 동영상 빨리감기처럼 미친 듯이 머리를 스쳤다. 아빠가 신문만 펼치면 달려오던 꽃순이. 아빠의 설명을 꼭 사람처럼 경청하던 꽃순이. 바로 지금처럼, 내게 쫓기는 와중에도 신문이 놓인 식탁 주변을 은근히 알짱대던 꽃순이.

'이걸 읽는 거야? 직접?'

깨달음과 동시에 찾아온 충격에, 나는 주방으로 온 목적도 잊은 채 한참을 멍하니 서 있었다.

하지만 그 이후로 계속해서 확인된 꽃순이의 능력에 비하면 신문 읽기는 재주라고 할 수도 없었다. 그 개가 인터넷으로 검색을 한다는 걸 알았을 때, 나는 태어나서 처음으로 믿지도 않던 신을 찾았다.

'세상에, 하나님……. 저게 인터넷을 아는 거야? 타이핑을 해? 그건 그렇다 치고, 내 노트북 패스워드는 대체 어떻게 푼 거야? 설

마 해킹까지 하는 건가?'

녀석이 만진 게 분명한 노트북을 이리저리 살피며 나는 생각했다. 검색 기록을 확인해 보니 뉴스 기사부터 블로그, 지식백과, 인물정보까지 공통점 하나 없는 정보들을 많이도 찾아 대고 있었다.

'노트북을 확 치워 버릴까? 아냐. 잘하면 이게 미끼가 될 수도 있어. 모른 척 계속 여기에 두고, 저놈이 인터넷 하는 현장을 사진이나 영상으로 찍자. 증거가 남으면 발뺌 못 할 거 아냐.'

그러나 증거는 잡을 수 없었다. 무슨 시도를 해도 꽃순이가 나보다 더 빠르고 더 똑똑하다는 사실을 계속 확인하게 될 뿐이었다. 아무리 빨리 뛰어가도, 그 녀석은 내가 카메라 앱을 켤 틈조차 주지 않은 채 순식간에 사라졌다. 몇 번은 폰을 동영상 모드로 설정해 놓고 책장 안에 숨겨 봤는데, 대체 어떻게 눈치챘는지 배터리가 떨어질 때까지 절대 나타나지 않았다.

그 와중에 허점을 보인 건 오히려 내 쪽이었다. 내가 흔적을 캔다는 걸 알아챘는지, 녀석은 어느 순간부터 검색 기록까지 꼼꼼히 삭제하기 시작했다.

'김 영감, 대체 뭔 개를 데리고 살았던 거야?'

방문 앞에서 또다시 꽃순이를 놓치고, 나는 허탈한 마음으로 책상 위에 손을 짚었다. 양 손바닥에 느껴지는 온도가 확실히 달랐다. 부자연스럽게 뜨뜻한 왼쪽 손바닥 아래에, 방금까지 강아지가 엉덩이를 붙이고 앉아 있었을 것이다.

그 앞에는 뚜껑이 열린 노트북이 있었다.

8

반지 사건으로부터, 그러니까 내가 꽃순이를 쫓기 시작한 날로부터 일주일이 흘렀다. 다시 찾아온 주말은 유난히 더웠다. 늦여름 폭염을 안내하는 일기예보를 틀어 두고, 엄마는 친척 결혼식 참석 준비로 아침부터 야단을 떨었다.

"그냥 엄마 아빠 둘이 가면 안 돼? 나는 이름도 모르는 사람인데. 까놓고 말해서 육촌이면 남 아니냐고."

이불이 치워진 소파에서 눈치를 보며 내가 말했다.

"나 방학 숙제 해야 한단 말이야. 엄청 밀렸어."

물론 결혼식에 가기 싫은 진짜 이유는 따로 있었다. 꽃순이를 쫓아야 하니까. 집에 신문을 읽고 노트북을 두드리는 강아지가 있는데 알지도 못하는 사람의 결혼식에 낭비할 시간이 어디 있냐고, ……라고 솔직히 말할 수 없으니 그나마 먹힐 만한 핑계로 찾아낸 게 숙제였던 건데, 안타깝게도 나의 보호자께서는 그런 사정을 봐주는 분이 아니었다.

"얘가 뭐라는 거야?"

엄마가 눈을 치켜뜨며 말했다.

"너한테는 육촌이어도 엄마한테는 사촌 오빠 딸이야. 가족이 다 같이 가는 게 당연하지. 그리고 개학 전날인데 이제 와서 방학 숙제? 웃기고 있네. 어차피 벼락치기면 결혼식 갔다 와서 해도 되잖아."

냉정하게 선언한 엄마는 나를 일으켜 화장실로 밀어 넣었다. 쾅 닫히는 문 뒤로 단호한 목소리가 들렸다.

"헛소리 말고 씻어. 미용실 들리려면 시간 촉박하니까."

거울 앞에 서서 아무리 머리를 굴려도, 나라는 인간에게 숙제를 뛰어넘을 명분은 존재하지 않았다. 나는 결국 한숨을 푹 쉬며 세면대 수도꼭지를 틀었다.

샤워하고 이를 닦는 데 대충 10분쯤 걸렸다. 엄마는 늦었다고 난리를 치며 머리도 못 말린 나를 잡아끌고 현관을 나섰다. 빳빳한 면바지를 불편해하며 그 뒤를 따르는데, 문득 엄마 손가락에서 반짝이는 작은 다이아가 보였다. 그 모습에 미련이 생긴 나는 잠깐의 틈이라도 벌어 보려고 또다시 소심한 시도를 했다.

"미용실까지 꼭 가야 돼? 아빠도 안 가잖아. 미용실은 엄마 혼자 가고, 나는 집에 있다가 이따 아빠랑 같이 출발하면……."

급하게 걷던 엄마의 검은색 구두가 우뚝 멈췄다.

"아빠는 이번 주에 이발을 하셨잖아. 네 머리는 엉망진창이고."

이를 꽉 깨문 목소리였다.

"장연재 너, 더워 죽겠는데 자꾸 사람 건드릴래?"

"알았어. 가면 되잖아."

나는 시무룩한 표정으로 어깨를 늘어뜨리고 엄마 뒤를 따랐다.

우리는 골목 끝에 있는 동네 미용실로 들어갔다. 커트와 드라이를 예약했다고, 엄마가 미닫이문을 밀며 말했다. 젊은 미용사 누나가 해 준 내 커트는 금방 끝났다. 하지만 늘 그렇듯 엄마의 드라이에 믿을 수 없을 만큼 긴 시간이 걸렸다. 의자에 앉아 폰을 보며 지루하게 시간을 때우다가, 데리러 온 아빠 차를 타고 드디어 청주 시내에 있는 예식장으로 향했다.

그나마 다행인 점은, 막상 도착한 결혼식이 그렇게 나쁘지 않았다는 것이다. 이름도 기억나지 않던 먼 친척 누나는 막상 얼굴을 보니 낯이 익었다. 하얀 드레스를 입은 모습은 엄청 예뻤고, 신랑 형이랑 같이 있을 때는 진짜 행복해 보였다. 두 사람이 행진할 때는 감동받아서 나도 모르게 박수가 나왔다. 머리를 잘라 시원해진 뒷덜미로 에어컨 바람이 솔솔 지나갔다. 오랜만에 만난 삼촌이 친구들이랑 간식 사 먹으라며 만 원짜리를 쥐어 주었다. 나는 고개를 꾸벅 숙이며 돈을 받아 주머니에 넣었다.

식사까지 마치고 부모님과 함께 예식장을 나올 때, 내 기분은 꽤 만족스러운 상태였다.

"엄마, 다음 주에는 또 누구 결혼식 없어?"

아빠 차에 오르며 이렇게 물을 정도였다. 뷔페 음식으로 볼록해진 배가 기분 좋게 묵직했다.

"없어 이것아. 오는 내내 투덜대더니, 하여튼 청개구리 같아 가지고."

조수석에 앉은 엄마가 안전벨트를 매며 대답했다.

"저건 결혼식이 무슨 외식하러 가는 데인 줄 알아."

"왜, 밥 먹으러 가는 거 맞지 뭘."

아빠가 차를 출발시키며 말했다.

"밥 맛있는 결혼식이 좋은 결혼식이야. 오늘 뷔페 진짜 괜찮더라."

"맞아. 갈비찜 완전 맛있었어. 잡채도 맛있었고. 연어초밥도 진짜 장난 아니었는데."

나는 두툼하게 썰린 회를 떠올리며 굶은 사람처럼 입맛을 다셨다.

"뭐, 잘 나오긴 하더라. 잔치 음식은 아무 때나 먹을 수 있는 것도 아니니까, 이럴 때 많이 먹어 두면 좋지."

엄마가 무심한 척 끼어들더니, 문득 생각났다는 듯 덧붙였다.

"그나저나 난 요즘 밖에서 맛있는 거 먹을 때마다 꽃순이 생각이 나. 우리 애랑 같이 먹을 수 있으면 참 좋을 텐데, 싶어서."

"내 말이 그 말이야."

아빠가 대답했다.

"사람 먹는 음식 강아지한테 주지 말라고 하긴 하던데. 연재야, 진짜 조금도 안 돼?"

"어?"

갑자기 나온 꽃순이 이야기에 당황한 내가 말을 더듬었다.

"아, 안 되지."

"그래. 좀 찾아보니까 초콜릿이니 아보카도니, 그런 건 강아지한테 진짜 독약이라더라. 모르면 아예 안 먹이는 게 나아."

다행히 엄마가 나 대신 대답해 주었다. 아빠는 그렇구나, 고개를 끄덕이며 차를 출발시켰다.

'기왕 꽃순이 생각이 난 김에, 작전이나 한번 고민해 볼까.'

나는 뒷좌석에서 팔짱을 끼고 혼자 생각에 빠졌다.

'맛있는 거 먹어서 에너지가 넘치니까 좋은 아이디어가 떠오를지도 몰라. 흠, 어차피 내일이면 개학인데, 엄마가 뭐라 하든 말든 무시하고 집을 한번 뒤집어 볼까. 아예 방문을 싹 닫아 놓고 한 곳으로 몰아서…….'

혼자서 요리조리 계획을 짜다가, 어느 틈에 잠들었던 모양이다.

무슨 꿈까지 꿨던 것 같은데. 김 영감이 나왔던가. 침까지 흘리며 자던 나를 깨운 것은 앞자리에서 들린 아빠 목소리였다.

"어라?"

아빠가 뭔가에 놀란 말투로 말했다.

"저 분이 왜 여기 계시지?"

"왜? 누구?"

엄마가 물었다.

"저쪽에 말이야. 주인집 할머니 아니야?"

"어, 맞는 것 같은데?"

나는 비몽사몽 중에 눈을 끔뻑이며 아빠 손가락을 따라 창밖을 보았다. 그새 청주를 벗어나 운랑리 근처까지 왔는지, 익숙한 읍내 풍경이 눈에 들어왔다. 인도를 따라 이쪽으로 천천히 걸어오는 사람은 아빠가 말한 대로 우리 집 꼭대기 층에 혼자 사시는 건물주 할머니였다.

"아까 나올 때 마주쳐서 꽃순이 맡겨 놓고 나왔거든."

아빠가 말했다.

"오늘 종일 집에 계신다고, 강아지 봐 준다고 하시기에."

아빠는 갓길 쪽으로 차를 대며 창문을 내렸다.

"어르신, 외출하셨어요?"

아빠가 할머니를 향해 외쳤다.

"오늘은 댁에 계신다시더니요."

"아이고, 연재네 아니여?"

우리를 발견한 할머니가 다가오며 반갑게 대답했다.

"갑자기 볼일이 생겨서 나왔어. 이제 다 보고 들어가는 길이여. 꽃순이는 잘 놀게 됐으니까 걱정 말고."

"어휴, 걱정은요."

아빠가 밝게 말했다.

"들어가시는 길이면 태워 드릴까요? 어차피 같은 길인데."

"그래 주면 나야 고맙지."

나는 할머니를 위해 차 문을 열어 드린 뒤 옆자리에 놓여 있던 물병이며 잡동사니를 내 쪽으로 당겨 치웠다. 할머니는 응차, 소리와 함께 타셨고, 아빠는 문이 닫힌 걸 확인한 뒤 차를 출발시켰다. 여기까지는 아무 문제가 없었다. 평범하고, 약간은 훈훈하기까지 한 시골 동네의 일상.

그러나 뒤이어 들려온 어른들의 대화는 내가 생각지 못한 방향으로 흘러갔다.

"꽃순이는 댁에 두고 오신 거예요?"

아빠가 할머니에게 물었다.

"응. 그랬지."

할머니가 대답했다.

"개가 영 이쁘더라고. 애교도 많고."

"우리 꽃순이가 한 애교 하죠?"

자랑스럽게 대답한 것은 엄마였다.

"맞어. 낯도 안 가리고 명랑한 게, 나도 한 마리 키워야겠다 싶더라니까."

할머니가 웃으며 맞장구쳤다.

"밥 먹고 힘이 넘치는지 펄펄 날아댕기기에, 나올 때 옥상에 풀어놓고 나왔어. 콧바람 쐬며 실컷 뛰어 놀라고."

"네? 뭐라고요?"

나는 튕겨지듯 허리를 세우며 소리쳤다. 잠이 싹 달아났다.

"애가 옥상에 있다고요?"

"아이구, 깜짝이야."

할머니가 양손을 가슴에 대며 말했다.

"심장 떨어질 뻔했잖어. 왜 갑자기 소리를 지르고 그려?"

"꽃순이요. 지금 옥상에 있는 거예요? 혼자?"

"마, 맞어."

할머니가 대답했다. 당황하면서도 살짝 언짢으신 표정이었다.

"넓지도 않은 사람 집이 원체 답답했을 것 같아서……."

"언제 나오셨는데요?"

"잉, 아까……."

뭔가 생각을 더듬는 것 같더니, 할머니는 문득 입을 다물고 나를 빤히 쳐다보셨다.

"근데 연재 너, 태도가 좀 버르장머리 없는디?"

우리 부모님도 같은 마음인 것 같았다. 엄마는 놀란 얼굴로 뒤를 돌아보았고, 룸 미러로 이쪽을 보는 아빠의 시선도 느껴졌다. 하지만 나는 그런 걸 따질 정신이 없었다.

"꽃순이 언제부터 혼자 거기 있는 거냐고요! 할머니, 빨리요! 빨리 생각해 보세요!"

다급하게 재촉하는 내 질문에, 할머니는 인상을 쓰면서도 더듬

더듬 대답해 주셨다.

"그게…… 버스 타고 읍내 나와서, 복지 센터 들르고……. 글쎄 한 두어 시간쯤 됐으려나."

"이 날씨에 두 시간이요?"

주먹을 꽉 쥐고 말하면서, 나는 온 팔에 돋는 소름을 느꼈다.

"그러시면 어떡해요! 꽃순이는 단두종이라 더위에 약하단 말이에요! 죽어요! 진짜로, 진짜 죽어요!"

"다, 단두 뭐? 그게 뭔디?"

못마땅하던 할머니의 얼굴에 순간 당황한 표정이 떠올랐다.

"연재야. 그게 무슨 소리야?"

룸 미러로 이쪽을 바라보며 아빠가 물었다. 역시나 혼란스러운 말투로. 어쨌든 내 말을 듣고 놀랐는지, 차가 점점 빨라지는 게 느껴졌다.

"강아지 풀어놓으면 안 돼?"

액셀을 밟는 아빠 대신 엄마가 물었다.

"그래도 동물인데, 공간 있고 여유만 있으면 밖에서 뛰어 노는 게……."

"다른 강아지는 몰라도 꽃순이는 안 돼."

내가 떨리는 목소리로 말했다.

"퍼그는 단두종이라 주둥이가 짧아. 그래서 호흡기가 약하다고. 더위는 완전 취약이야. 여름에는 산책도 조심해야 한다고 김 영감이……. 그거 관리 잘못해서 무지개다리 건너는 아이들도 많다고, 기사도 같이 보고 그랬는데."

“아이고, 이를 어쩐다냐.”

할머니가 하얗게 질려서 중얼거렸다.

“미안하다 아가. 할미가 몰라서……. 아이고, 아이고.”

할머니는 눈물이 그렁그렁한 눈으로 옷깃을 꽉 움켜쥐고 숨을 몰아쉬셨다. 당장 기절이라도 할 것 같은 그 모습에, 더는 뭐라고 할 수도 없었다. 괜찮으시냐고 손을 내밀어 부축하면서도 머릿속은 온통 꽃순이 생각으로 꽉 차 있었다.

할머니가 말씀하신 옥상은 나도 몇 번이나 가 본 곳이었다. 부탁을 받아 짐을 옮겨 드린 적도 있었고, 허락을 받고 가족끼리 삼겹살을 구워 먹은 적도 있었으니까. 시멘트 바닥으로 된 그곳에는 땡볕을 가릴 천막 하나 없었다. 시원한 계절이나 밤이라면 몰라도, 여름 대낮에는 프라이팬처럼 뜨거울 게 분명했다.

‘아무리 똑똑한 개라도. 하늘에서 쏟아지는 햇볕은 못 막을 거 아니야.’

아침에 본 일기예보가 떠올랐다. 폭염 경보가 발령 되었으니 일사병에 주의하라고, 화면 속 기상 캐스터 누나는 심각한 얼굴로 말했다. 화면 뒤쪽으로는 계란이 지글지글 익어 가는 아스팔트 도로 영상이 자료 화면으로 나오고 있었다.

‘나 때문이야. 꽃순이 챙기는 건 원래 내 일인데. 내가 다 키우겠다고 큰소리치면서 데려온 건데. 쫓아만 다니느라 그런 건 신경도 안 써서……. 애 잘못되면 내 책임이야. 내가, 내가 그렇게 만든 거라고.’

아빠가 생전 처음 보는 속도로 차를 모는데도, 동네 입구에서 집

앞까지 가는 몇 분이 영원처럼 느껴졌다. 그래도 얼마 후에는 집 건물이 보였고, 끼익, 하는 급정거 소리와 함께 차가 멈췄다. 즉시 튀어나간 나는 계단을 미친 듯이 뛰어 올라갔다.

"꽃순아!"

듣기 싫게 삐걱대는 옥상 문을 벌컥 밀며 내가 외쳤다.

"꽃순아!"

"아가!"

뒤따라 올라온 부모님도, 할머니도 애타게 소리쳤다.

하지만 꽃순이는 없었다. 낮은 담으로 둘러싸인, 휑하니 뚫린 옥상 그 어디에도. 문가에 있던 장독대도 열어 보고, 구석에 있는 작은 화단의 손바닥만 한 나무 뒤까지 샅샅이 뒤지고, 혹시 하는 마음으로 담장 너머 바닥까지 사방으로 둘러봤지만 흔적조차 보이지 않았다.

"어르신, 여기 두고 오신 거 맞아요?"

엄마가 할머니에게 물었다.

"부, 분명히 그랬어."

할머니가 더듬거리며 대답했다.

"늙은이 기억이 아무리 가물가물해도 아직 그 정도는 아닌디, 분명히, 내가 분명히……."

어른들은 혼란에 빠져 발을 동동 굴렀다. 누가 잡아간 거 아니냐, 경찰에 신고해야 된다, 이런저런 말들이 다급하게 오갔다.

하지만 나는, 어쩐지 마음이 조금씩 진정되는 것을 느꼈다. 이 뜨거운 옥상에 꽃순이가 없다는 게 확실해질수록, 뭐라 설명할 수 없는 안도감이 찾아왔다.

'무사한 거야. 어디 있는지도 모르겠고, 어떻게 탈출했는지도 모르겠지만. 그래도 나는 알 수 있어. 누구한테 잡힐 애도 아니고, 어디서 길 잃어버릴 애도 아니니까. 꽃순이는, 우리 강아지는 분명 안전해.'

"일단 내려가요."

나는 벌써 땀을 흘리고 있는 어른들에게 말했다. 귀로 들어온 내 목소리는 스스로도 놀랄 만큼 침착했다.

"아무리 봐도 여긴 절대 없잖아요. 혹시 모르니까 할머니 댁도 가 보고, 건물이랑 다른 데도 찾아 보고, 없으면 흩어져서 동네를 뒤져 봐요."

"그래, 그게 맞겠다."

고개를 끄덕이더니, 아빠는 안절부절못하는 할머니를 돌아보며 말했다.

"어르신, 저랑 같이 댁에 한번 가 보시죠. 연재 너는 엄마랑 건물 여기저기 살펴봐 줘."

나는 고개를 끄덕이며 알았다고 대답했다. 아빠가 할머니를 부축하며 내려갔고, 나는 먼저 건물 안쪽이랑 복도를 뒤져 보기로 했다. 엄마는 운동화로 갈아 신고 나온다며 집이 있는 1층으로 갔다.

꽃순이는 예상보다 빨리 발견됐다. 찾아낸 건 엄마였다.

"여기 있어! 집이야!"

계단을 타고 울려 퍼지는 외침에, 위층으로 올라가던 나는 뒤돌아 뛰었다. 반지를 찾았던 집 앞 복도를 지나 좁다란 우리 집 현관으로 들어서자, 바닥에 주저앉은 엄마 모습이 보였다. 다리 힘이 풀렸는지 구두도 못 벗고, 엉덩이만 거실에 겨우 걸쳐 놓은 상태였다.

꽃순이는 그 너머에 있었다. 뒷다리를 내리고 퍼질러 앉아, 거실 선풍기 바람을 쐬면서. 헤 벌어진 새까만 주둥이 양쪽으로 가느다란 수염이 나풀거리고 있었다.

🐾

잠시 후, 엄마 전화를 받은 아빠가 돌아왔다.

"주인 할머니께는 말씀드렸어."

급하게 신발을 벗으며 아빠가 말했다.

"많이 놀라신 것 같더라고. 일단은 기력이 너무 떨어져서 좀 쉬셔야 할 것 같아. 기운 차리면 내려와 보시겠대."

"그래. 잘했어."

엄마가 선풍기 앞에서 꽃순이를 이리저리 살피며 말했다.

"근데 대체 어떻게 된 거야? 얘가 왜 여기 있어?"

"그러게 말이야. 나도 뭐가 뭔지 모르겠네."

아빠가 황당하다는 듯 대답했다.

"난 솔직히 주인 할머니가 좀…… 어떻게 되신 줄 알았어."

엄마가 이상하다는 듯 말했다.

"옥상에서 말이야. 그분 말마따나 연세 드셔서 기억이 오락가락하나 싶었지. 근데 그렇다 해도, 당신이 맡긴 게 맞다면 얘가 여기 있을 수 없잖아. 있어도 그 댁에 있어야지."

"나도 귀신에 홀린 기분이야."

아빠가 말했다.

"아까 당신이랑 통화할 땐, 진짜 내가 치매라도 걸렸나 싶더라니까."

나는 소파에 앉아 부모님의 대화를 조용히 들었다. 두 사람과 완전 다른 질문들을 수십 개쯤 떠올리면서. 저 퍼그를 잡고 물어보면 바로 해결되겠지만, 어차피 다가가면 도망칠 테니 일단은 여기서 상황을 지켜보는 게 최선이다 싶었다.

인간들이 왜 심각한지 전혀 모르겠다는 듯, 꽃순이는 혀를 내밀고 평온하게 앉아 바람을 즐겼다. 그러더니 갑자기 발딱 일어나서 부엌 쪽으로 달려갔다. 작은 공간을 맴돌며 왈왈 짖는 모습이, 딱 심심해서 놀아 달라고 보채는 평범한 강아지였다. 우리 셋의 시선은 자연스럽게 그 아이의 움직임을 따라갔다.

그때 엄마가 외쳤다.

"아이고, 저게 열려 있었네!"

"뭐가?"

아빠가 놀란 목소리로 되물었다.

"창문 말이야. 세상에, 내가 환기한다고 열어 놨다가 닫는 걸 깜빡했나 보다."

그 말을 듣고 나도 창문을 보았다. 엄마의 말처럼, 싱크대 위쪽으로 난 창이 반쯤 열려 있었다.

"설마 저기로 들어온 건가?"

아빠가 자리에서 일어나며 말했다.

"나도 그 생각 하고 있었어."

엄마가 그 뒤를 따르며 말했다.

아주 불가능한 얘기는 아니었다. 부엌 창에는 방범용 창살이 쳐져 있었지만, 사람이 아니라 작은 강아지라면 아슬아슬하게 비집고 들어올 수 있을 만한 너비였다. 담벼락을 딛고 창틀로 뛰어서 들어왔다고 하면 대충 그러려니 할 수도 있을 것 같았다. 그러니까, 그게 떠올릴 수 있는 유일한 방법이라면 말이다.

물론 나는 그렇게 생각하지 않았다. 평소에도 도둑을 무서워하는 엄마가, 고작 일주일 전에 반지까지 잃어버려 놓고 창문 단속을 까먹었을까? 게다가 저 똑똑하고 요망한 퍼그가 그런 우연에 기댔을 것 같지도 않았다. 어쨌든, 혼란스러운 부모님은 그 편리한 추측을 대충 믿어 버리기로 한 모양이었다.

꽃순이를 안아 올려 창살 앞에 요리조리 대 보더니, 아빠는 진지하게 결론 내렸다.

"맞네, 맞아. 여기로 들어왔어."

"그런가? 그랬겠지?"

엄마가 끄덕이며 말했다. 하지만 여전히 개운하지는 않은 표정이었다.

"그렇지만 옥상은? 거기선 어떻게 나온 건데?"

"그러게."

아빠가 턱을 쓰다듬으며 말했다.

"흠, 그 부분은 진짜 주인 할머니가 착각하신 거 아닐까? 집에 두고 우리처럼 문단속을 깜빡하셨다든지, 아니면 옥상 문이 좀 열려 있었다든지."

그 순간, 내 머리에 번개 같은 아이디어가 떠올랐다.

"지금 그게 중요한 게 아니잖아!"

나는 소파에서 벌떡 일어나며 큰 소리로 말했다. 처음으로 쓸 만한 생각을 해냈다는 흥분에 심장이 쿵쾅쿵쾅 뛰었다.

엄마 아빠가 놀란 눈빛으로 나를 보았다. 아빠 팔에 안겨 있던 꽃순이도 고개를 홱 돌렸다. 천천히 그쪽으로 다가가며, 나는 없는 연기력을 끌어모아 지을 수 있는 가장 진지하고 심각한 표정을 지었다.

"얘가 어디에 있었는지, 지금 그런 게 중요해?"

내가 인상을 팍 쓰며 말했다.

"어쨌든 아빠가 얘를 맡기고 간 건 확실하잖아."

"그, 그렇지."

아빠가 당황하며 대답했다.

"그럼 일단 꽃순이가 괜찮은지 확인하는 게 순서 아냐? 옥상이든 어디든, 이 날씨에 밖에 있었다간 큰일 날 수도 있다고, 내가 얘기 했어 안 했어?"

내 극단적인 말에, 아빠가 머뭇거리며 대답했다.

"하지만 얘 건강은 괜찮아 보이는데."

"괜찮아 보여도 나중에 문제 될 수 있다니까? 열사병이라는 게 그래. 일단 개 좀 꽉 잡아 봐."

"어? 왜?"

이렇게 물으면서도, 아빠는 일단 강아지를 잡은 팔에 힘을 주었다. 꽃순이는 흠칫했지만 아빠의 강한 손아귀에서 빠져나오진 못했다.

"확인해 봐야겠어."

녀석에게 손을 뻗으며 내가 말했다.

"체크리스트. 그래, 열사병 체크리스트가 있거든. 단두종 개 전용이야. 내 노트북에 있어."

물론 그딴 건 없었다. 나오는 대로 둘러댄 거짓말이었다. 하지만 먹힐 것 같다는 꽤 강한 예감이 들었다. 지금 엄마 아빠는 놀라서 정신이 없고, 나는 그 와중에 꽃순이가 단두종이라는 것과 더위에 약하다는 것을 알고 있던 유일한 사람이니까. 부모님의 눈에 지금 나는 강아지 박사처럼 보일 것이다.

"알았어. 꽉 잡고 있을게."

비장한 얼굴로 말하며, 아빠는 버둥거리는 강아지를 내게 넘겨 주었다. 추격전이 시작된 이래, 누군가로부터 처음으로 받아 보는 협조였다.

"방에 가서 확인해 볼게. 쉬고 있어."

꽃순이를 안고 돌아서며 내가 말했다.

"하나하나 꼼꼼히 체크하려면 시간 좀 걸릴 거야."

침착하게 방으로 들어온 나는 팔꿈치로 문을 밀어 닫았다. 그리고 방해받지 않도록 안에서 잠갔다. 찰칵, 소리가 나도록 확실하게.

손에서 풀려난 꽃순이는 바닥에 서서 나를 빤히 바라보았다. 침대 밑이든 책상 아래든, 당연히 어디론가 도망갈 줄 알았는데. 너무 오랜만에 보는 얌전한 모습에 나는 조금 당황했다.

"도망 안 가?"

내가 물었다.

왈, 하고 짖으며, 녀석은 고개를 위아래로 끄덕였다.

"뭐야. 나랑 대화를 하겠다는 거야 그럼?"

왈, 그리고 끄덕.

갑자기 보이는 고분고분한 태도에 적응이 되지 않았다. 하지만 일단 이 녀석 마음이 바뀌기 전에 궁금했던 것들을 확인하는 게 먼저라는 생각이 들었다.

"너 오늘, 옥상에 있었지? 거기서 혼자 탈출한 거지?"

끄덕.

"어떻게 한 거야? 바닥으로 뛰어내리기라도 한 거야?"

도리도리.

방을 한 바퀴 둘러본 꽃순이는 앞발을 쭉 뻗더니 발가락으로 내 방문을 가리켰다. 아마도 '문'이라는 얘기를 하고 싶은 것 같았다.

"문? 옥상 문을 열고 나왔다는 뜻이야?"

끄덕.

"아니, 그걸 어떻게……. 그리고 그것뿐만이 아니잖아. 집에는 또 어떻게 돌아왔어? 진짜 엄마가 창문을 열어 놨던 거야? 우연히?"

도리도리.

"그치? 어쩐지 이상하다 했어. 우리 엄마가 그런 거 얼마나 신경 쓰는 사람인데. 잠깐만, 그럼, 결국 집에도 문을 열고 들어왔다는 소리야?"

끄덕.

"도어 록을 풀고? 비밀번호까지 알아낸 거야?"

끄덕.

"하아."

나도 모르게 한숨을 흘리며, 책상 의자에 털썩 주저앉았다. 옥상 문을 열고, 현관 도어 록을 풀고, 집에 들어와 선풍기 바람을 쐬는 퍼그라니. 그렇다는 건 부엌 창문도 얘가 일부러 열어 뒀다는 뜻이겠지? 그래야 인간들이 그나마 덜 이상하게 생각할 테니까. 실제로 엄마 아빠도 대충 속아 넘어갔잖아.

점점 아파 오는 머리를 문지르며, 나는 며칠 동안 쌓여 있었던 질문 중 하나를 꺼냈다.

"말이 나와서 말인데, 지난주에 엄마 반지, 그것도 네가 가져간 거야?"

끄덕.

"쇼 했던 거지? 쫓아낸다는 엄마 말 듣고."

끄덕.

"나 참, 그냥 한 말일 텐데 뭘 그렇게까지. 우리 엄마가 좀 깔끔을 떨긴 해도 그렇게 나쁜 사람은 아니야."

끄덕.

침착하게 고갯짓으로 대답하는 강아지의 모습을 보며, 나는 문득 의아하다는 생각이 들었다.

"근데 너 웃기다. 이렇게 쉽게 털어놓을 거였으면 뭐 하러 그렇게 도망 다녔냐? 괜히 사람 힘들게."

대답 대신, 꽃순이는 천천히 고개를 들었다. 원래도 쭈글쭈글한 이마에 더 깊은 주름이 잡혔다. 입은 꽉 다물고, 커다란 눈동자는 심각한 고민이라도 하듯 위쪽으로 치켜뜬 상태였다. 뭔가를 말하고 싶은 것 같긴 한데, 정확히 뭘 생각을 하는지 알 수가 없었다.

나는 기다리지 못하고 먼저 질문을 던졌다.

"너 사람 말도 할 줄 알아? 그러니까, 알아듣는 것뿐만 아니라 말로 대답도 할 수 있어?"

끄덕. 하더니 바로 이어서 도리도리.

"뭐라는 거야. 할 수 있다는 거야, 없다는 거야?"

이 물음에 대답하는 대신, 꽃순이는 폴짝 뛰어서 내 무릎에 올라타더니 다시 점프해서 책상 위로 올라갔다. 그러고는 익숙한 몸짓으로 노트북을 열었다. 앞발로 뚜껑을 열고 머리통으로 밀어 젖히는 폼이, 아주 한두 번 해 본 솜씨가 아니었다. 발톱으로 전원 버튼을 꾹 누르자 화면이 켜지고 화면 보호기가 나타났다. 역시나 자연스럽게 토도도, 자판을 치더니, 녀석은 내가 걸어 둔 패스워드를 한 방에 풀었다.

더는 놀랄 기운도 없다고 생각하며, 나는 그 희한한 장면을 멍하니 구경했다. 다음에는 또 무슨 말도 안 되는 재주가 튀어나올까, 궁금하면서 한편으로는 조금 무서운 기분도 들었다.

터치 패드에 앞발을 올린 꽃순이는 발바닥을 쓱쓱 움직여 워드 아이콘을 클릭했다. 발톱이 다시 자판을 두드렸고, 입력된 글자가 하나씩 화면에 떠올랐다.

- 음성 언어 불가.

우리 집 6세 퍼그가 쓴 첫 번째 문장이었다.

- 문자 언어 가능.

이건 두 번째 문장이었고.

"음, 그러니까 말로는 대화를 못 하지만 글로는 된다는 거지?"

내가 떨리는 목소리로 물었다. 꽃순이는 고개를 끄덕여 그렇다고 대답했다.

"그, 그렇구나. 그럼, 흠, 패스워드는 어떻게 안 거야? 우리 집 비밀번호도 그렇고. 너 진짜 해킹을 하는 거야? 아님 뭐, 초능력이라도 써?"

도리도리. 곧이어 다음 문장들이 자판에 입력됐다.

- 해킹 불가. 초능력 없음. 번호는 단순 암기.

"그럼 집 비번이랑 노트북 패스워드를 외웠다는 뜻이야? 누르는 걸 옆에서 보고?"

끄덕.

"숫자 네 개인 현관 비번이야 그렇다 쳐도 노트북 패스워드는 엄청 복잡한데. 볼 기회도 데려온 초반에 한두 번 뿐이었을 테고."

나는 어질어질한 기분으로 중얼거렸다.

"그걸 외우는 거 자체가 초능력 아니냐고."

어쨌든 해킹이 아니라는 말 하나는 조금 안심이 되었다. 당장 비밀번호를 바꿔야겠다고 생각하며, 나는 다음 질문을 이어 가려 했다. 그런데 순간 무슨 말을 해야 할지 생각나지 않았다. 너무 놀라서 그런지, 수많은 궁금증이 한 번에 밀려와서 그런지, 머릿속이 엉킨 전선처럼 꼬여 버린 것이다.

다행스럽게도, 나보다 똑똑한 우리 집 반려견은 해야 할 말을 정확히 알고 있었다. 자판을 빠르게 두드리더니, 꽂순이는 도중에 끊겼던 대화의 맥락을 다시 이어 주었다.

- 도망 이유. 설명 요청.

"아, 맞다! 우리 그 얘기 하고 있었지!"

내가 말했다.

"그래. 너 왜 그렇게 도망을 다녔던 거야? 이렇게 순순히 알려줄 거였으면 그냥 처음부터 해 주지. 적어도 내가 눈치챈 다음에는 말해 줄 수 있었잖아."

- 법률 확인. 시간 소요.

"엥? 뭔 소리야? 법률을 확인하는 데 시간이 걸렸다고?"

끄덕. 그리고 자세한 대답이 타이핑으로 이어졌다.

- 다이아몬드 반지 관련. 처벌 확인 필요.

짧아도 너무 짧은 강아지의 설명을 한참 들여다보며, 나는 모자란 머리를 열심히 굴려 가며 해석했다.

"음, 그러니까, 네가 우리 엄마 반지를 훔친 걸…… 법적으로 어떻게 처벌받는지 확인했다, 뭐 그런 뜻인가?"

끄덕. 그리고 이어진 답변.

- 처벌 불가. 비인격체 불법영득의사 불인정.

이번 문장은 전혀 이해되지 않았다. '처벌 불가'까지는 알겠는데, 그 뒤로 나열된 요상한 단어들은 몇 번을 읽어도 뭔 뜻인지 감조차 잡히지 않았다. 한참을 고민하던 나는, 결국 약간 부끄러운 기분으로 강아지에게 부탁해야 했다.

"어, 꽂순아. 미안한데, 이건 진짜 아예 못 알아먹겠어. 무슨 법

용어야? 내가 중학생이라 이런 건 아예 몰라 가지고, 좀만 더 쉽게 설명해 줄 수 있을까?"

인상을 쓰며 한숨을 폭 쉬더니, 꽃순이는 다시 한번 자판을 두드렸다. 이번에는 좀 더 길게. 중간중간 발을 멈추고 고개를 갸웃거리는 것이, 어떻게든 내 수준에 맞춰 주려고 애를 쓰는 모양이었다. 답변은 잠시 후 완성되었다.

- 반지 절도 적발 시 처벌 가능 여부 검토함. 그 결과 처벌 불가능으로 확인. 피의자가 동물인 경우 절도죄 성립 불가.

역시나 시간은 걸렸지만, 그래도 이번 문장들은 무슨 뜻인지 알아먹을 만했다. 꽃순이의 대답을 이해한 순간, 나도 모르게 웃음이 터져 나왔다.

"푸하하, 야, 너 일주일 동안 도망 다니면서 그런 걸 알아본 거야?"

내가 어이없어하며 말했다.

"반지 훔쳐 갔다고 경찰이 잡아갈까 봐? 큭큭, 그래서 동물이라 못 잡아간다고 하니까, 이제 와 나한테 털어놓는 거고?"

꽃순이는 나를 보며 고개를 끄덕였다. 세상에서 제일 심각한 얼굴이었다. 그 모습이 얼마나 웃기고 귀엽던지, 이 녀석을 향해 지금껏 쌓아 왔던 의심과 경계심이 한 순간에 사라지는 느낌이었다. 그래. 왜 갑자기 지능이 높아졌는지, 그런 건 차차 물어보면 되지. 저렇게 똘똘하고 순진한 강아지를 굳이 경계할 필요는 없잖아.

"미치겠다, 진짜."

내가 배를 잡으며 말했다.

"당연한 걸 뭘 찾아보고 그랬대. 강아지를 누가 절도죄로 처벌하냐고. 법 아예 모르는 나도 그 정도는 안다, 야."

몸을 다시 노트북 쪽으로 돌리더니, 꽃순이는 자판을 두드리며 대답했다.

- 동물은 인간 법률의 처벌 대상에서 벗어남.

"하하, 당연하지. 그래서 아무도 너 못 잡아가니까, 걱정하지 마."

이렇게 말하며, 나는 꽃순이의 머리를 장난스럽게 쓰다듬었다. 그러나 곧바로 화면에 이어진 그 아이의 다음 대답은, 철없던 내 웃음을 뚝 그치게 만들었다.

- 동시에 보호 대상에서도 벗어남. 동물 살해 시 살인죄 적용 불가.

그 순간 내 몸은 일시 정지된 것처럼 굳었다. 그런 나를 돌아보지 않은 채, 꽃순이는 자판에서 조용히 발을 떼고 책상 위에 몸을 웅크렸다. 떨어져 있는데도 느껴질 만큼, 그 아이의 작고 따뜻한 몸이 부들부들 떨리고 있었다.

"너, 들었구나?"

내가 조심스럽게 입을 열었다.

"병원에서, 그…… 수의사 선생님 말씀."

끄덕.

"미안해. 그런 얘기 듣게 해서."

머리를 돌로 맞은 것 같았다. 이 작은 강아지는 어떤 마음으로 반지를 훔쳤을까. 어떤 마음으로 그렇게 도망을 다녔고, 그 와중에 어떤 마음으로 이런 것들을 찾아봤을까.

"미안해. 정말 미안해."

나는 꽃순이를 와락 안으며 사과했다. 진심으로, 뭐라고 표현해야 할지 모를 만큼 미안했다. 무심했던 나 자신도 그렇고, 다른 인간들도……. 그냥 모두를 대표해서 사죄해야 할 것 같았다.

"앞으로는 절대 그런 소리 듣지 않게 할게. 내가 지켜줄게. 약속할게."

꽃순이는 작게 고개를 끄덕였다. 잠시 후, 몸의 떨림은 조금씩 가라앉았다. 진정되자마자 몸을 비틀어 내게서 벗어나더니, 꽃순이는 다시 자판을 두드려 글자를 입력했다.

- 추가 안건 존재.

"추가 안건?"

내가 갸우뚱하며 되물었다.

"나한테 할 말이 또 있다는 거야?"

끄덕. 그리고 이어진 문자 답변.

- 법률 검토 이유.

"법을 찾아본 이유라는 거지? 그건 이미 설명해 줬잖아. 반지 가져간 거랑 그, 안락…… 그거 말고, 다른 게 더 있었어?"

끄덕.

"뭔데?"

- 검거.

"검거? 범인 잡을 때 하는 그 검거?"

끄덕.

잠시 멈칫하더니, 꽃순이는 뭔가 결심한 듯 자판을 힘주어 누르기 시작했다. 지금까지보다 조금 느린 속도로, 완성된 글자들이 화면에 하나하나 떴다.

- 김 영감 살해범. 검거 필요. 지원 요청.

"그게 무슨!"

내가 튕기듯 일어나며 말했다.

"네 말은 김 영감을, 누가 죽였다는 뜻이야?"

끄덕.

"그럴 리가. 아니야 꽃순아. 그건 네가 잘못 안 거야. 파킨슨병이라고, 그것 때문에, 경찰이 병원도 다 찾아가고…… 부검까지 했다고 했어. 온 동네 사람들이 아는 얘기야."

하지만 꽃순이의 표정에는 흔들림이 없었다.

"진짜야?"

끄덕. 잠시 시간을 두고 또 한 번 강하게 끄덕.

"장연재! 아직 안 끝났어? 꽃순이 밥 먹여야 돼!"

거실에서 엄마의 외침이 들렸다.

소리 난 쪽을 힐끗 보고, 다시 한번 나를 보더니, 꽃순이는 훌쩍 뛰어 책상에서 내려갔다. 방문 쪽으로 달려간 녀석은 서랍장으로 뛰어올라 가더니, 거기서 다시 문고리 쪽으로 점프했다. 체중이 실린 발로 누르자 손잡이가 돌아가면서 잠겼던 문이 찰칵 열렸다. 후우, 하고 숨을 고른 뒤, 녀석은 아무 일도 없었다는 듯 왈왈거리며 밖으로 달려 나갔다.

창문으로 길게 들어온 여름방학의 마지막 햇빛이 노트북 모니터를 비췄다. 살해범, 이라는 글자가 반짝 빛났다.

3부

날개: 안이양

9

안이양은 작년 초에 우리 학교로 온 전학생이다. 하얀 얼굴에 깡마른 팔다리로 칠판 앞에 서서, 잘 안 들리는 목소리로 웅얼거리며 인사하던 기억이 난다. 나랑은 2년 연속 같은 반이었다. 반이 두 개밖에 없는 작은 학교라 별로 특별한 확률은 아니지만. 아무튼 조용하고 얌전하고, 지금 생각해 보면 이상하리만치 존재감이 없는 애였다. 초반에는 서울말 쓰는 게 거슬린다고 괜히 시비 거는 애들도 있었는데, 애초에 걔가 말을 많이 하는 것도 아니고 딱히 눈에 띄게 행동하는 것도 아니라 얼마 안 가 시들해졌다.

여기까지가 안이양에 대해 내가 알던 전부다. 같은 반이라고 해도 특별히 친해질 기회가 없었고, 김 영감 장례식 전까지는 잡담 한 번 안 해 본 사이였다. 꽃순이를 데려오는 과정에서 도움도 받고 대화도 조금 나눴지만, 그 이후로는 다시 연락이 끊겼다. 나는 진짜 천재인 천재견을 쫓아다니느라 그 애의 존재를 완전히 까먹었다. 걔 쪽에서도 먼저 연락하지 않았다. 적어도 방학 동안에는 그랬다.

개학식이 끝나고 쉬는 시간이 되자마자, 안이양은 내 자리로 걸어왔다.

“장연재, 이따가 시간 좀 내 줄래?”

이양이 말했다.

“학교 끝나고 저녁에.”

갑자기 훅 들어온, 작으면서도 야무진 목소리는 잠을 설쳐서 퀭하니 앉아 있던 나를 소스라치게 만들었다.

“어? 뭐라고?”

내가 저도 모르게 움찔하며 되물었다.

“넌 왜 내가 말만 걸면 놀라냐?”

이양이 뾰로통하게 대꾸했다.

“저녁에 시간 내 달라고. 밥은 각자 집에서 먹고, 7시쯤, 동네에서.”

그제야 입을 삐죽거리는 그 애의 얼굴이 제대로 보였다. 굳어서 잘 돌아가지 않는 머리에, 얘랑 학교에서 처음 얘기해 본다는 생각이 떠올랐다. 그러고 보니 정신없다는 핑계로 방학 내내 감사 인사도 제대로 못했네.

“어. 시간 낼게. 그, 꽃순이는 잘 있어. 네 덕분이야. 고마워.”

내가 더듬거리며 대답했다.

“별말 없길래 잘 있나 보다 했어. 이따 꽃순이도 데리고 나올래? 오랜만에 얼굴 한번 보게.”

“뭐, 그래. 같이 나갈게. 근데 무슨 일인데?”

“일이 있는 건 아니고. 그냥 사는 얘기나 하자는 거지. 김 영감님 추모도 할 겸.”

“아, 그래. 추모. 해야지.”

김 영감 이야기를 들으니 또다시 현기증이 났다. 얼빠진 내 태도가 엄청 이상했을 텐데, 다행히 안이양은 그 이유를 대충 넘겨짚어 주었다.

“뭐야, 수면 부족이냐? 낮밤 바뀌었다가 간만에 일찍 일어났구나?”

살짝 웃으며 이양이 말했다.

“암튼 이따 봐. 집에 가서 낮잠도 좀 자고. 7시에 약국 앞 놀이터에서 보자.”

“아, 약국 앞.”

내가 멍하니 중얼거렸다.

꽃순이와 김 영감에 이어 약국이라니. 아무래도 이 아이는 나를 심란하게 만드는 말들을 전부 알고 있는 것 같다. 어쨌든 용건을 다 전한 듯, 이양은 내 반응을 더 기다리지 않고 홱 돌아 교실 앞쪽의 자기 자리로 떠났다. 나는 터질 것 같은 머리로 책상 위에 쓰러지듯 엎어졌다.

‘약국이면, 그 사건이 일어난 곳이잖아.’

어떻게 남은 시간을 보내고 집으로 왔는지 모르겠다. 잠 따위 영

영 오지 않을 줄 알았는데, 집에 오자마자 견딜 수 없는 졸음이 쏟아졌다. 나는 교복도 벗지 못한 채 침대에 쓰러졌다. 그 상태로 엄마가 저녁을 먹으라고 흔들어 깨울 때까지 기절하듯 잤다.

맛도 느껴지지 않는 저녁을 대충 쑤셔 넣은 뒤, 나는 꽃순이를 안아 들고 방으로 들어왔다. 강아지는 놓고 가라고, 신문 얘기 더 해야 된다고 붙잡는 아빠를 온갖 핑계로 떼어 내야 했다.

문을 잠근 나는 노트북에 워드 창을 띄운 뒤 꽃순이에게 말했다.

"너 혹시, 안이양이라고 기억나? 나랑 동갑인 여자앤데, 키는 이만하고……."

꽃순이는 내 말이 끝나기도 전에 고개를 끄덕였다.

"지금 걔 만나러 갈 건데, 같이 갈래? 약국 앞에서 보기로 했어."

이번에도 망설임 없는 끄덕임. 아무래도 김 영감이랑 친했다는 이양의 말은 진짜인 모양이었다. 그 여자애를 경계하지 않는 꽃순이를 보며, 나는 밥 먹는 내내 떠올렸던 질문을 조심스럽게 꺼냈다.

"혹시 있잖아. 걔한테 네 얘기 들려주는 건 어떻게 생각해? 그러니까, 그날 너랑 김 영감한테 일어났던 일 말이야. 사실은 안이양이 너 데려오는 것도 도와줬거든. 믿을 만한 애 같아. 입도 무겁고. 내가 아무리 생각해도 이건 우리끼리 감당하기에 너무 큰 사건인데……. 우리 편이 한 명이라도 더 있는 게 좋지 않을까?"

이번에는 끄덕도 도리도리도 나오지 않았다. 쪼글쪼글한 이마를 찌푸리며, 꽃순이는 몇 번이나 자판에 앞발을 댔다가 뗐다가 했다. 고민이 많이 되는 모양이었다. 대답은 한참이 지나서야 나왔다.

- 보류. 완전 신뢰 시기상조. 추가 검증 필요.

"흠, 일단은 말하지 말자는 거지?"

내가 확인했다.

"개가 어떤 사람인지 아직 정확히는 모르니까."

끄덕.

"쩝, 알겠어. 조심해서 나쁠 건 없으니까."

내가 말했다.

"그럼 오늘은 가서 같이 좀 살펴보자. 안이양 말이야. 믿을 만한 애인지, 아닌지."

여전히 인상을 쓴 얼굴로, 꽃순이는 고개를 끄덕였다.

부모님에게 저녁 산책을 다녀온다 말하고, 꽃순이를 안은 채 집을 나섰다. 골목을 쭉 따라가다가 오른쪽으로 돌자 김 영감네 약국으로 이어지는 샛길이 나왔다. 한때는 매일같이 걸었지만, 그가 떠난 뒤로는 한동안 찾지 않던 길이었다. 기분이 묘했다.

5분쯤 걷자 놀이터가 보였다. 처음에는 텅 빈 것 같았는데, 가까이 가자 그네에 앉아 몸통을 아래로 푹 수그린 사람 형체가 눈에 들어왔다. 사복 차림이 좀 낯설었지만, 작고 빼빼 마른 모습이 딱 이양이었다.

"……안이양?"

나는 어색하게 이름을 불렀다. 수그려 있던 고개가 홱 올라왔다. 길쭉한 목 위로 하얀 얼굴이 나를 똑바로 쳐다보았다.

"어, 장연재. ……나 먼저 와 있었어."

평소처럼 감정 없는 말투였다. 하지만 왠지 낮보다 좀 피곤해 보인다고 생각하며, 나는 품에서 헥헥대는 꽃순이를 고갯짓으로 가리켰다.

"여기 꽃순이. 보고 싶다고 했잖아. 안아 볼래?"

이양은 말없이 팔을 내밀었다. 나는 조심스럽게 강아지를 건네고, 어디 있어야 하나 잠시 생각하다 옆 그네에 앉았다.

"오랜만이다, 꽃순아."

익숙한 손길로 강아지 털을 긁으며 이양이 말했다.

"언니 기억해? 약국에서 몇 번 봤잖아."

꽃순이는 기분이 좋다는 듯 눈을 감고 입을 헤 벌렸다. 짧은 꼬리가 살살 흔들리고, 분홍색 혓바닥이 날름 튀어나왔다. 내가 봐도 겁나게 귀여운 모습이었다.

'하여튼, 연기도 잘해요.'

나는 고개를 작게 저으며 생각했다.

이제는 분명 알 수 있었다. 녀석은 애교를 부리는 척하며 안이양을 관찰하고 있는 것이다. 모르긴 몰라도, 저 동그란 머리통 속에는 내가 짐작도 못할 계산들이 펼쳐지고 있겠지.

그러나 진실을 알 리 없는 이양은 꽃순이가 그저 사랑스러운 모양이었다.

"하아, 얘 보니까 안정이 된다."

강아지 몸통을 꼭 안으며 이양이 말했다.

"이 냄새, 이 감촉. 다 너무 그리웠어. 데려와 줘서 고마워."

"고, 고맙긴."

약간 찔리는 기분으로 내가 대답했다.

"애한테는 네가 은인이나 마찬가진데, 당연히 데려와야지."

그대로 한동안 침묵이 이어졌다. 이양은 강아지와 노는 데 집중했고, 나는 가끔 그 모습을 보거나 후덥지근한 바람을 느끼거나 하며 멍하니 앉아 있었다. 문득, 이렇게 머리를 텅 비우고 시간을 보내는 게 무척 오랜만이라는 생각이 들었다. 이렇게 조용한 휴식이 썩 나쁘지 않다는 생각도.

안이양이 말을 꺼낸 것은 그때였다. 눈은 꽃순이에게 고정한 채로, 그 애는 무심하게 질문을 던졌다.

"내가 김 영감님이랑 어떻게 친해졌는지 말 안 했지?"

"어? 어. 다음에 얘기할 기회가 있을 거라고만 했지."

"듣고 싶어?"

"궁금하긴 하지, 아무래도."

"말해 줄게."

여전히 나를 보지 않은 채 이양이 말했다.

"사실 오늘 이 얘기를 하게 될 줄은 몰랐지만. 암튼, 내가 김 영감님이랑 가까워진 직접적인 이유는 내 본모습 때문이었어."

"본모습?"

내가 픽 웃으며 되물었다.

"그럼 지금은 뭐, 가짜 모습이라는 거냐? 변신이라도 하나 보지?"

이양은 내 장난을 무시하고 이야기를 이어 갔다.

"나 사실 영재야."

이양이 말했다.

“그게 내 본모습이야.”

“엥? 영재? 그, 머리 좋고 공부 잘하는 그거?”

내가 벙쪄서 되물었다.

“어. 머리 좋고 공부 잘하는 그거.”

나는 몸을 돌려 옆 그네에 앉은 여자애를 빤히 보았다. 무슨 콘셉트를 잡은 건진 모르겠지만, 꽃순이를 쓰다듬는 그 애의 얼굴에는 표정 변화 하나 없었다. 당황스러웠다. 어제는 천재견이고, 오늘은 영재 소녀냐? 다들 나한테 왜 이러는 거야.

“네, 네가 공부 잘하는 줄은 몰랐는데.”

내가 머쓱하게 말했다.

“그리고 보통, 본인 입으로 머리 좋다는 얘기는 잘 안 하지 않나.”

“하지만 객관적인 사실이 그래.”

이양이 차분하게 대답했다.

“일곱 살 때 웩슬러 지능검사 만점, 초고도 영재로 판정됐어. 멘사 회원이고, 어떤 시험이든 일부러 틀리려고 하지 않는 한 틀려 본 적 없어. 초등학생 때까진 국립대 영재원에서도 항상 최상위 클래스였어. 인터넷에 내 이름 검색해 보면 인터뷰도 나올 거야. 아주 어릴 때 했던 거지만.”

“어, 그렇구나.”

이 말 외에는 뭐라고 대답해야 할지 알 수 없었다. 웩슬러? 그게 뭔데? 아이큐 검사 같은 건가? 게다가 그냥 영재도 아니고, 초고도 영재라는 건 또 뭐야.

하지만 아무리 봐도 이양은 농담하는 분위기가 아니었다. 지난 번 통화했을 때도 좀 느꼈지만, 일단 말하는 내용만 봐도 평범한 애가 아닌 건 확실했다. 하지만 너무 이상했다. 만약 지금 들은 게 사실이라면, 학교에서 내내 보인 찐따 같은 태도는 뭐지? 그런 얘기를 왜 나한테 해 주는 거고? 그리고, 무엇보다…….

"그게 김 영감님이랑 무슨 상관인지, 그게 제일 궁금하지?"

이양이 내 생각을 가로채듯 물었다.

"어? 어, 그렇지."

나는 더욱 멍청해진 기분으로 대답했다.

"나 편두통이 있거든."

꽃순이 등을 부드럽게 쓰다듬으면서 이양이 말했다.

"지능이 높아서인지, 사는 게 복잡해서인지, 암튼 머리가 자주 아파. 그래서 이쪽으로 이사 오고도 약국을 자주 찾았어. 너도 알다시피 김 영감님이 이 근처에서 유일한 약국을 하셨잖아. 어느 날엔가, 평소처럼 진통제를 사려고 들렀는데, 김 영감님이 갑자기 물으시더라. 같은 약을 왜 그렇게 자주 사냐고. 그 많은 약을 누가 다 먹냐고."

그 애의 이야기는 그렇게 시작되었다.

"제가 먹으려고요. 편두통 때문에."

지금보다 한 살 어린 이양이 말했다.

"이 녀석아, 무슨 애가 약을 그렇게 먹어?"

김 영감은 못마땅하다는 듯 대꾸했다.

"편두통은 스트레스성인 경우가 대부분이여. 원인을 해결하려고 노력해야지, 약만 들이부으면 쓰냐? 너 그러다 키 안 큰다."

평소 같으면 그냥 웅얼거리며 둘러댔을 이양이었다. 하지만 그날은 왠지 좀 달랐다. 머리가 너무 아프기도 했고, 학교가 아니라 긴장이 좀 풀리기도 했고, 왠지 솔직하고 싶은 기분도 들었다나? 내내 숨겨져 있던 초고도 영재 안이양은, 그렇게 운랑리에서 처음으로 모습을 드러냈다.

"선생님, 저 중학교 2학년이에요."

늘 흐릿하게 풀고 다니던 눈을 제대로 뜨고, 이양은 조곤조곤 대답했다.

"아시다시피 여성 청소년 성장기는 11세에서 13세 사이잖아요. 제 키는 이미 다 자랐어요. 설사 아직 성장판이 열려 있다 해도, 타이레놀은 아세트아미노펜 계열 진통제라 키에 영향을 미치지 않아요. 남용하면 간 기능에 악영향을 미칠 수 있다지만, 저는 복용할 때 1회 권장량을 초과하지도 않고 평소에 술, 담배, 커피, 액상과당을 비롯해서 간에 무리가 되는 기호식품을 즐기지 않으니까 이 정도는 괜찮다고 생각해요. 걱정해 주신 부분은 감사하고, 앞으로도 복용량 지키도록 유의하겠습니다. 다만 지금은 진통제가 필요해요. 일상생활 유지가 어려울 정도로 통증이 심하거든요."

김 영감은 깜짝 놀란 얼굴로 안이양을 바라보았다. 이양도 말없이 김 영감을 마주 보았다. 약을 달라고 차분하게 두 손을 내밀면서. 먼저 소리를 낸 건 김 영감이었다.

"으하하학, 야, 너 엄청 똑똑하구나?"

약이 쌓인 선반으로 돌아서면서, 김 영감은 시원한 웃음을 터뜨렸다.

"중 2라고? 그럼 운랑중학교 학생이겠지? 말투가 서울 쪽인디, 그럼 연재가 몇 달 전에 말했던 전학생이 너겠구나."

"맞아요."

이양이 차분하게 대답했다.

"아이고, 쪼끄만 것이 어쩜 그렇게 똑 부러지냐. 우리 연재랑 천지 차이구먼."

이렇게 말하며 김 영감이 들고 온 것은, 어쩐지 이양이 주문한 진통제가 아니라 작은 퍼그 한 마리였다.

"강아지 무서워하냐?"

"아뇨. 키워 본 적은 없지만, 동물은 좋아하는 편이에요."

"그럼 애 좀 안고 있을래? 내가 약 찾는 동안. 요새 눈이 침침해서 찾는 데 시간이 걸려. 거기 의자에서 놀면서 기다려라."

조심스럽게 팔을 내밀어, 이양은 꽃순이를 받아 들었다. 안는 법이 서툴러 강아지가 불편하지 않을까 걱정했는데, 다행히 꽃순이는 몇 번 꼬물대더니 이양의 가느다란 팔 위에서 안정적으로 자리를 잡았다. 낯을 전혀 안 가리는 귀여운 퍼그를 신기한 듯 들여다보며, 이양은 김 영감이 권한 의자에 앉았다.

김 영감이 계산대 쪽으로 돌아온 것은 한참이 지난 뒤였다.

"어떠냐? 우리 꽃순이, 이쁘지?"

"네. 엄청 이쁘고 귀엽네요."

이양이 꽃순이를 안은 채 대답했다.

"따뜻하고 부드럽고, 이렇게 살이 닿으니까 심장이 콩콩 뛰는 게 느껴져서 신기해요. 처음 보는 사람한테도 살갑게 애교를 부리는 걸 보니, 평소에 사랑을 듬뿍 받고 자랐나 봐요."

"머리, 지금도 많이 아프냐?"

"네?"

이양은 김 영감을 올려다보았다. 꽃순이를 쓰다듬는 동안, 무엇 때문에 약국을 찾았는지 잠시 잊어버리고 있었던 것이다. 두통이 사라진 것은 아니었지만 확실히 아까보다 가라앉은 게 느껴졌다.

"주문한 약은 여기 있다."

김 영감이 작은 종이 상자를 내밀며 말했다.

"그래도 너무 약에만 의존하지는 말어. 휴식도 충분히 취하고, 멍도 좀 때리고, 이렇게 동물이랑 노는 것도 생각보다 도움이 돼. 집에서 키울 여건은 안 되는가?"

"네. 저는 키우고 싶은데 엄마가……."

이양은 꽃순이를 보며 아쉬운 듯 말을 흐렸다.

"그럼 강아지 보고 싶을 때 약국으로 오든가. 꼭 약 살 때 아니더라도, 머리 아프면 여기 와서 꽃순이랑 놀고 그래라. 이그, 야물딱지고 예의 바른 건 좋은데, 생각이 너무 많아 보이는구먼. 철도 일찍 들었고. 너 학교에서 2반이지? 그 반에 장연재라고, 좀 어벙해도 착한 애 있을 거야. 내가 걔한테 얘기해서……."

"아뇨! 그러지 마세요!"

이양이 황급히 끼어들었다.

"제가 사실, 음, 학교에서는 지금이랑 좀 다른 이미지거든요. 말을 별로 안 해요. 그렇게 지내는 게 편하고, 다른 애들은 몰랐으면 좋겠어요. 그러니까 연재한테도 제 얘기 하지 말아 주세요."

"그래?"

의아하다는 듯 턱을 쓰다듬으면서도, 김 영감은 더 캐묻지 않았다.

"알았다. 얘기 안 하마. 그래도 머리 아플 땐 강아지 보러 오거라."

"네. 감사합니다."

이양이 고개를 숙이며 대답했다.

그날 이후로 이양은 종종 약국을 찾았다. 주로 밖에서 눈치를 보다가 아무도 없을 때 들어와서 꽃순이와 놀며 시간을 보냈다. 그러면서 김 영감과도 점점 많은 대화를 나누었다. 가슴 깊이 묻어 뒀던, 평생 꺼내지 않을 거라고 다짐했던 사연들도 어쩐지 김 영감에게만큼은 허물없이 털어놓게 되더라고 했다.

이양은 곤충을 연구하는 아빠와 책을 번역하는 엄마 사이에서 태어났다. 나비를 쫓아 산과 들을 돌아다니는 아빠와 어디서든 일할 수 있는 엄마 덕분에 어릴 때는 자연 속에서 즐거운 시간을 보냈다고 한다.

하지만 영재 검사 이후로 모든 것이 달라졌다. 이양이 상위 0.001퍼센트의 높은 지능을 가졌다는 사실이 밝혀진 순간부터, 사이좋던 엄마 아빠는 매일 다투기 시작했다. 엄마는 이양을 서울 강남에서 교육시켜야 한다고 우겼고, 아빠는 지나친 교육열이 아이를 망친다고 믿었다.

결국 초등학교에 입학할 무렵 엄마는 이양을 데리고 아빠 곁을 떠났다. 공부 때문에 잠깐 떨어져 지내는 거라고, 아빠가 있는 강원도에도 자주 놀러 갈 거라고 했지만, 이양은 처음부터 그 말이 거짓이라는 걸 알았다. 두 사람이 이혼 소송을 시작했으며, 자신의 양육권을 가져가려고 싸우는 중이라는 것도 알았다.

몇 년이나 이어진 소송은 허무하게 끝났다. 아빠가 연구 중에 산에서 실족하여 목숨을 잃었기 때문이다. 이양이 초등학교 5학년 때 일이었다. 그 아이는 장례식장에서 엄마를 잡아 흔들며 울부짖는 아빠의 가족들을 보았다. 네가 죽인 거라고, 할머니는 소리쳤다. 그놈의 애 교육 때문에 내 아들을 잡았다고 말할 때는 이양 쪽으로 삿대질도 했다.

장례를 치르고 얼마 후부터, 이양은 영재원에 잘 나가지 않게 되었다. 거짓말을 하고 학교도 툭하면 빼먹었다. 레벨 테스트 성적은 점점 낮아졌고, 엄마가 다급하게 데려간 지능검사 센터에서도 예전의 절반을 겨우 넘는 점수가 나왔다.

엄마는 쉽게 포기하지 않았다. 일시적인 거라고, 충격을 받아서 잠깐 그러는 것뿐이라고 우기며 점점 많은 학원에 등록했다. 정작 자신은 몸을 혹사시키도록 일에 매달리면서. 하지만 성적은 오르지 않았다. 이양은 국제중 입시에 실패했고, 일반중 영재 학급 선발에서도 떨어졌다.

그렇게 중학교 2학년이 되었을 때에야, 엄마는 마침내 현실을 받아들였다. 어차피 여기서 더 많은 학원을 보낸다는 건 불가능했다. 엄마에겐 더 이상 돈이 없었고, 이양에게는 더 이상 시간이 없었으니까. 그렇게 두 사람은 엄마가 오래전 떠났던 고향, 이양은 한 번도 와 본 적 없던 운랑리로 내려오게 되었다.

오랜 날에 걸쳐서, 김 영감은 드문드문 꺼내는 이양의 이야기를 차분하게 들어 주었다. 종종 맞장구를 치거나 질문을 던지고, 분위기가 어두워지면 농담으로 웃겨 주기도 하면서.

"엄마가 원망스럽냐?"

죽기 전 어느 날엔가 김 영감이 물었다.

"그래서 그렇게 기를 쓰고 영재 아닌 척을 하는 겨?"

"꼭 그래서만은 아니에요."

이양이 담담하게 대답했다.

"제 점수에 집착하는 게 버거울 때도 있었지만, 어쨌든 저를 위해 그러신다는 걸 알았으니까요. 공부 자체도 나름 재미있었고요."

"그럼 굳이 그렇게까지 할 필요는 없지 않을까?"

김 영감이 조심스럽게 말했다.

"엄마도 속이 상하실 텐데."

"이겨 내야 하는 과정이라고 생각해요."

이양이 차분하게 대답했다.

"이겨 내? 무얼?"

"미련과 집착을요. 전 엄마가 자유로워져야 한다고 생각해요. 제 영재성에 매달리느라 이미 많은 것을 잃었거든요. 돈도, 가족도, 친구도, 건강도……."

여기서 잠시 머뭇거리더니, 이양은 김 영감을 바라보며 질문을 던졌다.

"혹시 왕붉은점모시나비 아세요?"

"왕붉은 나비? 아니, 처음 듣는다만."

"멸종 위기 야생 생물 1급인 희귀종이에요. 원래 한국에서는 멸종되었다고 알려져 있었는데, 10년 전쯤 강원도 고지대에서 몇 마리가 발견됐죠. 아빠는 돌아가시기 직전까지 그 나비를 연구하고 계셨어요."

"그렇구나. 부친께서 아주 멋진 일을 하셨는걸."

"그 나비는 아주 특별해요. 투명한 날개에 커다랗고 붉은 점이 찍혀 있는 모습도 그렇지만, 생식 습관이 특이하거든요. 일단 짝짓기를 하고 나면, 수컷 나비가 단단한 물질을 분비해서 암컷의 생식기를 막아 버려요. 다른 나비랑 자유롭게 짝짓기 할 수 없도록 그러는 거래요. 곤충학자들은 그 분비 물질을 '정조대'라는 별칭으로 부른다고, 아빠가 가르쳐 주셨어요."

"허어, 정조대 채우는 나비라니. 그거 퍽 특이하구나."

"아빠가 돌아가시고 저 때문에 일에만 매달리는 엄마를 보면서, 문득 이런 생각이 들었어요. 어쩌면 내가, 나라는 존재가, 결혼으로 인해 채워진 엄마의 정조대가 아닐까? 뭐 그런……."

김 영감은 주름진 손을 들어 이양의 머리를 쓰다듬었다. 복잡한 표정이었다. 두어 번 입을 열었지만 고개를 저으며 다시 다물었다. 그가 대답을 찾지 못하는 건 아주 드문 일이었다. 이양은 꽃순이를 내려다보다가, 곧 살짝 웃으며 화제를 돌렸다.

"그냥 그렇다는 이야기에요. 신경 쓰지 마세요. 그래도, 너무 불효하지 않으려고 성적도 대충 중간 정도로는 맞추고 있다고요. 그보다, 영감님 말투 되게 웃기네요. '퍽 특이하다'니, 무슨 사극에 나오는 대사 같아요."

"잉? 그러냐?"

김 영감이 아무렇지 않은 척 대꾸했다.

"요즘 애들은 그럴 때 어떤 말을 쓰는디?"

"흠, 그러게요. 일단 표준어 감탄사는 잘 안 쓰는 것 같은데."

이양은 골똘히 생각에 잠겼다.

"'존나 특이하다'고 하려나? 에이, 근데 별로 좋은 말도 아니고, 차라리 픽이 낫네요."

"하하하, 존나라고? 신기한 어감이구만. 그게 상스러운 뜻인가 보지?"

김 영감이 웃으며 말했다.

"우리 연재 놀러 오면 한번 써먹어 봐야겠다. 그래도 너가 알려 준 건 비밀로 하마."

생각만 해도 재미있겠다며, 두 사람은 깔깔거리고 웃었다.

조곤조곤 막힘없이 이어지는 이양의 긴 사연을, 나는 내내 말없이 들었다. 내가 전혀 몰랐던 그 애의 모습과, 왠지 나랑 있을 때보다 좀 더 어른스러웠던 것 같은 김 영감을 상상하면서. 이야기를 마치고 나서야 이양은 고개를 돌려 나를 보았다. 무심한 표정이었지만 왠지 반응을 궁금해하는 것 같았다.

"뭔가 되게, 엄청나다."

나는 열심히 단어를 고르며 말했다.

"꽤 무거운 이야기인 거잖아 사실. 뭐랄까, 신기하기도 하고. 니가 워낙 덤덤하게 말하긴 했지만."

"나한테야 현실의 삶이니까. 남들이 듣기엔 이상할 수 있고, 그걸 아니까 꽁꽁 숨겨 왔던 거고. 어쨌든 시원하다. 김 영감님 돌아가시고 다신 없을 줄 알았거든. 이런 얘기 누구한테 하는 일 말이야."

"솔직히 좀 혼란스러워."

이양의 눈치를 보다 조심히 말을 꺼냈다.

"나 진짜 평범하거든? 어쩌면 평범보다 못할 수도 있고. 살면서 특별한 경험 한 번 못 해 봤고, 앞으로도 쭉 그럴 거라고 생각했는데……. 근데 김 영감 죽고 나서부턴 자꾸 묘한 일들이 생기는 것 같아. 방금 들은 네 이야기도, 솔직히 태어나서 들은 이야기 중에 거의 제일 이상한 이야기야."

풉, 웃음을 터뜨리며 이양은 내 말을 받아쳤다.

"거의 제일 이상했어? 이보다 더 이상한 이야기도 듣긴 했나 보지?"

"어, 그건."

나는 움찔하며 이양의 품에 안긴 강아지 눈치를 보았다. 역시나, 꽃순이는 입조심하라는 듯 나를 향해 조용히 눈을 부릅뜨고 있었다. 다행히 이양은 더 꼬투리 잡을 마음이 없는 것 같았다.

"근데 너도 막 그렇게 평범하기만 한 건 아냐. 내가 하고 많은 사람 중에 하필 김 영감님한테 마음을 터놓은 거, 너랑도 무관하지 않거든."

"그건 또 무슨 소리냐. 갑자기 내가 왜 튀어나와?"

내가 갸웃하며 물었다.

"기억 안 나? 너, 나 도와줬잖아. 막 전학 왔을 때 말이야."

"내가? 언제?"

"역시 기억 못하는구나?"

이양은 눈썹을 찌푸렸지만, 입은 여전히 웃고 있었다.

"나 따돌림받았잖아. 전학 초기에. 모른 척했지만 당연히 알고 있었어. 누가 주도했는지, 누가 참여했는지도 전부 다. 솔직히 방관자까지 따지면 담임 선생님 포함해서 반 전체라고 할 수도 있었지. 근데 딱 한 명, 너는 달랐어."

"어어, 텃세 부리는 거 별로라고 생각하긴 했지만."

내가 쭈뼛쭈뼛 말했다.

"그래도 나서서 뭘 하거나 한 적은 없는데."

"숙제 공지하는 단체 톡방에 나 빠졌다고, 네가 반장한테 알려 줬잖아."

이양이 부드럽게 말했다.

"그거 반장이 일부러 빼먹은 거였는데. 교실 바뀐 거 몰라서 나 혼자 남겨질 뻔했을 때 알려 준 사람도 너 하나였어. 그 외에도 비슷한 일이 몇 번 있었고."

양 볼이 달아오르는 것을 느끼며, 나는 열심히 기억을 더듬었다. 하지만 진짜 생각이 나지 않았다. 내가 딱히 정의감 넘치는 편도 아니고, 만약 정말로 그랬다면 그냥 눈치가 없어서 그랬던 걸 텐데.

"안이양, 네가 뭔가 오해하는 것 같은데, 나는……."

"오해한 거라면 더 좋지."

이양은 내 변명을 툭 끊었다.

"그렇게 의식 없이 호의를 베푸는 거, 아무나 할 수 있는 일 아냐. 너의 그런 행동이 나와 김 영감님 사이의 인연을 만들었어. 이사 오고 주위에서 몇 번이나 들었거든. 두 사람의 특별한 관계에 대해서. 가족도 아닌 너를 이렇게 키워 주신 분이라면, 분명 보통 어른들이랑은 다를 거라고 생각했지. 실은 너랑도 친해지고 싶었는데, 아무래도 같은 반이라 다가가기가 조심스러웠어. 하지만 영감님은 학교 사람도 아니었으니까 부담이 좀 덜했달까."

"야, 그렇게 말하니까 어떻게 반응해야 할지 모르겠잖아."

내가 뜨거워진 볼을 문지르며 말했다.

"나 살면서 그런 칭찬 받아 본 적 없단 말이야."

"큭큭, 그래?"

이양이 장난스러운 목소리로 되물었다.

"이 기회에 알아 둬. 그거 진짜 큰 장점이니까. 선한 에너지 말이야. 지금 나만 해도, 너랑 얘기하면서 마음이 엄청 가벼워졌어. 나 오기 전까지만 해도 콱 죽어 버리고 싶었는데."

"그건 또 뭔 소리야?"

갑자기 세게 말하는 이양에게 놀란 내가 말했다.

"무슨 일 있었어? 안 좋은 일이라도……."

"그냥, 엄마랑 다퉜거든."

이양이 바닥을 보며 말했다.

"늘 있는 일이야. 근데 오늘은 뭐랄까, 엄마가 선을 좀 넘었달까? 웬만하면 감정 조절을 하려고 하는데, 아까는 그것마저 잘 안 되더라고."

"음, 크게 싸운 거야? 뭐 때문에 그랬는지 물어봐도 돼?"

걱정스러운 내 질문에, 이양은 아주 짧게 대답했다.

"꿈."

"꿈?"

"어. 시골 학교로 전학 와서 맹한 척 사는 나지만, 그래도 꿈이 없는 건 아니니까. 근데 엄마는 아직 그것까지 받아들일 수가 없나 봐. 영재원, 의대 코스를 못 밟더라도 최소 공무원이나 대기업 직장인 정도는 되어야 한다고 생각하시거든. 그래서 학원도 계속 보내시는 거고. 하지만 나는 그 바람에 맞춰 드릴 생각이 없어. 애초에 대학 갈 마음도 없는 걸."

"네 꿈이 뭔데?"

내가 조심스레 물었다. 아무리 그래도 저 머리에 대학을 안 가는 건 좀 아깝다고 생각하면서.

"웹툰 작가."

이양이 말했다.

"웹툰?"

"어. 웹툰."

이양은 쿡쿡 웃음을 터뜨렸다.

"푸흡, 장연재. 너는 무슨 앵무새냐? 내가 말만 하면 다 따라하고 있어."

"아니, 그, 그건, 네가 하는 말이 전부 의외니까 그렇지."

내가 민망해하며 말했다.

"웹툰 작가 엄청 멋있지만, 보통은 영재원 출신이 하는 일이라고 생각하진 않잖아."

"우리 엄마 얘기도 딱 그거야. 만화는 좋은 대학이나 안정적인 직장 다니면서 취미로도 그릴 수 있는 거라고. 하지만 난 그렇게 생각 안 해. 웹툰은 종합 예술이거든. 좋은 작품을 만들려면 작화 실력은 기본에다 스토리 짜는 능력도 있어야 하고, 배경 지식도 방대해야 하지. 지금도 독학으로 공부하고 있지만, 고등학교 졸업하면 바로 서울 올라가서 학원 등록하고 공모전 준비할 거야. 아, 물론 금전적인 부분은 내가 스스로 충당할 거고."

"흐음."

나는 또다시 말문이 막혔다. 웹툰에 대해서는 잘 모르겠지만, 이제 이거 하나는 분명히 알 것 같았다. 안이양 애는 무슨 얘기를 해도 사람 입을 완전히 막아 버리는 재주가 있구나. 저렇게까지 논리적으로 조목조목 말하는데 누가 뭔 대꾸를 하겠어. 아무리 봐도 웹툰만 그리기엔 말발이 좀 아까운데. 검사나 변호사 같은 거 하면 딱…….

"왜, 너도 내 꿈이 별로야?"

눈치 빠른 이양이 시큰둥하게 물었다.

"아니, 그런 게 아니고."

뜨끔한 내가 허둥지둥 대답했다.

"그냥 너 말이랑 생각하는 수준이 너무 높아서, 내가 막 끼어들기가 어렵다고 해야 하나? 김 영감이 살아 있었다면 분명 괜찮은 멋진 조언을 해 줬을 텐데, 싶기도 하고."

"그랬을까? 김 영감님이 계셨으면, 이런 문제에도 답을 알려 주셨을까?"

희미하게 웃으며 이양이 대답했다. 하지만 잠깐 입을 다문 사이, 그 애의 표정은 또다시 점점 굳어 갔다. 놀이터에서 처음 만났을 때 보았던 피곤한 얼굴처럼.

"엄마를 사랑하지만, 때론 도저히 이해할 수가 없어."

이양이 힘없이 말했다.

"특히 오늘처럼, 남의 방까지 몰래 뒤져 가면서, 내 꿈이랑 아빠의 추억이 담긴 보물을 함부로 갖다 버리는, 그런 행동은 정말……."

갑자기 울컥한 듯, 그 애는 말을 잇지 못하고 꽃순이를 꼭 안았다. 하지만 그걸로도 감정이 달래지지 않는 모양이었다. 입술을 꾹 깨물고 참으려 하는 것 같았지만, 이양은 결국 조용히 울음을 터뜨렸다. 강아지 등에 얼굴을 묻고 소리 없이 흐느끼는, 내내 야무지던 그 애의 갑작스런 모습에 나는 완전히 당황했다.

"어, 보물을 막 버리다니, 그건 좀 너무하셨다."

자리에서 일어난 내가 허둥지둥 말했다.

"보, 보물이 뭔데? 다시 찾을 수는 없는 거야?"

"틴케이스."

몸을 조금 일으키고 코를 훌쩍이며, 이양은 손가락으로 공중에 네모 모양을 만들어 보였다.

"이만한 상자야. 아빠가 젊을 때부터, 전 세계를 돌아다니면서 찍은 나비 사진이랑, 내가 틈틈이 구상한 웹툰 스토리보드가 들어 있어. 내 웹툰에도…… 나비 캐릭터가 나오거든. 아빠 연구에서 영감을 받은 거야. 근데 그걸 버렸대 엄마가. 어제 진로 문제로 좀 다투고, 오늘 학교 갔다 왔더니, 산에 가서 버리고 왔대. 어떻게 그럴 수가 있지? 그게 나한테, 어떤 물건인지 뻔히 알면서. 대체, 대체 무슨 생각을 하면 그런…….”

“에고, 어떡하냐. 너무 속상하겠다.”

내가 말했다. 진심으로 안타까웠다. 나는 얘처럼 머리가 좋았던 적도 없고, 성적이나 미래에 대한 기대를 받아 본 적도 없지만, 적어도 소중한 걸 잃어버리는 괴로움은 알고 있으니까. 게다가 그걸 버린 사람이 사랑하는 가족이라면, 얼마나 속이 상할지 짐작도 되지 않았다. 점점 크게 흐느끼는 안이양의 품에서, 분명 다 알아들었을 꽃순이 역시 마음이 아픈 듯 낑낑 소리를 냈다.

‘울 엄마 반지처럼, 꽃순이가 냄새를 맡아서 찾아 주면 좋을 텐데.’

나는 아쉬운 마음에 입맛을 다시며 생각했다.

‘하지만 어렵겠지. 그건 얘가 조작한 일이었고, 안이양 틴케이스는 진짜로 없어진 거니까.’

휴우, 한숨을 쉬며 꽃순이를 보는데, 어라? 재 표정이 왜 저러냐. 이양의 품에 안긴 녀석은 잔뜩 인상을 쓰고 나를 보며 끙끙대고 있었다. 뭐가 됐든 할 말이 있는 게 분명했다. 그런 꽃순이에게, 나는 소리를 내지 않고 입 모양으로 물었다.

‘돼? 그 반지처럼?’

꽃순이는 희미하지만 분명하게 고개를 끄덕였다.

“저기, 안이양, 있잖아.”

나는 꽃순이 쪽으로 급하게 손을 뻗었다.

“나 잠깐 꽃순이랑 이야기 좀, 아니, 화장실 좀 다녀올게.”

"화장실? 지금?"

이양이 훌쩍이며 되물었다. 누가 봐도 황당한 표정이었지만, 나는 모른 척하며 대답했다.

"어. 지금. 꼭 지금 가야 돼."

"갔다 와 그럼. 애는 내가 데리고 있을게."라고, 이양은 우는 와중에 너무나 상식적인 반응을 보였다.

"꼬, 꽃순이가 있어야 돼. 마음이 편해야 시원하게 나오거든."

내가 생각해도 말이 안 되는 소리였지만, 당장 그럴듯한 핑계가 떠오르지 않았다. 나는 어리둥절한 이양에게서 꽃순이를 빼앗듯 낚아챈 뒤 공중화장실로 후다닥 뛰었다.

"아오, 머리가 안 돌아가서 완전 헛소리한 것 같은데."

화장실 문을 닫고 휴대폰 메모 앱을 세팅하며 내가 물었다.

"나 너무 이상하진 않았어?"

꽃순이는 작은 발톱으로 쿼티 자판을 두드려 대답했다.

- 지극히 이상함. 비논리적. 비상식적.

"망했다. 문제라도 해결하면 이미지 회복이 좀 되려나. 너 근데 진짜 찾을 수 있는 거야?"

- 가능성 있음. 100퍼센트는 아님.

"야, 뭔 소리야. 100프로는 아니라고?"

어이없어진 내가 따져 물었다.

"자신 있어 하는 것 같아서 데려온 건데, 이제 와서 그러면 어떡해."

- 냄새 지속에 한계 존재. 극원거리는 추적 불가.

"원거리? 그러니까 너무 멀면 못 찾는다는 거야? 냄새가 사라져서?"

내 질문에 꽃순이는 고개를 끄덕였다. 그리고 이어진 문자 대답.

- 일단 성공 가능성 높다고 판단.

"가능성이 높다고? 그건 또 왜?"

내가 물었다.

"이양이 어머니가 그걸 어디에 버리셨는지도 모르잖아."

- 시간상 추론.

"어, 이건 너무 짧은데. 이해를 못 하겠어. 좀 더 풀어서 말해 봐."

못마땅한 듯 코를 씰룩대더니, 꽃순이는 고민해 가며 조금 더 친절한 설명을 들려주었다.

- 금일 개학식. 오전 수업 후 즉시 하교. 원거리 이동 시간 부족.

"아하, 이제 이해했어."

내가 무릎을 탁 치며 말했다.

"그렇지. 오늘 학교가 일찍 끝났으니까. 오전 사이에 그걸 엄청 먼 데다 버리긴 어려우셨겠네. 아까 산에다 버리셨다고 그랬지? 그럼 동네 뒷산이려나? 거기라면 김 영감이랑 여러 번 갔던 데니까, 너랑 같이 뒤져 보면 찾을 수도 있겠다."

끄덕.

"됐네 그럼! 이거 완전 되는 게임이네. 아유, 요 똘똘한 녀석."

신이 나서 쓰다듬으려는 나를 쏙 피하며, 꽃순이는 내 손에 들린 휴대폰 쪽으로 다시 한번 앞발을 뻗었다. 그 아이가 톡톡 눌러 완성한 문장에, 부풀었던 내 기쁨은 쑥 가라앉았다.

- 속단 금물. 소각, 매립 등 가능성 존재.

"아, 맞구나."

내가 시무룩하게 중얼거렸다.

"태우거나 땅에 묻어 버리셨으면 못 찾을 수도 있겠네. 에휴, 그래도 일단 시도는 해 볼까?"

끄덕, 하고 꽃순이는 엄숙하게 고개를 끄덕였다.

10

"여기야."

'운랑 빌라'라고 쓰인 5층짜리 건물 앞에서 이양이 말했다.

"우리 집은 3층이고. 근데, 이게 진짜 되는 거야?"

"될 거야. 그러니까 아마도."

내가 자신 없게 대답했다.

"얘기했잖아. 꽃순이가 워낙 후각이 좋다고. 우리 집에서 없어진 물건들도 얘가 다 찾았다니까."

"흐음."

의심스러운 표정이었지만, 어쨌든 이양은 우리를 1층 유리문 너머 엘리베이터로 안내했다.

"근데 엄마는 안 계셔?"

갑자기 긴장이 된 내가 물었다. 처음 가는 집이 어색하기도 했지만, 설명으로만 들은 이양네 엄마가 벌써 무서웠기 때문이다.

"불쑥 찾아갔다가 혼나고 그러는 거 아니야?"

"있어도 나와 보지도 않을걸. 늘 작업실에서 일만 하거든."

이양이 뚱하게 대답했다.

"내 대학 등록금 모은다고 그러고 있어. 정작 나는 받지도 않을 건데. 암튼, 넌 꽃순이 크게 짖지 않도록 주의만 해 줘."

"응. 그건 걱정 마."

이렇게 말하며, 나는 꽃순이를 보았다.

"집 안에서는 안 짖을 수 있지?"

끄덕. 강아지가 말없이 대답했다.

302호 앞에 도착한 이양은 비밀번호를 눌러 문을 열었다. 우리는 조용히 신발을 벗고 거실을 지나 이양의 방으로 갔다. 나무로 된 책상과 천장까지 닿는 책장, 1인용 침대와 한 칸짜리 옷장. 단순하고 깔끔한 방이었다. 딱 한 군데, 활짝 열려 있는 책상 서랍만 빼고.

"너 만나기 전까지 뒤지다가 나갔거든."

엉망으로 헝클어진 서랍을 보며 이양이 말했다.

"엄마가 진짜 버렸다는 걸 믿을 수가 없어서."

"에고, 꽃순이가 잘해 줘야 하는데."

걱정스럽게 말하며, 나는 꽃순이에게 대본대로 명령을 내렸다.

"이만한 네모 상자야 꽃순아. 이 서랍에 들어 있던 거. 자, 찾아봐!"

말이 떨어지기 무섭게, 꽃순이는 책상 위로 올라가 서랍에 대고 이리저리 냄새를 맡았다. 잠시 후 고개를 든 녀석은 바닥으로 살짝 뛰어내린 뒤 코를 킁킁거리며 천천히 걷기 시작했다. 나는 마음을 졸이며 뒤를 따랐다. 이양도 멈칫하다가 우리를 따라 왔다.

거실을 지나 다시 현관으로 되돌아간 꽃순이는 문 앞에 서서 우리를 바라보았다.

"열라고?"

내가 묻는 사이, 이양은 눈치 빠르게 신호를 이해하고 알아서 현관문을 열었다.

슬리퍼를 신은 이양과 운동화를 구겨 신은 나는 강아지를 따라 밖으로 나갔다. 엘리베이터 쪽으로 갈 줄 알았는데, 꽃순이가 향한 곳은 비상계단으로 연결된 철문이었다.

"계단으로 내려간 거야, 엄마가?"

이양이 무거운 철문을 밀며 말했다. 나직하면서도 못마땅한 목소리였다.

"켕기는 짓 하는 걸 본인도 알긴 알았나 보지."

씰룩씰룩 움직이는 강아지 엉덩이를 따라서, 우리는 계단을 천천히 한 칸씩 내려갔다. 2층을 지나 1층에 도착하고, 꽃순이는 다시 한번 밖으로 연결된 철문 앞에 멈춰 섰다. 이번에는 내가 문을 열었다.

1층 복도와 유리로 된 자동문을 넘어가자, 아까 우리가 지나쳤던 빌라 1층 주차장이 나왔다. 여기선 냄새가 강하게 나는지, 꽃순이는 바닥에 코를 대지도 않고 어디론가 빠르게 뛰어갔다. 달려서 쫓아간 우리는 주차장 입구 쪽에 주차된 작은 흰색 승용차 뒤에 도착했다. 꽃순이는 차 주변을 몇 바퀴 돌더니 그 자리에 멈췄다.

"우리 엄마 차야."

이양이 얼굴을 찌푸리며 말했다.

"뭐야? 차를 타고 멀리 나가서 버렸다는 거야?"

헥헥대며 눈알을 이리저리 굴리더니, 꽃순이는 갑자기 차 트렁크를 향해 짖기 시작했다.

왈왈, 왈왈, 왈왈.

"혹시 그 안에 있는 거야?"

내가 설마 하며 물었다.

"트렁크?"

왈! 짧고 강하게 짖더니, 꽃순이는 꼿꼿하게 몸을 세우고 우리를 올려다보았다.

"나 차 키 어디 있는지 알아."

이양은 몸을 돌려 건물 쪽으로 뛰었다. 몇 분 뒤 숨을 몰아쉬며 달려 나온 그 애 손에는 네모난 버튼식 키가 들려 있었다.

버튼 하나를 누르자 트렁크가 덜컹 열렸다. 이양은 문이 다 올라가기도 전에 거의 다이빙하다시피 몸을 쑤셔 넣었다. 쇼핑백이며 신발 따위가 쌓인 잡동사니를 얼마나 뒤졌을까, 잠시 후 트렁크 안에서 믿을 수 없다는 듯한 외침이 터져 나왔다.

"여기 있어!"

"정말?"

초조하게 지켜보던 나는 그제야 그 애 쪽으로 갔다. 허리를 편 이양의 손에는 은색 뚜껑이 달린 네모난 틴케이스가 들려 있었다.

"다행이다. 그래도 진짜 버리진 않으신 거네."

"그러게. 버리지도 못할 거면서, 그렇게 독한 척이나 하고."

이양이 트렁크를 쳐다보며 말했다. 생각이 많아 보이는 얼굴이었다.

"근데 그건 뭐야?"

나는 틴케이스와 함께 이양이 꺼낸 길쭉하고 납작한 상자를 가리켰다. 뭔진 몰라도, 비닐로 포장된 게 새 상품인 것 같았다.

"그것도 네 거야?"

이양은 대답하지 않았다. 그 대신 납작한 상자를 받침 삼아 틴케이스를 놓고 한 손으로 뚜껑을 열었다. 케이스 안에는 사진 뭉치와 노트가 들어 있었다. 맨 위에 놓인 것은 빨간색 무늬가 점점이 박힌 흰색 나비 사진이었다. 신기하게도 날개 끝부분이 투명해서 뒤쪽에 있는 나뭇잎이 그대로 들여다보였다.

"왕붉은점모시나비야. 아까 김 영감님 얘기 할 때 잠깐 말했던 거."

"기억나. 아빠가 연구하시던 거지? 엄청 희귀한 종이라며."

"맞아."

고개를 끄덕이며 이양이 말했다.

"사진 자체는 원래 있던 거라 이상할 거 없는데, 순서가……."

여기서 잠깐 멈추더니, 이양은 조금 떨리는 목소리로 다시 말을 이었다.

"내가 넣어 둔 순서를 정확히 기억하거든. 이 왕붉은점모시나비 사진은 원래 한참 아래 있던 거야. 아무래도 우리 엄마, 트렁크에 넣기 전에 사진들을 다 봤나 봐. 마지막으로 보고 있던 게 이 나비였고."

"그렇구나."

내가 조용히 대답했다.

이양은 말없이 틴케이스 속을 보았고, 나는 그런 그 애를 말없이 보았다. 문득 한 번도 뵌 적 없는 얘네 어머니가 궁금해졌다. 딸을 사랑하는 건 맞는 것 같은데 자주 크게 싸우는 것 같고, 얼핏 듣기엔 되게 무서운데 또 한편으로는 마음이 여리신 것 같은, 아마도 이양을 닮았을 아주머니. 언젠가 얘가 기사로 보여 줬던 김 영감 아들의 이야기가 떠올랐다. 그 시절의 김 영감도, 어쩌면 이런 느낌이었으려나.

"이건 '태블릿'이라는 거야."

이양이 입을 열었다. 손가락은 아까 내가 뭐냐고 물어봤던 상자를 가리키고 있었다.

"웹툰 그릴 때 쓰는 장비. 옛날에 엄마한테 사 달라고 했었는데 단칼에 거절당했거든. 내 돈으로 산다고 해도 절대 금지라고, 눈에 띄면 당장 버릴 거라고 했었고."

"아, 나 그거 뭔지는 알아. 유튜브에서 본 적 있어. 거기 대고 그림 그리면 PC 모니터에 바로 뜨는 거지?"

"맞아."

"너 주려고 사신 거겠네."

조금 가벼워진 마음으로 내가 말했다.

"뭐야, 결국 너희 어머니도 네 꿈에 관심이 있으신 거잖아. 보물도 안 버리셨고, 태블릿까지 사 주시고, 그럼 이제 화해해도 되지 않을까?"

"글쎄, 모르지."

툭 내뱉는 이양의 말투는 어느새 평소처럼 무뚝뚝하게 돌아와 있었다.

"이거 작년에 단종된 모델이거든. 딱 보니까 트렁크에 넣고 최소 1년은 다녔네. 그런 걸 나 주려고 샀는지 아닌지 어떻게 알아?"

"야, 그럼 어머니가 장식용으로 사셨겠냐?"

내가 황당한 목소리로 말했다.

"민망해서 말을 못 꺼내신 거겠지. 네가 가서 먼저 얘기해 봐."

"글쎄. 봐서."라고 새침하게 말하며, 이양은 틴케이스만 챙기고 태블릿은 다시 트렁크에 넣은 뒤 문을 닫았다.

"어쨌든 고마워. 이거 찾은 건 다 너랑 꽃순이 덕분이야. 답례로 맛있는 거 쏠게."

"진짜? 그건 무조건 좋지."

내가 씩 웃으며 말했다.

"과자나 라면 정도로는 안 된다."

"그래, 그래."

이양도 미소 지으며 대답했다.

"뭐든 말만 해. 다 사 줄게."

"음, 뭐 먹지? 아, 피자!"

내가 뿌듯하게 말했다.

"나 피자 좋아해. 치즈크러스트, 고구마무스 올린 거. 꽃순이는 육포로 하자. 얘 닭가슴살 육포에 환장하거든."

"오케이. 접수 완료."

똑 부러진 말투로, 이양은 내 주문을 착착 정리했다.

"너는 치즈크러스트피자에 고구마무스 추가, 꽃순이는 닭가슴살 육포. 맞지? 까짓 것, 육포도 프리미엄으로 사 줄게."

"대박!"

내가 꽃순이를 안아 올리며 외쳤다.

"너 은혜 좀 갚을 줄 아는구나? 또 뭐 없어지면 말해. 우리가 다 찾아 줄게."

왈왈, 내 팔에 안긴 꽃순이도 만족스러운 듯 밝게 짖었다.

"그래야겠다, 정말."

이렇게 대답하더니, 이양은 눈을 가늘게 뜨고 나와 꽃순이를 번갈아 보았다. 관찰하는 것 같기도 하고, 생각하는 것 같기도 한 애매한 눈빛이었다.

'피자랑 육포 값이라도 계산하나?'

계속 우리를 보며 틴케이스의 뭉툭한 모서리로 턱을 긁던 그 애는, 뜬금없이 내 이름을 불렀다.

"장연재."

"응?"

"혹시 꽃순이, 사람 말을 이해해?"

"어? 뭐라고?"

갑자기 훅 들어온 질문에 놀란 내 눈과 입이 확 커졌다. 땀이 배어난 손바닥 아래로 꽃순이 몸도 뻣뻣하게 굳는 게 느껴졌다.

"꽤 이해하지."

겨우 표정을 관리한 내가 열심히 아무렇지 않은 목소리로 대답했다.

"애가 엄청 똑똑하거든. 손, 앉아, 이런 것도 다 알아듣고, 그 뭐냐, '빵야'까지 할 수 있어."

안이양은 대답하지 않았다. 여전히 생각하는 표정을 지은 채 고개를 천천히 갸웃거릴 뿐이었다.

"포, 폰에 동영상도 저장돼 있는데 볼래?"

내가 주의를 돌리려고 얼른 말했다.

"이게 엄청 고난도 기술인데, 아니다. 지금 바로 보여 줄게. 꽃순아, 우리 이양 언니한테 빵야 보여 줄까?"

강아지를 후다닥 내려놓은 나는 곧바로 빵야, 하고 구령을 내렸다. 꽃순이는 깩 소리를 내며 잽싸게 몸을 뒤집었다. 하지만 조심스레 눈을 들어 바라본 이양은 우리 쪽에 관심도 없는 것 같았다.

"내가 얘기한 이해는."

이양이 입을 열었다. 조용하고 차분한 목소리였다.

"조금 더 구체적인 의미였어. 손, 빵야, 이런 단어 단위의 구령이 아니라, 문장 단위의 명령을 인지하고 실행할 수 있냐는 질문을 한 거야. 가령 '책상 서랍 냄새를 맡은 뒤 거기 있다 없어진 상자의 현재 위치를 찾아라.' 같은 명령 있잖아."

"어, 그게……."

대답을 찾지 못한 나는, 제발 도와 달라는 심정으로 꽃순이를 보았다. 하지만 녀석은 바닥에 날름 누운 채 꼼짝도 하지 않았다. 하긴, 저 녀석 입장에는 저게 최선일지도 몰랐다. 여기서 뭐라도 액션을 보이면 오히려 이양의 말을 인정하는 꼴이 될 테니까.

말을 꺼낸 것은 또다시 이양이었다.

"참 이상하단 말이야."

초고도 영재가 확실한 그 애가 말했다.

"마약 탐지견도 처음에는 마약을 보고 냄새를 맡으면서 훈련을 받잖아. 그러지 않으면 자기가 찾아야 하는 물건이 뭔지 알 수 없으니까. 그런데 꽃순이는 달랐어. 얘는 내 틴케이스를 본 적도 없고, 냄새를 맡은 적도 없잖아. 그런 상태에서 이미 없어진 물건을 추적해서 찾아낸다? 이 명령을 실행하려면 여러 단계의 문장을 종합적으로 이해해야 해. 내가 놀이터에서 묘사했던 틴케이스의 모양을 머리로 그려야 하고, 그게 원래 서랍 속에 있었다는 설명도 이해해야 해. 물론 그걸 찾으라는 네 명령도 알아들어야 하지. 지금 이 순간 내가 하고 있는 말도……."

마지막 문장을 뱉으며, 이양은 꽃순이를 향해 천천히 팔을 뻗었다. 흠칫하는 몸짓이 보였지만, 꽃순이는 움직이지도 도망가지도 못했다.

'잘하고 있어. 꽃순아. 어떻게든 모른 척해 봐.'

나는 얼굴도 돌리지 못한 채 곁눈질로 신호를 보냈다. 흔들리는 눈빛으로 나를 바라보며, 강아지는 이양의 손에 들려 공중으로 올라갔다.

"꽃순아, 언니가 뭐 하나만 물어볼게."

이양이 말했다.

"너 사람 말 알아듣니? 혹시나 해서 그래. 만약 알아들으면 '왈' 못 알아들으면 '왈왈' 이렇게 짖어 볼래?"

왈왈, 꽃순이가 짖었다.

'야, 이 바보야.'

🐾

들켰다. 아니, 애초에 안이양 앞에서는 숨길 수 없는 일이었는지도 모르지만.

"이 헛똑똑아, 다 망했어. 그냥 털어놓자."

내가 꽃순이에게 말했다. 그 녀석도 포기했다는 듯 순순히 고개를 끄덕였다.

"그래. 네 생각이 다 맞아."

이양이 넘겨주는 강아지를 받아 들며 내가 말했다.

"나도 알게 된 지 얼마 안 됐어. 제대로 대화해 본 건 어제가 처음이고."

"역시 그랬구나. 설마 했는데."

이양은 놀라지도 않고 대답했다.

"말을 알아듣기만 하고, 서로 소통은 안 되는 거야? 듣고 이해할 수 있으면 쓰거나 말할 수도 있다고 생각하는 편이 논리적일 텐데."

"야, 너는 진짜……."

끝이 어디인지 모르겠는 이양의 추리력에, 나는 둘러댈 의지를 완전히 상실했다. 겁나게 머리 좋은 애가 편견까지 없으니 연기든 거짓말이든 통하지가 않는구나.

"에휴, 그것도 맞아."

내가 끄덕이며 말했다.

"네가 똑똑한 거지? 내가 멍청한 게 아니라. 나는 얘가 말 알아듣는 것도 한참을 같이 살고 알았는데. 눈치채고 나서도 설마 이 정도일거라고는 생각 못 했단 말이야. 신문 읽고 노트북 하는 거 알았을 때는 진짜 기절하는 줄 알았어."

"노트북을 써? 호오, 그건 확실히 놀라운데."

이양이 팔짱을 끼며 대답했다.

"최소한 타이핑으로는 언어를 구사할 수 있다는 거군."

"그게 놀란 인간이 보일 태도냐?"

내가 투덜거렸다.

"맞아. 자판을 쳐서 검색도 하고 대화도 할 수 있어. 말은 못 한대. 발성 기관이 부적합하다나 뭐라나."

"말 되네. 혹시 다른 능력은? 아니다, 너한테 물을 게 아니지."

이렇게 말하며 이양은 꽃순이를 보았다.

"꽃순아, 너 말하는 거 말고 다른 능력도 있어? 뭐, 하늘을 난다든지, 투명해진다든지, 그런 거 있잖아."

도리도리. 꽃순이가 고개를 저었다.

"흐음, 초능력보단 고지능에 가깝다는 건가."

이양이 말했다.

"그럼 이런 능력은 언제부터 생긴 거야? 태어날 때부터 그랬어?"

꽃순이는 이번에도 고개를 저었고, 그사이 나는 휴대폰 메모장을 켜서 녀석 앞에 대 주었다. 꽃순이는 자판을 톡톡 두드려 대답했다.

- 후천적 변화.

"정말?"

이양이 신기하다는 듯 물었다.

"어떻게 그렇게 된 건데? 무슨 계기가 있었어?"

잠시 생각하는 듯하더니, 꽃순이는 이번에도 타이핑으로 대답했다.

- 불명확. 추론 가능. 확증 없음.

이양은 진지한 얼굴로 폰을 보더니 뜻을 해석했다.

"그러니까, 왜 그렇게 됐는지 너도 모른다는 거야? 추측되는 이유가 있긴 있는데 확실한 증거는 없다고?"

꽃순이가 고개를 끄덕였다. 폰에서 눈을 뗀 이양은, 이번엔 나를 향해 말했다.

"야, 근데 얘 말하는 게 좀 특이한데? 원래 이래?"

"어. 원래 그래."

하루 사이에 익숙해진 내가 무덤덤하게 말했다.

"얘 머리가 확 좋아진 지 얼마 안 됐거든. 근데 제대로 된 언어 공부보다 법 공부를 먼저 하다보니까, 그사이에 저런 말투가 입에 붙어 버렸나 봐. 한자도 많이 쓰고 말도 엄청 짧게 하고. 그나마 이것도 내가 열심히 가르쳐서 많이 친절해진 거야."

"이게 친절해진 거라고?"

이양이 흥미롭다는 표정으로 되물었다.

"원래는 어느 정도였길래?"

"말도 마. 어제 새벽에는 뭐라더라."

내가 기억을 더듬으며 말했다.

"대화하다 말고 갑자기 노트북 자판을 치더라고. 화면을 보니까 '변의'라고 써 있는 거야."

"변의?"

"어. 딱 그 두 글자."

"그게 무슨 뜻인데?"

"똥 마렵다는 뜻이래."

내가 고개를 절레절레 저으며 말했다.

"미친 거 아니냐? 그래서 다음부터는 그냥 똥이라고 하라고, 민망하면 차라리 화장실이라고 쓰라고 알려 줬어."

"풉, 큭큭, 푸하하하!"

이양은 지금까지 본 것 중에 가장 큰 웃음을 터뜨렸다.

"말 되네. 큭큭. 변의라……. '대변' 할 때 '변', '의지' 할 때 '의'라는 거지? 야, 얘 진짜 장난 아니다. 푸흡, 완전 내 스타일."

꽃순이의 말투가 코드에 딱 맞았는지, 이양은 한참 동안 배를 잡고 웃었다. 얼마 후 겨우 진정한 그 애가 눈물을 닦으며 물었다.

"근데, 법은 왜 공부한 건데? 강아지가 법을 알아야 될 이유가 있나? 입양이나 뭐 그런 것 때문에?"

"그런 것도 있긴 있었지만, 진짜 이유는……."

내가 말했다. 드디어 올 것이 왔구나, 생각하면서. 꽃순이와 진지한 눈빛을 교환한 뒤, 나는 심호흡을 하고 최대한 담담하게 대답했다.

"범인 때문에 그랬대. 김 영감 죽인 범인."

"뭐?"

웃느라 휘어져 있던 이양의 가느다란 눈이 순식간에 커졌다. 당연한 일이지만, 내 말을 믿지 못하는 표정이었다.

"네가 들은 게 맞아."

내가 심각하게 말했다.

"김 영감, 살해당했대. 병으로 떠난 게 아니라. 여기 꽃순이가 목격자야. 얘가 갑자기 이렇게 변한 것도 아마 그날 일어난 일이랑 연관이 있는 것 같아."

"그, 그게 무슨."

말을 잇지 못한 채 이양은 나를 빤히 보았다. 여전히 전혀 이해되지 않는다는 표정으로. 그러고 보니, 얘가 내 말을 못 알아듣는 건 처음 있는 일이었다. 그 반대의 경우는 많았지만. 내가 그만큼 엄청난 사건에 휘말렸구나, 새삼 온몸으로 와닿았다.

나는 속으로 꽃순이와 밤새 나눈 이야기를 정리해 보았다. 하지만 그 복잡하고 이상한 스토리를 어떻게 풀어내야 할지 알 수 없었다. 내게는 이양처럼 긴 이야기를 논리적으로 전달하는 재주가 없었으니까.

"네 방에 컴퓨터 있지?"

고민하던 내가 물었다.

"어. 노트북 있어."

"그럼 거기 가서 꽃순이한테 들려 달라고 하자. 중간중간 해석 안 되는 부분 있으면 내가 알려 줄게. 난 어쨌든 한번 들었던 이야기니까. 여긴 퍼그가 오래 있기에 너무 덥기도 하고. 아주 긴 이야기라, 폰보다는 컴퓨터가 나을 거야."

꽃순이와 안이양이 동시에 고개를 끄덕였다.

🐾

우리는 방금 나왔던 운랑 빌라 302호로 다 함께 돌아왔다. 이양은 가방에서 노트북을 꺼낸 뒤 책상 위에 놓고 워드 파일을 열었다.

꽃순이는 내 품에서 뛰어내려 자판 앞에 자리를 잡았다. 그리고 이제 내 귀에는 익숙해진 타이핑 음과 함께, 어제와 같은 이야기를 또다시 써 내려가기 시작했다.

🐾

그 일이 일어난 것은 방학식이 있기 이틀 전, 정확히는 7월 20일에서 21일로 넘어가는 새벽이었다.

그날 김 영감 집 소파에서 자고 있던 꽃순이는 시끄러운 소음에 눈을 떴다. 비몽사몽한 눈에 가장 먼저 보인 것은 주인의 얼굴이었다. 김 영감은 꽃순이가 한 번도 본 적 없는 무서운 표정을 짓고 있었다. 그가 벌떡 일어나며 맞은편 사람에게 지르는 소리를, 그때의 꽃순이는 알아들을 수 없었다. 하지만 기억에 저장된 음성을 나중에 해석해 보니 이런 문장이 되었다.

"그거 횡령이야! 범죄라고! 도둑놈 면피하라고 줄 돈은 한 푼도 없으니까, 그런 줄 알고 썩 나가!"

얘기를 듣는 사람은 낯선 남자였다. 소파 쪽에서는 모자를 눌러쓴 뒷모습만 보였지만, 후각이 발달한 꽃순이는 그가 운랑리에서 한 번도 본 적 없는 사람임을 바로 알아차렸다.

씩씩대는 김 영감을 빤히 바라보던 남자는 잠시 후 천천히 자리에서 일어났다.

"무슨 말씀인지 알겠어요."

그는 질질 끄는 듯한 걸음으로 김 영감을 향해 다가갔다. 김 영감은 움찔하며 한 걸음 물러섰다. 하지만 도망치거나 저항하지는 않았다. 두려움을 느끼는 것 같지도 않았다.

"어쩌려는 거냐. 때려죽이기라도 하게?"

김 영감은 남자에게 호통치듯 소리쳤다.

"어차피 죽을 날 받아 놓은 노인네가, 그깐 걸 무서워할 것 같으냐?"

남자는 말없이 계속 걸었다. 두 사람 거리가 점점 가까워졌다.

"네 꿍꿍이야 뻔했어."

김 영감이 말했다.

"처음부터 알았다. 시커먼 모자에 마스크까지 뒤집어쓰고 이 시간에 찾아왔을 때부터. 감기 걸려서 마스크를 썼다고? 무슨 웃기는 소리……."

그 순간, 내내 느릿느릿하던 남자의 움직임이 갑자기 빨라졌다.

"어쩔 수 없네요. 저도 이러고 싶지 않았어요."

남자는 김 영감을 와락 안더니 잽싼 손놀림으로 주머니에서 뭔가 꺼내 김 영감 배 쪽으로 푹 찔렀다. 그 순간 놈이 힘을 주며 속삭인 소리를, 꽃순이는 똑똑히 들었다.

"죄송합……니다……. 아버지……."

"윽!"

김 영감 입에서 신음이 터져 나왔다. 남자를 떼어 내려는 듯 팔다리로 밀어냈지만 힘에서 밀리는지 꼼짝하지 못했다.

꽃순이가 튀어나간 것은 그때였다. 그제야 주인에게 위험이 닥

챘음을 감지한 강아지는 큰 소리로 짖으며 달려 나가 죽을힘을 다해 범인의 오른 손목을 물고 늘어졌다. 그놈은 비명을 지르며 팔을 휘둘렀다.

엄청난 힘에 튕겨 나간 꽃순이는 벽에 부딪치고 그대로 바닥으로 떨어졌다. 낑낑거리며 몸을 일으키려 했지만, 그 순간 커다란 손바닥이 위에서 덮쳐 왔다. 범인은 왼손으로 꽃순이 얼굴을 찍어 누르며 물어뜯긴 오른손으로 다시 한번 주머니를 뒤졌다.

"씨발, 여분 주사기를 개한테 쓰게 될 줄이야."

그가 이를 악물며 중얼거렸다.

바닥에 짓눌려 옴짝달싹 못 하는 상태로, 꽃순이는 남자의 상처에서 흘러나온 피가 바닥에 뚝뚝 떨어지는 것을 보았다. 김 영감은 그 너머에 쓰러져 있었다. 분명 공격을 당했는데, 눈을 감은 표정이 이상하게 편안해 보였다. 그 순간 목덜미에 따끔, 하는 통증이 느껴졌다. 그리고 몇 초 후, 꽃순이는 촛불이 꺼지듯 의식을 잃었다.

눈을 떴을 땐 동물병원에 있었다. 꽃순이는 좁은 케이지 안에 갇혀 얼마나 오래인지 모를 시간을 보냈다. 가끔씩 어떤 사람이 와서 밥과 물을 넣어 주고, 그보다 더 가끔 케이지 밖으로 데려가서 눈꺼풀을 뒤집어 보거나 평평한 판 위에 눕혀 놓고 몸을 이리저리 뒤집었다.

"정상이네."

흰 가운을 걸친 단발머리 여자가 말했다. 그 소리가 무슨 뜻인지 정확히 알 수는 없었지만, 뭔가 좋은 말이라는 느낌만은 전해져 왔다. 그것은 꽃순이가 사람 말의 뉘앙스를 어렴풋이 이해한 최초의 순간이었다.

비틀비틀 일어나 주위를 둘러본 그 아이는 주변의 풍경이 지금까지와 전혀 다르게 보인다는 걸 깨달았다. 김 영감과 함께 몇 번이나 찾았지만, 지금까지는 그 공간 자체에 관심을 가져 본 적 없었다. 케이지가 답답하다든가 청진기가 차갑다는 등의 순간적인 느낌이 있었을 뿐이었다.

하지만 지금은 달랐다. 꽃순이는 이곳이 아플 때 찾아와 아픈 것을 없애는 공간이라는 걸 깨달았다. 가운 입은 여자가 그 신기한 일을 해낸다는 것도 이해할 수 있었다.

그 공간에 있는 사람은 그 여자뿐만이 아니었다. 똑같이 파랗고 헐렁한 옷을 입은 남자 한 명과 다른 여자 한 명이 매일 보였고, 동물을 데려오거나 데려가는 낯선 사람들도 끝없이 나타났다. 그들 중 일부는 꽃순이를 보거나 가리키며 뭐라고 말하기도 했다.

그들의 입에서 흘러나온 다양한 소리들은, 매번 서로 다른 느낌으로 꽃순이의 마음을 흔들었다. 케이지 안에서 귀를 쫑긋거리는 사이, 꽃순이는 앞으로 영영 김 영감을 만날 수 없다는 사실을 느낌으로 알게 되었다. 자기가 먼 곳으로 보내져 어떤 일을 당할 수도 있으며, 가운 입은 여자가 그 일을 굉장히 무서워한다는 것도 느껴졌다. 지금은 '슬픔'이나 '두려움' 따위로 표현할 수 있지만 그때는 뭔지 몰랐던 감정들에 휩쓸리며, 꽃순이는 점점 기력을 잃어버렸다.

그렇게 며칠을 지내다가 우리 집으로 왔다. 우리 가족이 쓰는 말은 동물병원 사람들과 달랐다. 소리에 뜻을 담아서 내뱉는다는 건 같은데, 그 안에 담긴 의미들이 완전히 새로웠다. 꽃순이는 눈을 감고 가만히 엎드려서 낯선 말들을 흡수했다. 내가 보는 유튜브 동영상이나 엄마 아빠가 보는 TV 프로그램의 대사들도, 점점 변해 가는 꽃순이의 머리에 차곡차곡 쌓였다.

아무도(심지어 꽃순이 자신도) 몰랐지만, 그 아이의 언어 지능은 무서운 속도로 성장하고 있었다. 덩어리로 이어져서 들리던 말들이 어느 순간부터는 문장으로 분리되어 들렸다. 얼마 후에는 문장에 포함된 단어들이 이해됐고, 각 단어를 이루는 글자들이 하나씩 구분되기 시작했다.

그리고 어느 날 갑자기 찾아온, 완전한 각성의 순간.

나도 잊을 수 없는 그날 저녁, 우리 가족들은 여느 때처럼 거실에 모여 있었다. 내 쓰다듬을 받으며 늘어져 있던 꽃순이는, 아빠가 틀어 놓은 뉴스 속 아나운서가 심각한 목소리로 말하는 소리를 들었다.

"검찰은 김동민 대표에게 구속영장을 발부하기로 결정했습니다. 혐의는 업무상 횡령 및 배임, 사기 등입니다. 검찰에 따르면 김 대표는 해외 도주 우려가 있으며……."

순간 횡령, 이라는 단어가 꽃순이의 머리를 때렸다. 그것은 김 영감을 마지막으로 본 날 들었던 말이었다. 자신을 공격한 남자에게, 김 영감은 분명 그렇게 소리쳤다. '횡령', '범죄', '도둑놈', 이런 단어들이 포함된 몇 개의 문장. 그것이 단순한 대화가 아니라 범인을 향해 날린 분노의 일침이라는 걸, 꽃순이는 갑자기 이해할 수 있게 되었다.

그 아이의 머리에 새겨지고 있던 말의 퍼즐들이 '언어'라는 하나의 그림으로 완성된 건 바로 그 순간이었다. 조용히 뜨거워지던 주전자 속 물이, 100도가 된 순간 바르르 끓어 넘치는 것처럼.

꽃순이는 김 영감이 '죽임'을 '당했다'는 사실을 깨달았다. '횡령'이라는 '범죄'를 저지른 '도둑놈'의 손에. 그것은 '돈'을 달라는 '요구'를 '거절'했기 때문이다.

그렇다면 지금 화면에 비치는 저놈이 범인일까? 충격과 분노에 벌떡 일어났지만, 쇠약해진 몸을 갑자기 움직인 탓인지 발작이 일어나고 말았다. 그렇게 우리 가족들의 손에 들려 다시 입원하게 되었다.

다음 날, 두 번째로 퇴원한 꽃순이에게는 이제 목적이 있었다. 순간적이고 본능적인 감정이 아니라, 장기적이고 계획적인 목적이.

그 아이는 살인범을 잡아야 했다.

🐾

"충격적인 얘기가 너무 많은데."

노트북 화면을 노려보며 이양이 말했다.

"그러니까 꽃순이 말에 의하면, 김 영감님은 살해당하셨고, 살해 도구는 약물이 담긴 주사기로 추정된다는 거지?"

"맞아."

내가 침울하게 대답했다.

모니터에서 눈을 떼지 않은 채, 이양은 화면 가득 펼쳐진 복잡한 이야기들을 하나씩 정리했다.

"얼굴이 편안해 보였다는 점도 그렇고, 부검도 그냥 넘어간 걸 보면, 그냥 독약이라기보단 김 영감님이 평소에 쓰시던 약일 가능성이 크겠네. 마약성 진통제 같은 거 있잖아. 치료제도 사용법에 따라서는 독이 될 수 있으니까. 흠, 꽃순이 언어 능력이 갑자기 발달한 것도 그 약 때문일까?"

"일단 꽃순이는 그렇게 추측하고 있대."

끄덕이는 강아지를 보며 내가 대답했다.

"얘도 나름대로 찾아봤나 봐. 파킨슨은 뇌에 생기는 병이니까, 그 병에 쓰는 약도 대부분 뇌에 영향을 미친다더라고. 근데 꽃순이는 사람이 아니라 강아지고, 그래서 같은 주사지만 김 영감과 전혀 다른 결과가 생긴 것 같다는 거지."

"무슨 얘기인지 알겠어. 솔직히 믿기 힘들고, 바로 이해되지도 않지만, 어쨌든 그 결과물을 내 눈으로 보고 있으니까. 그리고."

눈을 질끈 감고 긴 한숨을 쉬며, 이양은 떨리는 목소리로 말을 이었다.

"그 이상으로 충격적인 건, 그 살인을 저지른 사람이……."

"맞아."

내가 주먹을 꽉 쥐며 말했다.

"김현호였어. 김 영감 아들."

그 개자식을 떠올리자 또다시 참을 수 없는 분노가 밀려왔다. 소리 지르며 욕하고 싶은 충동을 참느라 이를 악물어야 했다. 물론 욕이야 백만 번 퍼부어도 시원찮은 놈이지만, 그래도 지금은 설명을 하는 게 먼저니까. 어쩌면, 정말 어쩌면, 똑똑한 안이양이 그놈을 잡을 방법을 떠올려 낼지도 모르잖아.

"그 새끼가 범인이야. 그건 확실해."

내가 겨우 진정하고 말했다.

"어제 좀 찾아봤는데, 김 영감한테 다른 자식은 없더라고. 김현호 그놈이 지 입으로 '외동아들'이라고 한 인터뷰도 여러 개 있어. 그놈 어머니, 그러니까 김 영감 아내분은 연을 끊기도 전에 돌아가셨고."

"어떻게."

이양이 숨을 삼키며 말했다.

"장례식에서 딱 한 번 봤지만, 그럴 사람으로는 안 보였는데. 세상에, 다른 사람도 아니고, 자기 친아버지를……."

"나는 그럴 줄 알았어."

내가 퉁명스럽게 끼어들었다.

"생긴 것도 무슨 로봇같이 생겨 가지고, 까딱하면 죽게 생긴 꽃순이를 내팽개친 것만 봐도 뻔했다고. 그놈 사이코패스인 거, 나는 한참 전부터 느꼈어."

"그래서, 꽃순이가 너한테 도움을 청한 거야? 그 인간 잡는 걸 도와 달라고?"

"그게 좀 복잡한데."

나는 강아지와 밤새 나눈 대화를 떠올렸다.

"사실 원래는 얘 혼자 해결하려고 했었대. 얘는 김 영감 죽은 뒤로 계속 동물병원에 있느라 김현호의 존재를 몰랐잖아. 그래서 뉴스에 나온 횡령범이 곧 살인범인 줄 알았다는 거야."

"한승공업 김동민 대표? 그저껜가 텍사스에서 구속된?"

"어. 맞아."

내가 대답했다.

"처음에는 그 사람을 의심했고, 그래서 쉽게 잡을 수 있을 줄 알

왔대. 사건이 일어났을 때 자기가 본 내용을 경찰에 제보하면 바로 해결될 줄 알았던 거지."

"그런데 찾아보니 김동민은 김 영감님 아들이 아니었구나. 몇 달 전부터 외국에 있기도 했고. 인터폴이 수배 중이라고 기사 계속 나왔잖아."

듣고 있던 꽃순이가 힘없이 고개를 끄덕였다. 그 모습을 보며 나는 말을 이었다.

"그렇지. 김동민이 범인 후보에서 제외되니까, 꽃순이도 갑자기 막막해졌대. 찾아보니 횡령을 저지른 인간들이 생각보다 너무 많고, 그 중에 누가 아들인지 알 수가 없었던 거야. 김 영감은 유명인이 아니니까, 이름을 검색한다고 가족 정보가 나오거나 그러지도 않잖아."

"그랬겠네."

이양이 맞장구를 쳤다.

"게다가 횡령 부분도 그래. 김현호 대표가 횡령했다는 뉴스 같은 건 들은 적 없거든. 저질렀는데 아직 걸리지 않은 건가?"

"그런가 봐. 안 그래도 어제 한참 찾아봤는데, 진짜 하나도 없더라."

내가 치미는 화를 느끼며 말했다.

"잘도 숨긴 모양이더라고. 기사고 영상이고, 전부 그 새끼 찬양하는 내용뿐이야. 자수성가니 기부 천사니. 사실은 횡령범에 살인마인데."

꽃순이는 이를 빠드득 갈며 고개를 끄덕이더니, 앞발을 들어 노트북에 몇 글자를 더 입력했다.

- 추가 설명 요청. 증언 능력 관련.

"아, 맞다."

모니터를 본 내가 말했다.

"추가로 설명할 게 있어. 꽃순이가 범인에 대한 정보를 찾으면서 법도 같이 공부했나 보더라고. 살인범을 어떻게 잡는지, 어떤 식으로 처벌하는지, 그런 게 알고 싶었나 봐. 근데 그러다 보니까, 애초에 동물은 증인으로 인정이 안 되더래. 인간이 아니면 법적으로 증언 능력이 없다나? 근데 김 영감네 약국에는 CCTV도 없잖아. 얘가 가진 증거라곤 자기가 목격한 장면뿐인데……."

"아하, 이제 알겠다."

이양이 뭔가 깨달은 얼굴로 말했다.

"그러니까 꽃순이가 너한테 도움을 청한 부분은, 강아지가 하기 어려운 일들을 대신해 달라는 거지? 가령 인정될 만한 증거를 모으거나, 경찰에 신고하거나 하는 일들."

"맞아. 당장 신고할 정도는 아니지만, 어제 같이 찾아보니까 도움 될 만한 정보 몇 개가 나오긴 하더라고."

나는 인터넷을 켜서 검색창에 키워드를 입력했다.

"이것 좀 봐 봐."

이양은 내가 손으로 가리킨 부분을 보았다. 그것은 7월 20일 날짜로 된 기사였다.

에이치스토리, 충북대학교와 산학 협력 체결

제목을 클릭하니 희끗한 머리의 여자와 악수를 나누는 김현호의 사진이 대문짝만하게 떴다. 그 밑에는 작은 글씨로 설명이 적혀 있었다.

'금일 충북대 제2공학관에서 개최된 산학 협력식에서 최영숙 총장(62)과 김현호 대표(53)가 악수를 나누고 있다.'

"7월 20일이면."

이양이 중얼거렸다.

"맞아. 김 영감이 살해된 걸로 추측되는 시기지."

내가 말했다.

"방학식인 22일에 시체가 발견됐고, 그때 죽은 지 이틀 정도 됐다고 했으니까."

"충북대학교면 여기서 차로 한 시간 거리지?"

이양이 생각하는 표정으로 말했다.

"동선이 딱 맞네. 하필 김현호가 근처까지 온 날 김 영감님이 돌아가신 걸 그냥 우연으로 보긴 어렵지."

"사실 이딴 기사 없어도 무조건이긴 해. 꽃순이가 들은 말도 있고."

내가 답답해하며 말했다.

"그런데 증거가 없어. 내 말은, 경찰에 보여 줄 수 있는 증거 말이야. 너무 성질이 나서, 어제는 확 꽃순이를 데리고 파출소에 쳐들어갈까도 생각했다니까? 하지만 아무리 생각해도 그건 아니더라고."

"그건 잘했어."

이양이 단호하게 말했다.

"얘한테는 증언 능력도 없다며."

"맞아."

내가 시무룩하게 대답했다.

"게다가 꽃순이 능력을 막 공개하는 건 위험할 수도 있잖아. 얘가 잡혀가서 무슨 실험이나…… 막 그런 일이라도 당하면 어떡해."

생각만 해도 끔찍하다는 듯, 꽃순이는 몸을 부르르 떨었다. 나도 소름이 끼친 팔을 양손으로 북북 문질렀다. 하지만 이양이 반대한 이유는 좀 달랐던 모양이었다.

"그것도 그렇지만."

이양이 침착하게 말했다.

"꽃순이라는 카드를 섣불리 까는 건 어리석다고 봐."

"카드?"

내가 되물었다.

"그래. 꽃순이는 사건의 흐름을 바꿀 수 있는, 현재로서 유일한 카드야. 김현호는 모르고, 우리만 아는 정보를 얘가 쥐고 있잖아. 꽃순이가 살해 현장을 보고, 기억하고, 설명까지 할 수 있다고 놈은 꿈에도 생각 못 하겠지. 돈도 권력도, 하다못해 나이까지 밀리는 우리가 기댈 수 있는 건 그거 하나밖에 없어. 정보의 비대칭. 그러니 우리 쪽에 모여 있는 정보들을 어떻게 쓸지는 아주 신중하게 결정해야 해."

"정보의…… 비대칭?"

"그래. 그걸 잘 활용하면 김현호를 잡을 수 있을지도 몰라."

이양이 비장하게 말했다.

"아니, 반드시 잡아야지. 우리 손으로."

입을 꾹 다물고 조용히 씩씩대는 이양을, 나는 가만히 바라보았다. 방금 그 애 입에서 '우리'라는 말이 몇 번이나 나왔던가, 머릿속으로 세어 보면서.

11

학교에서는 이양과 많은 이야기를 하지 않았다. 대부분은 모른 척하고, 오가다 마주치면 눈짓으로 인사하는 정도. 그 애는 여전히 반 애들 앞에서 본모습을 숨기고 싶어 했고, 나는 김 영감처럼 그 마음을 존중할 생각이었다.

그러나 수업을 마치면 상황이 달라졌다. 우리는 저녁을 먹자마자 만나서 많은 시간을 함께 보냈다. 주로 모인 장소는 약국 앞 놀이터였다. 이양네 엄마는 애가 학원에 가는 것으로 알고 계신다고 했다. 나는 친구네 집에 공부하러 간다고, 그 집 가족들이 강아지를 좋아해서 꽃순이까지 데려가는 거라고 대충 둘러댔다.

우리 부모님은 내 말을 믿는 것 같지 않았다. 하지만 딱히 뭐라고 하지도 않았다. 꽃순이 바라기인 아빠도 웬일인지 순순히 강아지를 양보했다. 나중에 알고 보니, 나한테 여친이 생겼다고 착각해서 그런 거였더라. 어쨌든 아들의 연애를 응원해 주는 부모님 덕분에, 나는 매일 저녁 꽃순이와 노트북을 챙겨서 작전 회의 장소인 놀이터로 달려갈 수 있었다.

이양과 꽃순이는 처음부터 의욕이 넘쳤다. 하지만 나는…… 솔직히 좀 막막했다. 시골구석에 처박힌 중학생 두 명이랑 강아지 한 마리가 대체 뭘 할 수 있겠나, 말로는 못 꺼내도 내심 이렇게 생각했던 것이다. 그럼에도 최선을 다할 수 있었던 건, 어쨌든 살인범에 대한 분노와 복수심이 너무 컸기 때문이다.

일단은 아는 게 너무 없었기 때문에, 우리가 가장 먼저 한 일은 인터넷으로 그놈에 대한 정보를 닥치는 대로 모은 것이었다. 무슨 수를 써서라도 김현호를 잡아야 한다. 그 끔찍한 놈이 죗값을 치르게 해야 한다. 이 생각 하나로 집요하게 매달린 조사는, 의외로 건질 만한 정보들로 이어지곤 했다. 아슬아슬하게 증거를 잡을 뻔한 순간들도 몇 번쯤 있었다.

이양의 말은 옳았다. 정보의 비대칭은 엄청난 무기였다. 김현호는 우리가 진실을 안다는 사실을 몰랐고, 그래서 몸을 사릴 생각조차 안 하는 것 같았다. 우리는 그놈이 부주의하게 흘리고 다닌 정보들을 미친 듯이 긁어모았다.

추적의 일등공신은 단연 꽃순이였다. 나와 이양이 학교에 있는 동안에도 틈만 나면 인터넷을 뒤지더니, 그 아이는 김현호의 생활을 거의 사생팬 수준으로 캐내서 들고 왔다.

"우와, 이게 뭐야?"

꽃순이가 입으로 물어 내민, 김현호의 개인 정보가 담긴 A4 용지를 보며 이양이 탄성을 질렀다.

"이걸 네가 다 정리했다고?"

강아지는 왈, 하며 뿌듯하게 짖었다.

"장난 아니지?"

내가 꽃순이를 쓰다듬으며 말했다.

"오늘 학교 끝나고 왔더니 프린트까지 해 놨더라고. 출처는 기사랑, 인터뷰랑, 회사 홈페이지랑, SNS 등등. 아, 몰랐는데, 김현호 아내가 연예인 출신이더라? 우리가 태어나기 전에 되게 잘나갔던 사람이래. 그 여자가 SNS를 엄청 하나 봐. 공개 게시물만 1,000개가 넘어. 근데 우리 꽃순이가 그걸 전부 분석한 거지. 하나도 안 빼고 전부 다."

이양은 종이에 가득한 글자들을 위에서부터 쭉 읽었다.

"키, 몸무게, 출신 학교…… 대학은 자퇴했다더니, 나중에 미국에서 다시 나왔네? 유학 중인 아들이 둘이고. 집은 한남동. 가평이랑 속초에 별장이 하나씩. 평소에는 국산 고급 세단을 기사가 운전하고, 그거 말고도 독일제 SUV랑 스포츠카가 있고. 아래쪽에 이건 뭐지? 아, 가게 목록이구나! 자주 다니는 식당이랑 술집, 골프장, 미술관, 호텔. 이건 친하게 지내는 지인들 명단……."

잠시 후, 이양은 밝은 얼굴로 종이에서 눈을 뗐다.

"진짜 대단하다, 꽃순아."

이양이 강아지를 꼭 안아 주며 칭찬했다.

"이 정도면 김현호 신상은 물론이고 기본적인 행동반경도 다 파악되겠어."

"그치? 우리 꽃순이 완전 대박이지?"

신이 나서 이렇게 말하다가, 나는 문득 아쉬워하며 덧붙였다.

"우리가 서울에만 살았어도, 이거 갖고 미행이라도 할 텐데. 하다못해 차가 있었다면. 아니, 운전할 나이라도 됐으면……."

"그건 그렇지만."

이양이 차분하게 말했다.

"그래도 이걸로 할 수 있는 일들이 분명 있을 거야. 이렇게 구체적인 정보라면 반드시 도움이 될 테니까. 우선은 여기 쓰인 것들, 언제라도 떠올릴 수 있게 단단히 외워 둬. 재료는 잘 모이고 있어.

이제 이걸 어떻게 써먹을지만 생각하면 돼.”

여전히 아쉬움을 떨치지 못하며 나는 고개를 끄덕였다.

그 ‘써먹을 방법’을 제일 먼저 찾아낸 것은, 의외로 나였다. 사실 절반은 아빠의 공이라고 할 수 있었지만. 주인집 할머니가 꽃순이를 옥상에 두고 나오셨던 날, 정신없이 액셀을 밟던 아빠 차가 그만 과속 단속 카메라에 찍혔던 것이다. 머리털 나고 과태료 처음 내 본다고 신기해하는 아빠를 보다가, 나는 별안간 생각지도 못했던 아이디어를 떠올렸다.

그날 저녁, 나는 몰래 빼낸 과태료 고지서를 놀이터에 가져갔다. 그리고 이양과 꽃순이 앞에 내밀며 말했다.

“이것 좀 봐. 오늘 집으로 날아온 건데, 여기 사진 보면 우리 차 번호판이랑 아빠 엄마 얼굴까지 선명하게 찍혀 있지?”

동시에 고개를 끄덕이는 둘을 보며 나는 말을 이었다.

“지난번에도 했던 얘기지만, 김 영감네 약국에는 CCTV가 없어. 사실 이 동네 자체가 그래. 시골은 정 빼면 시체라고, 어른들이 다 그렇게 생각하니까 아무도 카메라 설치를 안 하잖아. 근데 그건 동네 안에서의 상황이고, 동네로 들어오는 길은 얘기가 다르지.”

왈왈! 왈왈!

꽃순이가 큰 소리로 짖었다. 역시, 운랑리 토박이인 그 아이는 내 말을 바로 알아들은 모양이었다.

"그래서, 과속 단속 카메라를 보자는 거야? 길목에 설치된?"

이양이 갸웃하며 물었다.

"근데 그걸 우리가 마음대로 볼 수 있나? 그리고 그렇다 한들, 김현호가 과속을 안 했으면 안 찍히는 거 아니야?"

"단속 카메라는 그렇겠지. 하지만 카메라가 그것뿐인 건 아니야. 다른 도시에서 차를 타고 운랑리로 들어오려면, 무조건 읍내 복지 센터 앞 큰길을 지나야 돼. 길이 그거 하나밖에 없으니까. 그리고 그쪽에는……."

"아, 알았다!"

이양이 벌떡 일어나며 외쳤다.

"그쪽에 있는 큰 가게들은 CCTV를 설치해 뒀겠구나!"

"정확해."

내가 씩 웃으며 말했다.

"읍내에는 편의점이나 프랜차이즈 가게들도 있으니까, 카메라도 분명 몇 개쯤은 있을 거야. 우리는 김현호 차 번호도 알고, 차종도 다 알잖아. 솔직히 그놈 차라면 화면에 스치기만 해도 눈에 띌걸? 이쪽에는 그런 고급차 거의 없으니까."

"지금 몇 시지?"

이양이 급하게 휴대폰 시계를 보며 말했다.

"아으, 지금 가면 가게들 다 닫았겠네. 그럼 내일 최대한 빨리 움직이자. 아예 놀이터가 아니라 복지 센터 정류장에서 만나는 걸로. 어때?"

"좋아. 완전 콜."

내 말을 들은 꽃순이도 씩씩하게 고개를 끄덕였다.

🐾

다음 날 저녁, 읍내에서 만난 우리는 흩어져서 뛰어다니며 카메라를 찾았다. 대부분의 가게가 CCTV를 안쪽에만 달았지만, 그래도 차도가 보일 만한 각도로 달아 둔 집들이 몇 군데 있었다. 복지센터 옆 편의점과 치킨집, 삼겹살집, 철물점. 우리는 강아지를 안고 찾아다니며 7월 20일 밤에서 21일 새벽 사이에 찍힌 영상을 보여 달라고 부탁했다.

하지만 결과는 실망스러웠다. 치킨집과 삼겹살집은 일주일 지난 영상을 삭제한다고 했고, 철물점에 달린 카메라는 고장 나서 돌아가지도 않는다고 했다. 마지막 희망이었던 편의점 주인아저씨는 우리 부탁을 냉정하게 거절했다.

"안 돼."

아저씨가 딱 잘라 말했다.

"요즘 개인 정보다 뭐다 시끄러운데, 그런 거 잘못 보여 줬다가 큰일 나."

"제발요. 딱 저거, 저 바깥쪽 카메라요, 저기 찍힌 것만 아주 잠깐 볼게요."

나는 거의 빌다시피 사정했다.

"인도 부분도 필요 없고, 차도만 확인하면 돼요. 네?"

옆에 있던 이양도 발을 동동 구르며 거들었다.

하지만 아저씨는 꿈쩍 하지 않았다.

"아, 영장 가져오든가. 영장 있으면 바로 보여 준다니까? 근데 그 전에는 안 돼. 단 1초도."

퉁명스럽게 내뱉으며, 아저씨는 나와 이양의 뒷덜미를 잡고 문 밖으로 끌어냈다. 우리는 힘도 제대로 못 쓰고 던져지다시피 밀려났다. 딸랑, 소리를 내며 편의점 유리문이 냉정하게 닫혔다. 바로 옆에 설치된 아이스크림 냉장고 위에서는 CCTV 불빛이 우리를 놀리듯 깜빡이고 있었다.

"어떡하지?"

나는 애가 타서 말했다.

"분명 저기 찍혔을 것 같은데."

"그러게 말이야."

이양의 목소리 역시 나만큼이나 초조했다.

"아저씨 분위기를 보면 그날 영상도 갖고 계신 것 같은데……."

"그냥 훔쳐 나오면 안 되나?"

될 대로 돼라, 싶은 심정으로 내가 말했다.

"영상을? 어떻게?"

이양이 놀란 얼굴로 되물었다.

"너도 아까 봤잖아. 카운터 안에 있던 노트북. 거기서 CCTV 화면 나오는 거. 화면이 나오면 저장도 된다는 거 아닐까? 오늘은 우리 얼굴 들켰으니까 어렵겠지만, 내일 알바 있을 시간에 다시 와서 들고 튀는 거야. 너랑 꽃순이랑 시선 끌어 주면, 그사이에 내가 후딱 들어가서……."

톡톡, 아래쪽에서 뭔가가 내 다리를 쳤다. 내려다보니 오른쪽 앞발을 이마에 딱 붙인 꽃순이가 보였다. 그건 '할 말이 있다'는 우리 사이의 암호였다. 나는 지나가는 사람이 없는지 확인한 뒤, 카메라에 찍히지 않을 만한 곳으로 가서 강아지 앞에 폰을 대 주었다.

꽃순이는 인터넷 검색창을 켜고 발톱으로 자판을 두드리더니, 고개를 들고 다시 나를 올려다보았다.

"뭐 검색한 거야? 다 찾았어?"

내 물음에 꽃순이가 끄덕, 하고 대답했다. 나는 폰을 들고 일어나 이양과 함께 보았다.

"이런."

이양의 입에서는 작은 신음이 나왔다.

"안 되겠다. 네 계획 말이야."

"왜? 이게 무슨 말인데?"

어리둥절하게 물으며, 나는 꽃순이가 열어 놓은 검색 페이지를 다시 보았다. 그곳에는 '법률용어사전'이라는 표시와 함께 '위법수집증거배제법칙'이라는 길고 뜻 모를 단어가 큼직하게 떠 있었다.

"그 아래 설명도 써 있잖아."

이양이 풀 죽은 목소리로 말했다.

"불법으로 얻은 증거는 법적으로 인정이 안 된다는 뜻이야. 쉽게 말해서, 우리가 저 노트북을 훔쳐 나오면, 그 안에 김현호 차나 얼굴이 찍힌 영상이 있어도 증거로 안 쳐준다는 거지."

"그런 게 어디 있어?"

내가 황당한 마음으로 되물었다.

"안 찍혔으면 몰라도, 찍혔으면 당연히 증거인 거 아냐? 아버지가 죽은 딱 그 새벽에, 연락도 안 한다는 아들놈이 쥐새끼처럼 숨어드는 영상이 나왔는데, 그걸 어떻게 찾았는지가 뭐가 중요해?"

도리도리, 꽃순이가 눈을 감고 고개를 저었다. 이양도 실망한 표정으로 말했다.

"근데 그게 중요하대. 법이 그렇대. 안타깝지만, 저 CCTV를 증거로 쓰려면 아저씨 말대로 경찰에 신고해서 영장을 받아야 할 것 같아."

"어이없네, 진짜."

내가 당혹스러워하며 말했다.

"애초에 우리가 왜 신고를 못 하는데? 증거가 없어서 그런 거 아냐? 근데 증거를 보려면 신고해서 영장을 받아야 한다니, 그게 무슨 말 같지도 않은 소리야."

왈, 하고 꽃순이가 짖었다. '맞아. 법이 너무 모순적이야.'라고, 나는 그 소리를 마음대로 이해했다.

🐾

그로부터 며칠 뒤, 영장을 받아 낼 방법을 떠올린 건 이양이었다. "이거 주문했어."라고, 이양은 놀이터에 도착한 내 얼굴로 폰을 들이밀며 말했다. 화면에는 '과학스쿨'이라는 이름의 쇼핑몰 사이트가 떠 있었다.

"뭔데 그게?"

강아지를 안고 뛰어오느라 숨이 찬 내가 겨우 대답했다.

"루미놀 용액 세트."

이양이 말했다.

"왜, 영화 같은 데 나오잖아. 경찰들이 범죄 현장에 칙칙 뿌리면 형광색으로 빛나는 거. 혈액 속의 성분에 반응하는 약인데, 아주아주 적은 양으로도 색이 변하기 때문에 겉으로 보이는 피를 다 닦아도 이걸 뿌리면 혈흔을 정확히 찾을 수 있어."

"어, 대충 알 것 같아. 어디서 보긴 봤어."

내가 숨을 고르며 대답했다.

"근데 그런 걸 어떻게 주문했다는 거야? 아무나 막 살 수 있는 거야?"

"약 자체는 아무나 살 수 있어. 쓰는 방법도 어렵지 않고. 내가 할 줄 알아. 초딩 때 영재원에서 실험한 적 있거든. 문제는 이걸 어떻게 써먹느냐인데."

말을 마치고 잠시 뭔가 생각하는 것 같더니, 이양이 갑자기 나를 향해 물었다.

"장연재. 너 저기 문 열 수 있지?"

쭉 뻗은 그 애의 손가락은 놀이터 저편에 있는 김 영감네 약국을 가리키고 있었다.

"어? 뭐, 비번은 알지."

내가 대답했다.

"1층 약국 비번이랑 2층 집 비번 다 알아. 그사이에 누가 바꿔 놓지만 않았으면."

"좋아."

진지하게 대답하며, 이양은 내 팔에 안긴 꽃순이를 보았다.

"꽃순아, 너 김현호가 김 영감님 공격했던 위치 기억하지?"

꽃순이는 확실하게 고개를 끄덕였다.

우리 둘의 대답으로 원하던 조건이 갖춰졌는지, 이양은 그제야 머릿속에 있던 계획을 자세히 들려주었다.

"신고를 하는 거야."

이양이 말했다.

"곰곰이 생각해 봤는데, 사실 CCTV보다 더 확실한 증거가 남아 있는 곳이 있더라고. 바로 저기, 김 영감님이 돌아가신 범죄 현장 말이야. 그날 꽃순이가 김현호를 물어뜯었고, 피가 뚝뚝 떨어질 만큼 심한 상처를 냈다고 했지? 그럼 분명 DNA가 남았을 거야. 김 영감님 댁은 그 후로 쭉 빈집 상태니까 증거도 잘 보존되어 있을 거고."

"근데 우리가 그놈 DNA를 어떻게 확인해?"

내가 갸웃하며 물었다.

"루미놀인가 뭔가로 그런 것도 할 수 있어?"

"못 하지. 이건 핏자국까지밖에 못 찾아."

이양이 차분하게 말했다.

"하지만 우리 목적은 DNA를 직접 확인하는 게 아니라, 경찰이 그걸 하도록 만드는 거야. 꽃순이 증언이 맞다면, 지금 김 영감님 댁에는 수상한 혈흔이 대량으로 남아 있을 게 분명해. 일단 물어뜯겼을 때 흘린 피가 있을 거고, 김 영감님 시신을 옮기려고 돌아다니는 사이에 또 여기저기 묻었을 테니까. 눈에 보이는 핏자국이야 다 닦았겠지만, 루미놀 용액을 뿌리면 그것도 전부 나오거든. 우리는 그 현장을 찍어서 경찰에 신고할 거야. 김 영감님이 살해당한 장소에서 이런 게 나왔다고. 수사를 해 보셔야 될 것 같다고.”

“근데 그건 불법 아니야?”

내가 물었다.

“내가 잘은 모르지만, 주인 없는 집에 우리끼리 막 들어가서 뭐 뿌리고 사진 찍으면 완전 불법일 것 같은데……. 그게 편의점 CCTV 훔쳐 나오는 거랑 뭐가 달라?”

“그 부분도 당연히 생각했지. 하지만 이건 방법에 따라 증거로 인정받을 수 있어. 꽃순이 넌 알지?”

이렇게 물으며 쳐다보는 이양을 향해 꽃순이는 왈, 하고 짖으며 끄덕였다. 혼자서만 이해를 못하고 있는 내게, 이양은 차근차근 설명해 주었다.

“내가 나름대로 찾아봤는데. 법은 어떤 행동 자체보다도 그 행동의 목적을 더 중요하게 따지는 것 같더라고.”

“행동의 목적?”

내가 갸우뚱하며 물었다.

“응. 그러니까 예를 들어, 똑같이 어떤 물건을 망가뜨렸더라도, 일부러 그랬느냐, 실수로 그랬느냐, 사람을 구하려고 그랬느냐, 이런 목적에 따라 처벌이 완전히 달라지잖아.”

이양의 말에 나는 고개를 끄덕이며 대답했다.

“그건 그렇지.”

“증거 역시 마찬가지야. 우리가 어떤 증거를 잡을 목적으로 일부러 불법적인 일을 하면, 그 증거는 법적으로 인정되지 않아. 김현호 차를 확인한답시고 편의점 CCTV를 훔쳐 봤자 소용없는 것도 그런 이유지."

"거기까진 진작 이해했지. 네가 그날 설명해 줬잖아."

"하지만 말이야."

이양이 설명을 계속했다.

"우리가 증거가 아닌 다른 목적 때문에 불법적인 행동을 한 거라면, 같은 행동이라도 결과가 완전히 달라지거든."

"뭔 소리야. 더 모르겠는데."

내가 답답해하며 되물었다.

"증거를 잡을 목적도 아닌데 CCTV를 왜 훔쳐?"

"큭큭, 훔치는 건 좀 그렇지."

이양이 웃으며 말했다.

"하지만 실험이라면 어떨까?"

"실험?"

"그래. 철없고 호기심 많은 동네 중학생들이, 영화에서 본 루미놀 실험을 너무 따라해 보고 싶은 거야. 근데 집에서 하면 혼날 것 같으니까, 인터넷에서 실험 세트를 사서 동네에 있는 빈집에 몰래 들어갔어. 거기서 장난삼아 용액을 칙칙 뿌렸는데, 이런 세상에! 온 집 안이 피투성이인거야. 게다가 알고 보니, 그 집에서 얼마 전에 사람이 죽었다는 거 아니겠어?"

"아!"

내가 그제야 외쳤다.

"나 조금 알 것 같아"

"그렇지?"

이양이 웃으며 말했다.

"우리는 순수한 호기심에, 재미로, 아무 생각 없이, 빈집에서 과학 실험을 할 거야. 그리고 거기서 우연히 대량의 혈흔을 발견하고 신고하겠지."

"무슨 말인지 알겠어."

내가 맞장구쳤다.

"그러니까…… 노상 방뇨 하다가 우연히 시체를 발견해서 신고하는 것처럼?"

"정확해."

이양이 내 팔을 탁 때리며 말했다.

"물론 증거를 찾은 것과 별개로, 빈집에 몰래 들어간 건 처벌받을 일이야. 하지만 너랑 나는 중딩이고, 꽃순이는 강아진데, 뭐 대단한 벌이야 받겠어? 끽해야 꿀밤이나 맞고 끝나겠지."

루미놀 세트는 이틀 뒤 도착했다. 우리는 그날 저녁 약국으로 출동했다. 다행히 비밀번호는 바뀌지 않은 상태였다. 나는 건물 1층 유리문을 열었고, 선반이 텅 빈 약국을 지나 2층 집으로 이양과 꽃순이를 안내했다.

실험은 착착 진행됐다. 이양은 백팩에서 커다란 분무기를 꺼내 꽃순이가 알려 준 장소에 뿌렸다. 깜깜한 집 안에서, 용액이 닿은 부분이 새파란 형광빛으로 빛났다. 색이 너무 선명해서 눈이 시릴 지경이었다.

"확실하네."

이양이 중얼거리며 그 주변으로 점점 넓게 분무기를 뿌렸다. 나는 카메라를 켜서 그 애를 따라다니며 사진을 찍었다.

혈흔은 온 집에 있었다. 모양만 봐도 그날 김현호가 여기서 뭔 짓을 했는지 훤히 보일 지경이었다. 놈이 물어뜯긴 지점에는 작은 웅덩이처럼 진한 자국이 있었다. 아마도 꽃순이를 내던졌을 때 생겼을, 피가 일자로 쫙 뿌려진 흔적과, 닦으려고 열심히 문지른 흔적도 있었다. 핏자국은 곧장 주방으로 이어졌다. 싱크대에서 손을 씻은 것 같았다. 거기서 지혈을 좀 했는지, 그 이후로는 핏자국의 크기도 수도 확실히 줄어든 느낌이었다. 하지만 드문드문 떨어진 파란색 방울들은 여전히 집 안 곳곳에 있었고 특히 김 영감의 침대와 그 주변에 많이 보였다. 다친 손으로 김 영감을 눕히는 데 꽤 시간이 걸렸던 모양이었다.

"다 찍었지?"

이양이 물었다.

"어. 제대로 찍었어."

온통 파랗게 빛나는 사진첩을 확인하며 내가 대답했다.

"이건 먹힐 수밖에 없겠다. 김현호, 잡을 수 있을 것 같아."

"그래야지. 바로 파출소부터 가자."

허리를 펴며 진지하게 말하더니, 이양은 살짝 웃으며 덧붙였다.

"꿀밤 맞을 준비 하고."

🐾

그러나 그 길로 달려간 파출소에서, 이양의 예상대로 된 일은 하나밖에 없었다. 빈집에 누구 마음대로 들어갔냐고, 우리는 경찰 아저씨에게 꿀밤을 맞으며 혼났다. 하지만 기대와 달리, 아저씨는 내가 보여 준 사진을 조금도, 정말 조금도 심각하게 받아들이지 않았다.

"이것 좀 보세요. 사람 죽은 집에서 이렇게 혈흔이 많이 나왔다니까요?"

나는 답답한 마음에 사진첩을 들이대며 하소연했다.

"너무 이상하지 않아요? 당장 조사해 보셔야 하는 거 아니에요?"

"야, 인마."

경찰 아저씨는 피곤하다는 듯 눈을 문지르며 대답했다.

"피 나면 다 사건이냐? 막말로 그게 코피인지, 누가 넘어져서 무릎이 깨진 건지 어떻게 알아?"

"누가 코피를 이렇게 흘려요."

이양이 차분하게 말했다.

"일단 양부터 그런 수준이 아닌데. 특히 여기, 채찍처럼 뿌려진 부분은 누가 봐도 피가 흐르는 팔이나 손을 빠르게 휘저은 흔적이잖아요. 그리고 여기, 침대 옆에 잔뜩 묻은 부분도 이상하고요. 이렇게 피를 뚝뚝 흘리면서 자러 들어가는 사람이 어디 있어요."

"요거, 말 잘하는 꼬맹이네."

아저씨가 황당하다는 듯 이양을 보았다.

"야, 너는 그렇게 똑똑한 애가 주거 침입죄는 모르냐? 아무리 주인이 안 살아도, 남의 집에 허락 없이 들어가면 범죄예요, 범죄. 어리다고 좋게 보내 주려 했더니, 요걸 확 잡아가 버릴까 보다."

그때 끼익, 하는 소리와 함께 파출소 유리문이 열렸다.

"경사님, 무슨 일입니까? 애들이 뭔 짓 했어요? 담배?"

이렇게 말하며 들어온 것은 우리를 혼내던 사람보다 더 젊은 다른 경찰이었다. 왠지 낯이 익다는 생각이 들었다. 그 사람에 대한 기억이 정확히 떠오르기까지는 몇 초쯤 시간이 걸렸다. 김 영감의 시신이 발견된 날, 건물 앞에서 나를 달래 주던 순경 아저씨.

"아저씨, 아니 선생님!"

나는 절박하게 외치며 순경 아저씨를 향해 달려갔다. 부디 이 사람한테는 조금이라도 말이 통하길 바라면서. 재미로 실험을 하다가 우연히 증거를 찾았다는, 이양이 신신당부한 '철부지 중딩' 콘셉트는 놓아 버린 지 오래였다.

순경 아저씨는 울먹이며 사진첩을 내미는 나를 당황한 얼굴로 보았지만, 더듬더듬 설명을 듣는 사이에 내가 누구인지 떠올린 것 같았다.

"아, 알겠다. 너 개지? 돌아가신 약사분이랑 가족처럼 지냈다던. 탐문하러 다닐 때도 동네 어르신들이 몇 분이나 얘기하시더라. 고인이랑 제일 가까운 게 너였다고, 너 짠해서 어떡하냐고. 그래서 더 기억에 남았지."

"마, 맞아요. 제가 걔예요."

내가 미친 듯이 고개를 끄덕이며 말했다.

"저기 강아지는 김 영감, 그러니까 그 어르신이 키우던 개고요. 그때도 제가 계속 말씀 드렸잖아요. 죽을 이유 전혀 없는 사람이라고. 하루 이틀 전까지만 해도 멀쩡했다고. 근데 김 영감이 갑자기 그렇게 죽어 버리고, 그 집에서 이, 이런 게 나왔단 말이에요."

"에휴."

한숨을 푹 쉬더니, 순경 아저씨는 '경사님'이라고 불렀던 경찰을 향해 말했다.

"제가 데리고 나가서 얘기 좀 하겠습니다."

경사가 고개를 끄덕였다. 나는 순경 아저씨를 따라 파출소 밖으로 나왔다. 이양 역시 꽃순이를 안고 따라 나왔다.

"너, 이름이 뭐였지?"

순경 아저씨가 물었다.

"장연재요."

내가 대답했다.

"음, 연재야."

내 어깨를 부드럽게 토닥이며, 순경 아저씨가 말했다.

"네가 얼마나 힘든지는 잘 알겠어. 하지만 약국 어르신 사망 건은, 범죄 혐의점이 없는 것으로 이미 종결이 됐어. 쉽지는 않겠지만…… 이제 그만 고인을 보내 드리면 안 되겠니?"

"그렇지만 그때는 이런 게 없었잖아요."

여전히 미련을 못 버린 사진을 들여다보며 내가 말했다. 자꾸만 눈물이 나왔다.

"수상한 증거가 나왔잖아요, 지금은. 그러니까 이제라도 다시 수사를 해 주시면…….”

“참, 이걸 어떻게 설명해야 하나.”

순경 아저씨가 난감하다는 듯 모자를 벗고 머리를 쓸어 넘겼다. 그리고 다시 입을 열었다.

“경찰 수사에서 ‘종결’이라는 건, 그냥 수사를 그만한다는 뜻이 아니야. 부검도 하고, 탐문도 하고, 고인이 다니시던 병원에서 소견도 받고, 암튼 할 수 있는 모든 조사를 다 한 다음에 경찰 차원에서 공식적인 결론을 내린 거지. 네가 보여 준 사진도.”

아저씨는 땀에 젖어 번들거리는 내 휴대폰을 힐끔 보며 말을 이었다.

“그래. 어쩌면 종결 전에 이런 정황이 나왔다면, 뭐 하나라도 더 해 봤을지 모르겠구나. 그래 봤자 결과가 달라졌을 거라고 생각하진 않지만. 아무튼, 이미 종결된 사건을 고작 혈흔 반응 하나만으로 재수사하는 경우는 없어. 정말로 확실한 증거, 가령 DNA라든지, 흉기라든지, 범인의 자백이나 범행 장면이 담긴 영상, 뭐 이런 것들이 나타나지 않는 이상은 말이야.”

나는 더 말하려고 했다. 그러고 싶었다. 하지만 하얘진 머리에서 아무 생각도 떠오르지 않았다. 아저씨의 말이 이해됐지만, 한편으로는 이해되지 않았다.

삐끔거리며 고개를 돌려 보니, 옆에 선 이양도 고개를 떨군 채 아무 말도 하지 못했다. 그렇게 말 잘하는 그 애가. 이양의 품에 안긴 꽃순이는 조용히 내 반팔 티셔츠를 물어 당겼다.

그건 그만 하라는 뜻이었다. 더 해 봤자 소용없다는, 그런 뜻.

🐾

놀이터에 도착할 때까지 누구도 말이 없었다. 이제는 너무 익숙해진 그네에 털썩 앉고 나서야, 나는 겨우 기운을 쥐어짜 입을 열었다.

"어떡하지."

"그러게."

이양이 멍하니 대답했다.

"CCTV고 뭐고, 애초에 소용없는 거였네."

내가 중얼거렸다.

"그러네."

역시 멍하니 이양이 대답했다.

"그냥 운랑리에 들어오는 차량 영상 정도로는 어차피 재수사가 안 되는 거였어."

"그럼 다 끝난 거야?"

내가 떨리는 목소리로 말했다. 분노와 슬픔과 허무함과…… 설명할 수 없는 온갖 감정이 밀려왔다.

"김 영감은 그냥 병으로 죽은 게 되고, 살인범은 떵떵거리면서 살고. 그렇게 되는 거야?"

그때 꽃순이가 짖었다.

왈왈.

나와 이양은 그쪽을 보았다. 강아지는 동그란 이마에 앞발을 딱 붙이고 앉아 있었다.

"할 말 있어?"

내가 묻자 끄덕, 하고 꽃순이가 대답했다. 나는 힘없이 휴대폰 메모장을 켰다. 꽃순이는 진지하게 앞발을 들더니 화면을 톡톡 치며 뭔가 입력했다.

- 재수사 시작 가능. 방법 존재.

"뭐?"

화면을 보던 나와 이양이 동시에 외쳤다.

"무슨 소리야?"

이양이 눈을 커다랗게 뜨고 물었다.

"방법이 있어? 무슨? 어떻게?"

고개를 크게 끄덕인 뒤, 꽃순이는 문자로 대답을 들려주었다.

- 경찰 설명에 해답 포함.

"해답? 그러니까, 아까 경찰 아저씨가 해 준 설명에 답이 있다는 거야?"

이양이 물었다.

끄덕. 그리고 이어진 대답.

- 100퍼센트 아님. 일종의 도박.

"뭔데, 도박이라도 빨리 말해 봐."

이렇게 재촉한 것은 나였다.

"뭐라도 해야 할 거 아니야, 지금."

- 범인의 자백.

"자백? 김현호한테 자백을 받자고?"

내가 물었다.

끄덕.

"야, 그런 걸 할 놈이었으면 애초에 살인을 했겠냐?"

실망해서 홱 짜증 내는 나를, 이양은 침착하게 말렸다.

"끝까지 들어 보자. 네 말처럼, 진짜 지금은 뭐라도 해 봐야 할 때잖아."

그사이 꽃순이는 다시 폰을 두드리고 있었다.

- 정보의 비대칭. 범행 상황 목격 연기. 자백 유도 후 녹취.

"정보의 비대칭, 자백 유도……."

글자들을 소리 내어 읽으며 심각하게 화면을 쳐다보던 이양은, 갑자기 뭔가 깨달은 듯 소리쳤다.

"아!"

"왜? 뭔가 좋은 작전이야?"

내가 답답해서 물었다.

"설명해 줘. 난 이해 못 했단……."

"잠깐만."

손을 들어 내 말을 막더니, 이양은 벌떡 일어나 그네 주변을 빙빙 돌았다. 입에서는 알 수 없는 말들이 흘러나왔다.

"유도…… 연기…… 회사…… 미끼…… 협상……."

몇 분을 정신 나간 사람처럼 서성이던 이양은, 어느 순간 뚝 멈추더니 나와 꽃순이를 향해 말했다.

"나 집에 가야겠어."

"뭐? 지금?"

당황한 내가 되물었다.

"설명이라도 해 주고 가. 난 꽃순이 말 못 알아들었다니까? 맨날

둘만 알고 나만 모르고. 나는 아무런 쓸모도 없는 것 같잖아."

"그런 거 아니야."

이양이 단호하게 말했다.

"네가 반드시 필요한 계획이니까. 나랑 꽃순이가 한 트럭 있어도, 니가 없으면 안 돼 이건. 내일은 주말이니까 좀 일찍, 점심 먹고 바로 놀이터에서 보자. 2시쯤? 꽃순아, 그사이에 연재한테 천천히 설명 좀 해 줘. 나는 작전을 좀 구체화시켜 올게. 그 편이 효율적일 것 같아."

왈, 꽃순이가 고개를 끄덕이며 짖었다. 이양은 급한 걸음으로 뒤돌아 뛰었다.

다음 날 오후, 나는 꽃순이를 데리고 놀이터를 찾았다. 걷는 길이 후덥지근하긴 했지만, 이제는 햇빛도 공기도 한여름만큼 뜨겁지는 않았다.

이양은 나보다 먼저 도착해 있었다. 반팔 티셔츠에 헐렁한 긴바지를 입고, 등에는 백팩을 맨 차림이었다. 그네로 다가오는 우리를 발견하자마자, 그 애는 바로 본론으로 들어갔다.

"꽃순이한테 설명 들었어?"

이양이 물었다.

"어, 응."

내가 인사를 꺼내려다 말고 대답했다.

"그러니까, 김현호의 자백을 유도해서 그걸 녹음하자는 거지? 우리가 살해하는 장면을 본 것처럼 연기해서."

"맞아."

이양이 고개를 끄덕이며 말했다.

"녹화만 안 됐다 뿐이지, 우리는 사실 범행 현장 CCTV를 본 거나 다름없잖아. 김 영감님이 살해당한 시간부터 범행 수법, 그때 김현호가 입었던 옷, 했던 말까지 전부 알고 있으니까. 우리 쪽에서 이 얘기를 꺼내면, 그놈은 음성까지 녹음된 증거 영상이 있었다고 생각할 수밖에 없어. 설마 꽃순이가 알려 줬다고는 상상도 못할 테니까."

"거기까진 이해했어."

내가 말했다.

"그치만, 그게 그렇게 쉽게 먹힐까? 혹시라도 그놈이 발뺌하거나 증거를 먼저 보여 달라고 우기면 어떡해."

"당연히 그럴 수 있지."

이양이 대답했다.

"그래서 우리는 협박을 할 거야."

"뭐? 협박?"

내가 놀라서 물었다.

"그래."

이양이 덤덤하게 대답했다.

"네 말처럼, 단순히 자백을 하라고 하면 그놈이 거부할 가능성이 커. 살인범이 되는 순간 회사고 명예고 전부 잃어버릴 테니까. 하지만 자백이 아니라 돈을 요구한다면? 우리가 돈을 달라고 하고, 그대가로 증거 영상을 넘긴다고 하면, 그놈은 십중팔구 관심을 보일 거야. 돈 몇 푼에 입막음할 수 있으면 그놈 입장에서 싼 거니까. 하지만 우리의 진짜 목적은 그게 아닌 거지. 돈을 주든, 협상을 시도하든, 김현호가 어떤 식으로든 우리 요구에 긍정적인 반응을 보이면, 그건 그 자체로 살인을 인정하는 행동이 되는 거야."

"우와."

나는 저도 모르게 감탄했다.

"너 진짜 머리 좋구나."

왈, 하고 꽃순이도 동의한다는 듯 짖었다.

"뭐, 그렇다기보다."

이양이 개답지 않게 쑥스러운 표정으로 대답했다.

"웹툰 작가 지망생인데, 이 정도 시나리오쯤은 짤 수 있어야지."

이런 애가 우리 편이라고 생각하자 마음이 약간 편해졌다. 이틀 만에 처음으로 웃으며, 나는 이양에게 말했다.

"인정. 진짜 끝내주는 시나리오네. 그럼 그 협박은 어떻게 할 건데? 메일이나 문자 같은 걸로?"

하지만 내 말을 들은 이양의 얼굴은 오히려 심각해졌다.

"음, 사실 어제 밤새 그 부분을 생각했는데 말이야."

그 애가 말했다.

"아무래도 우리가 김현호를 직접 만나야 할 것 같아."

"뭐? 살인범을 직접?"

내가 깜짝 놀라 되물었다.

"그, 그건 너무 위험하지 않을까?"

"당연히 위험하지."

이양이 작게 끄덕이며 말했다.

"하지만 아무리 생각해도 그게 최선이야. 이 작전의 핵심은 그놈이 생각도 못 했던 타이밍에 허를 찌르는 거니까. 고민할 시간을 많이 줄수록 우리한테 불리해져. 그놈이 협박 메일을 변호사한테 보여 주고 그럴듯한 대응책을 만들어 낼 수도 있잖아. 어쩌면 경찰을 매수할 수도 있고. 아니면 협박한 사람을, 그러니까 우리를 찾아내서 조용히 처리……하려고 할지도 모르고."

꿀꺽, 나는 마른침을 삼켰다. 충분히 가능한 얘기였다. 이미 아버지를 죽이고 강아지도 죽이려고 했던 놈이, 중학생 두 명 더 해치는 걸 어려워할 리 없지.

"한 방에 가야 돼, 성공하려면."

이양이 말을 이었다.

"아무것도 모르는 척 김현호를 만나서, 그 자리에서 담판을 지어야 돼. 지금 당장 결정하라고. 안 그러면 바로 경찰에 제보한다고. 변호사고 뭐고 부를 틈 없이 한 방에 몰아치고, 그걸 녹음해서 바로 신고하는 게 유일한 방법이야."

"그 말이…… 맞는 것 같네."

어느새 손바닥이 땀으로 축축해져 있었다.

"무서워?"

이양이 떠보듯 물었다.

"무서우면 지금 얘기해. 한번 시작하면 멈추고 싶어도 못 멈추니까."

"야, 당연히 무섭지. 그걸 말이라고 하냐?"

내가 주먹을 꾹 쥐며 대답했다. 자꾸 떨리려는 목소리를 가라앉히는 게 쉽지 않았다.

"그, 그래도 어떡해. 해야지. 그러려면 김현호를 어떻게 만날지, 그런 것도 생각해야겠네."

"아, 그건 어떻게 될 것 같아."

이양이 덤덤하게 말했다.

"네 덕분에."

"나?"

"그래. 너."

이양은 백팩을 열더니 책 한 권을 꺼내 내밀었다.

"네가 그놈한테 만나자고 해 봐. 김 영감님 유품을 핑계로."

"그게 무슨."

내가 얼떨결에 책을 받아 들며 물었다.

"이게 김 영감 유품이야?"

"아니."

이양이 칼같이 대답했다.

"그냥 우리 집에 있던 책 중에 좀 그럴듯한 걸로 골랐어."

"근데 이걸로 뭘 어쩌라고?"

나는 이양이 건네준 책을 조심스레 살펴보았다. 커다란 새 그림이 그려진 표지에 '데미안'이라는 제목이 쓰여 있었다. 속지 사이에는 하얀 A4 용지가 두 번 접혀 끼워져 있었다. 나는 그 종이를 꺼내 인쇄된 글자들을 눈으로 읽었다.

내 아들 현호에게.

이 책은 네게 남기는 유품이다. 네 꿈을 믿지 못한 엄한 아버지라 미안했다. 수십 년 전에 했어야 했던 응원을 지금에서야 한다. '데미안'처럼 알을 깨고 너답게 살아라.

지금 이 책을 들고 가는 두 학생, 연재와 이양이는 내가 손주처럼 아끼던 애들이다. 네가 모르는 나의 삶을 지켜본 아이들이니, 궁금한 것이 있거든 물어보도록 해라. 딸처럼 키운 꽃순이와도 인사 나눴으면 좋겠다.

아버지 김기문으로부터.

"그것도 내가 쓴 거야."

이양이 덤덤하게 말했다.

"책 내용이랑 김현호 인터뷰 참고해서 적당히 썼어."

"그러니까 네 말은."

내가 갸웃하며 물었다.

"이걸 핑계로 김현호를 불러내라는 거야? 나한테?"

"맞아."

이양이 대답했다.

"김 영감님 유품을 뒤늦게 찾았다고 해. 근데 그걸 꼭 우리가 직접 전해 줘야 한다고, 같이 찾은 편지에 그렇게 써 있었다고 말해. 이장님이 김현호 연락처 아신다고 했지? 약속은 거기 통해서 잡으면 되겠네."

"그런다고 그놈이 나올까?"

내가 자신 없는 목소리로 말했다.

"대단한 유품도 아니고 달랑 책 한 권에, 직접 쓴 편지도 아니고 타이핑된 종이 한 장을……."

"어차피 물건은 뭐든 상관없어."

이양은 길쭉한 눈을 들어 나를 똑바로 보았다.

"중요한 건 그걸 전하는 사람이 너라는 거야. 김 영감님이랑 세상에서 제일 가까웠던, 동네 전체가 인정하는 특별한 관계였던 사람인 너. 책이든 뭐든, 김 영감님이 아들한테 남긴 유품이 있다면 그걸 맡길 사람은 세상에 너밖에 없어. 그래서 이 뻥은 무조건 통해. 딱 한 번은. 유일무이한 존재인 네가 우리 편이니까."

"어어, 유일무이라니. 나, 나는 그런……."

당황하고 부끄러워서 얼버무리는 내 중얼거림을, 이양은 딱 자르며 말했다.

"그리고 네가 연락하면 김현호는 나올 거야. 이건 100프로까진 아니고, 99프로 확신."

"어, 어떻게 확신하는데?"

내가 우물쭈물 물었다.

"그리고 99프로는 또 뭐야."

"확실한 증거는 없지만, 정황상 느낌이 오거든."

이양이 눈썹을 찌푸리며 말했다.

"연예인 아내, 화려한 인맥, 고급스러운 취미. 수십 년간 연 끊은 아버지 장례식을 그렇게 크게 치르는 것만 봐도, 김현호 그놈은 명예와 평판에 목숨 거는 인간이야. 그런 놈이 아버지 유언에 따라 유품을 전해 준다는 제안을 대놓고 무시한다? 그럴 리가 없지. 받자마자 버리더라도 일단 받긴 받을 거야. 그러지 않으면, 본인이 불효자에 사이코패스라는 걸 스스로 인증하는 꼴이니까."

왈, 하고 짖으며, 내 무릎에 앉아 있던 꽃순이가 고개를 끄덕였다.

🐾

그 자리에서 말을 몇 번 더 맞춰 본 뒤, 우리는 곧바로 이장 아저씨 댁에 찾아갔다. 나는 아저씨에게 책과 편지를 보여 드리며 이양의 시나리오대로 설명했다. 김 영감이 내게 선물한 책들 사이에 이게 끼어 있었다고, 갑자기 떠나서 미처 말을 못한 모양이라고.

이장 아저씨는 누가 봐도 곤란한 기색이었다. 이양을 힐끔거리며 의심스러운 표정을 짓기도 했다.

"연재 너는 그렇다 치고, 저 애는 외지인 아니여?"

아저씨가 턱을 쭉 내밀며 말했다.

"약국 어르신 편지에 왜 저런 애 이름이……."

"에이, 외지인은 막 이사 왔을 때나 외지인이죠."

내가 어깨를 으쓱하며 말했다.

"이제는 여기 산 지 1년도 넘었는데요. 저랑 같은 반 친구인데, 김 영감이랑도 친했어요. 제가 제일 잘 알죠, 그런 건."

"흐음, 그래?"

찜찜함을 감추지 못하면서도, 이장 아저씨는 결국 그 자리에서 김현호에게 전화를 걸어 주었다. 통화는 생각보다 빨리 연결됐고, 예상보다 훨씬 짧게 끝났다.

"다음 주 토요일 오후 2시, 에이치스토리 사옥에서 보자신다. 강아지 데려와도 괜찮으시대. 기차표는 그쪽에서 끊어 주시고, 도착 시간 맞춰서 서울역에 차도 보내 주신단다."

긴장이 탁 풀려 어지러웠지만, 나는 애써 침착하게 감사하다고 말했다. 옆에 있던 이양도 고개를 꾸벅 숙였다. 꽃순이는 내 품에 안겨 얌전히 꼬리를 흔들었다.

휴대폰을 주머니에 넣으며 들어가려다 말고, 아저씨는 나를 돌아보더니 엄숙하게 말씀하셨다.

"가서 얌전하게 굴어라. 중요한 일 하시는 분이야."

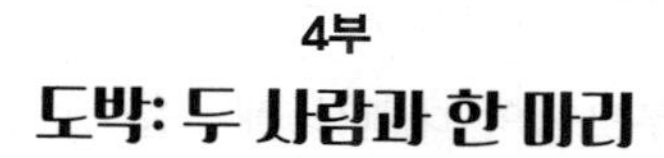

4부
도박: 두 사람과 한 마리

12

“정말 너희끼리 갈 수 있겠어?”

아빠가 물었다.

“영 걱정되는데. 진짜 같이 안 가 줘도 괜찮아?”

“어휴, 내버려 둬. 얘도 내년이면 고등학생이야.”

옆에 있던 엄마가 핀잔을 줬다.

“당신 솔직히 말해. 그냥 당신이 따라가고 싶어서 그런 거 아니야? 유명인 만나고, 서울 가서 콧바람도 쐬려고.”

“어휴, 그럴 리가.”

아빠가 펄쩍 뛰며 대답했다.

“위험할까 봐 그렇지, 애들이. 보호자가 필요할까 봐.”

“웃기고 있네.”

엄마가 콧방귀를 뀌었다.

"대표님이 역으로 기사랑 차까지 보내 준다는데, 위험하긴 뭐가 위험해? 보나마나 날아오는 총알도 막는 차일 텐데."

티격태격하는 부모님의 대화를 배경음으로 들으며, 나는 방에 앉아 말없이 가방을 챙겼다. 이양이 준비한 『데미안』과 편지, 휴대폰, 보조 배터리, 엄마가 소분해서 챙겨 준 꽃순이 사료랑 물까지. 빠진 게 없는지 몇 번이나 확인하고 가방을 닫았다. 그런 다음에는 옷장과 서랍장을 뒤적이며 티셔츠랑 바지를 넣었다 뺐다 했다.

"왜, 입고 갈 옷이 없어?"

어느새 방으로 들어온 엄마가 말했다.

"쇼핑을 좀 할걸 그랬나 보다. 미안, 엄마가 정신없어서 그 생각을 못 했네."

"에이, 그런 거 아니야. 놀러 가는 것도 아닌데 뭘. 그냥, 서울은 처음이니까……. 거기 날씨는 어떨지 모르겠어서, 잠깐 고민했어."

나는 어색하게 웃으며 대답했다. 괜히 옷장을 뒤적거린 진짜 이유는 말하지 못했다. 잠시만 가만히 있어도 이상한 생각이 밀려와서, 그래서 계속 움직인 거라고. 다시 못 돌아오면 어떡하지, 이제 엄마 아빠를 못 보면 어떡하지, 뭐 그런 유치하고 쓸데없는 생각들 말이다.

"도착하면 연락하고. 서울에서 출발할 때도 연락하고. 무슨 일 있어도 연락하고. 알았지?"

아빠는 현관까지 따라 나오며 계속 말했다.

"응. 그럴게."

반려견용 이동장을 들고 문을 나서며 내가 대답했다.

"물건만 전하고 금방 올 거야. 진짜 걱정 안 해도 돼."

꽃순이를 데리고 터미널에 도착했다. 여기서 시외버스를 타고 KTX가 서는 대전역까지 갈 예정이었다. 이양은 먼저 와 있었다. 평소처럼 질끈 묶은 머리에, 토끼가 그려진 흰색 티셔츠와 연한 청바지를 입고 나처럼 백팩을 멘 차림이었다.

"왔어?"

이양이 말했다.

"어."

짧게 대답하며, 나는 꽃순이가 우리를 볼 수 있도록 대합실 의자의 맞은편 자리에 이동장을 놓았다. 이양은 그물 너머로 꽃순이에게 인사를 건넸다. 그리고 배낭에서 뭔가를 꺼내며 나를 향해 말했다.

"나, 이런 거 챙겨 왔다?"

그 애의 손에 들린 건 작은 천 주머니였다. 끈으로 조여진 입구 안에는 은색의 네모난 물건이 들어 있었다. 만약 이양이 남자애였다면 딱 전기면도기라고 생각했을 크기와 모양이었다.

"그거 설마."

내가 긴장하며 물었다.

"전기 충격기는 아니지?"

"맞는데."

이양이 별 거 아니라는 듯 대답하더니, 끈을 풀고 물건을 꺼냈다.

"설마 산 거야? 오늘 때문에?"

내가 물었다.

"괘, 괜찮을 거라며. 훤한 대낮에 강남 한복판에서 사람 못 해친다고, 서울 살아 봐서 잘 안다고 네가 그랬잖아."

"그것도 맞아."

이양은 표정 변화 없이 대답했다.

"그래도 잘 대비해서 나쁠 건 없으니까. 이건 원래 집에 있던 거야. 여자 둘이 사는 집이라 불안하다고 엄마가 예전에 사 뒀거든."

작동법을 보여 준다며, 이양은 기계 옆면의 전원 버튼을 눌렀다. 위쪽에 달린 쇠침에서 번개 같은 스파크가 튀더니 파지직, 하는 소리가 울려 퍼졌다. 생각보다 훨씬 크고 과격한 소음에, 나는 물론 이동장 안에 있던 꽃순이까지 놀라서 벌떡 일어났다. 주변에 앉아 있던 사람들 몇 명이 우리를 쳐다보았다.

"무섭지? 헤헤."

이양이 살짝 웃으며 말했다.

"혹시 무슨 일 생겨도 내가 이걸로 지켜줄 테니까, 너무 걱정하지 말라고."

뭔가 대답을 하려다가, 나는 그냥 입을 다물었다. 우리에게 필요한 건 무슨 일이 났을 때 지켜줄 무기가 아니라, 아무 일도 안 일어나는 행운이라고 생각하면서.

이양도 속으로는 그렇게 느낀 것 같았다. 내 대답을 기다리는 대신 충격기를 가만히 보다가 조용히 도로 집어넣은 걸 보면. 버스 시간이 될 때까지, 그 애는 눈을 감은 채 양손을 꼭 맞잡고 있었다. 기도라도 하는 걸까? 신한테? 아니면 김 영감한테?

터미널에서 나눈 짧은 대화를 끝으로, 우리는 버스와 기차를 타는 내내 거의 입을 열지 않았다. 역에서 도시락을 사 먹을 때 짧게 메뉴를 묻고, 화장실에 다녀오겠다고 말하는 정도.

그거 말고는 할 말이 없었다. 도착해서 할 일이야 일주일 내내 얘기했고, 딱히 잡담을 나눌 기분도 아니었으니까. 이양과 꽃순이는 모르겠지만, 적어도 나는 그랬다.

그 와중에 시간은 잘만 흘렀다. 처음 타 본 KTX는 생각보다도 훨씬 빨라서, 대전역을 출발한 지 몇 분 되지도 않은 것 같은데 벌써 종착역인 서울역에 도착한다는 안내 방송이 나왔다.

'종착역이라니. 왠지 무자비한 단어인데.'

나는 잔뜩 긴장한 채 생각했다.

'실수인 척 지나쳐 버릴 수도 없다는 거 아냐.'

"자, 이제 슬슬 준비하자."

이양이 자리에서 일어나며 말했다. 계속 말을 안 해서인지 조금 갈라진 목소리였다.

"장연재, 휴대폰 배터리 넉넉하지?"

"그럼. 오는 동안에도 보조 배터리로 계속 충전했어."

이렇게 대답하며, 나는 수백 번 반복했던 작전을 다시 한번 복습했다.

"건물 들어가기 전에 녹음 앱 켜고, 불빛 안 나오게 뒤집어서 주머니에 넣기."

"정확해."

고개를 끄덕이며, 이양은 강아지 이동장에 얼굴을 대고 작게 말했다.

"꽃순이도 신호 기억하지? 우리가 뭔가 물어볼 때, '예'라면 '왈',

'아니오'라면 '왈왈', 모르겠을 땐 '왈왈왈', 이렇게 짖는 거야. 이거 절대 헷갈리면 안 돼. 김현호 앞에서는 타이핑으로 대화도 못 하니까."

왈, 하고 꽃순이가 힘 있게 대답했다.

기차에서 내린 우리는 역 안으로 들어갔다. 이양은 익숙한 걸음으로 출구를 향해 걸었다. 나는 이동장을 든 채 조금 뒤에서 따라갔다. 우리는 2번 출구 에스컬레이터 앞에서 김현호가 보낸 운전기사와 만나기로 되어 있었다.

사람이 너무 많아서 약간 토할 것 같다는 생각을 하고 있던 그때, 낯선 사람이 쓱 다가왔다. 나보다 조금 큰 키에 꽤 마른 체격을 지닌, 회색 양복 차림의 중년 남자였다.

"혹시 장연재, 안이양 학생인가요?"

남자가 물었다.

"어, 네, 맞는데요."

내가 잔뜩 경계하며 대답했다.

"어, 어떻게 아셨어요?"

남자가 무표정한 얼굴로 대답했다.

"딱 이 시간에 강아지를 데리고 서울역에 내린 남녀 중학생이 두 팀 있을 것 같지 않아서요. 저는 학생들을 데리러 온 김현호 대표님 비서입니다. 가시죠. 역 앞에 기사가 대기하고 있습니다."

그가 안내한 장소에는 번쩍거리는 검은색 세단이 서 있었다. 우리가 이미 조사한 김현호의 여러 차 중 하나였다. 주로 공식적인 행사가 있을 때 쓰는 차량 같았다. 충북대에서 운랑리로 넘어올 때도 이걸 탔으려나, 생각하고 있을 때 운전기사가 뛰어와서 문을 열어 주었다.

"혹시 꽃순이 안고 타도 되나요?"

내가 비서에게 물었다.

"쭉 갇혀 있었더니 답답해하는 것 같아서요."

비서는 고개를 끄덕이며 대답했다.

"그렇게 하세요."

이동장 지퍼를 열자마자, 꽃순이는 바로 뛰어나와 내 품에 안겼다. 우리가 모두 탄 뒤 차가 출발했다. 고급차라 그런가, 느리지 않은 속도인데도 흔들림이 거의 느껴지지 않았다. 나는 여기저기 버튼이 잔뜩 달린, 아빠 차보다 두 배는 큰 내부를 곁눈질로 훔쳐보았다.

'흰색 가죽 시트라니.'

의자를 만져 보며 나는 생각했다.

'우리 엄마는 보기만 해도 기절하겠네. 아니다, 이렇게 비싼 차를 살 정도면 시트 걱정 같은 건 안 하려나?'

김현호의 차에서 시작된 생각은 곧장 그놈이 세웠다는 회사로 이어졌다. 지금 우리의 목적지이기도 한, 주식회사 에이치스토리 본사. 인터넷에서 찾아본 그 건물은 번화한 강남역 바로 앞에 있는 20층짜리 유리 빌딩이었다. 그런 빌딩은 얼마나 할까? 대체 뭘 해서 얼마를 벌면 그런 걸 살 수 있지?

나는 김현호가 가졌다는, 짐작도 안 되는 돈과 권력을 떠올렸다. 기분이 복잡했다. 그렇게 다 가진 인간을 상대한다는 게 무서우면서도, 한편으로는 바로 그것 때문에 마음이 놓이기도 했다.

'안이양 말이 맞아.'

나는 마음을 다잡으며 생각했다.

'잃을 게 많은 놈이니 함부로 행동하지는 못할 거야. 이런 시간에, 이런 장소에서는 더더욱.'

확신을 얻고 싶은 마음으로, 나는 옆자리에 앉은 이양을 쳐다보았다. 하지만 그 애는 이쪽에 전혀 관심이 없어 보였다. 아니, 오히려 다른 문제로 심각한 듯, 창밖을 보며 갸웃대는 그 애의 얼굴이 영 심상치 않았다.

잠시 후 창에서 눈을 뗀 이양이 앞좌석을 향해 물었다.

"저, 비서 선생님, 방향이 이쪽 맞아요? 강남으로 가려면 한강다리 건너야 되는 거 아니에요?"

"아, 장소가 바뀌었습니다."

룸 미러로 우리를 보며 비서가 말했다.

"대표님께서 학생들을 자택에서 만나겠다고 하셔서요."

"자택이요?"

놀란 내가 저도 모르게 외쳤다.

"한남동?"

"맞습니다. 위치를 아시는군요."

비서가 덤덤하게 대답했다.

이양은 나를 곁눈질로 보며 눈썹을 까딱였다. 꽃순이도 낮게 그르렁거렸다.

'미안. 말조심할게.'라고, 나는 소리 나지 않게 입 모양으로 사과했다.

한남동. 그것은 꽃순이가 뽑아 준 프린트에 있던 동네 이름이었다. 김현호네 집에 대해 우리가 아는 유일한 정보이기도 했고. 한남동이 어떤 곳인지, 나는 전혀 알지 못했다. 약속 장소였던 회사 건물은 인터넷이랑 지도 앱으로 여러 번 찾아봤지만, 어차피 갈 일 없다고 생각했던 집에 대해서는 굳이 추가적인 조사를 하지 않았던 것이다.

순간 불안이 밀려왔다. 왜 이런 부분을 놓쳤을까? 아니, 김현호가 왜 갑자기 장소를 바꾼 거지? 설마, 놈이 뭔가 눈치챘나?

어떻게 생각하냐고, 이양에게 문자로 물어보려 했지만 그럴 새도 없었다. 그 순간 경사진 주택가 골목길에 차가 멈추고, 비서가 이렇게 말했기 때문이다.

"도착했습니다."

말이 떨어지기 무섭게 운전기사가 내리더니, 차를 한 바퀴 돌아 뒷좌석 문을 열어 주었다. 나는 꽃순이를 안은 채 떠밀리듯 내렸다.

경험이 최고의 공부라고 했던가? 도착한 지 몇 초 되지도 않았는데, 나는 태어나서 처음 와 보는 한남동에 대해 몇 가지 사실을 자동으로 배우게 되었다. 첫째, 여기는 서울역에서 무진장 가깝다. 둘째, 이 동네 집은 전부 담이 높다. 특히 우리 앞에 있는 김현호네 저택은 담 높이만 3미터쯤 되어 보였다. 셋째, 무섭도록 조용하다. 사람이 바글거리던 서울역이나 영상으로 예습한 강남역과 달리, 이곳은 대낮인데도 걸어 다니는 사람 하나 보이지 않았다.

비서가 따로 연락했는지, 벨도 누르지 않았는데 커다란 철문이 덜컹 하고 열렸다.

"두세 시간은 걸릴 거라고 대표님이 말씀하시더군요."

차 안에서 창문을 내리며 비서가 말했다.

"저랑 기사는 다른 쪽에서 의전 업무를 하나 처리하고 대기하다가 시간에 맞춰 모시러 오겠습니다."

"네."라는 한 글자를 겨우 내뱉고, 나는 뒤로 돌아 철문 쪽을 향했다. 하지만 다리가 굳어 버린 것처럼 움직이지 않았다. 뻣뻣하게 서 있는 건 이양도 마찬가지였다.

"들어가시면 돼요."

비서가 뒤에서 말했다. 정중하지만, 분명히 재촉하는 말투였다.

나는 그제야 발치에 있던 꽃순이를 안아 들었다. 한 걸음, 한 걸음, 철문이 가까워졌다. 내가 먼저, 이양이 다음으로, 문을 넘어서자마자 부웅, 하고 차가 출발하는 소리가 들렸다.

뒤이어 문이 자동으로 닫혔다.

🐾

"괜찮을까?"

높은 담장을 올려다보며 내가 초조하게 말했다.

"그러게. 일단은 GPS로 여기 위치부터……."

이렇게 말하며 주머니에 손을 넣다 말고, 이양은 내 어깨 너머를 보며 동작을 멈췄다. 그 애의 시선을 따라 나도 꽃순이도 고개를 돌렸다. 마당 안쪽에서 검은색 원피스에 하얀 앞치마를 두른 중년 여자가 걸어오고 있었다. 사진으로 본 김현호의 아내는 아니었다. 약간 통통하고 인상이 좋아 보이는, 아마도 가사 도우미 아주머니?

"어서 오세요."

아주머니가 웃으며 말했다.

“안으로 모시겠습니다. 대표님은 밖에서 들어오고 계세요.”

‘다른 사람이 있었구나.’ 하는 생각에, 나도 모르게 조금 안심이 됐다.

‘그래. 이렇게 큰 집에 도우미 한 명이 없을 리 없지.’

옆을 슬쩍 보니, 이양의 표정도 좀 밝아진 것 같았다. 고개를 숙이며 그 애가 말했다.

“안녕하세요. 운랑리에서 온 안이양이라고 합니다.”

“저, 저는 장연재예요. 얘는 꽃순이고요.”

“아이고, 예의가 바른 학생들이네요.”

아주머니가 미소 지으며 대답했다.

“이쪽으로 오시죠.”

우리는 아주머니를 따라 잔디 깔린 정원을 가로질러 갔다. 그사이, 이양은 무심한 목소리로 그분에게 질문을 던졌다.

“혹시 다른 분들도 계시나요? 뭐, 사모님이라든가.”

“오늘은 저밖에 없어요.”

아주머니가 친절하게 대답했다.

“사모님은 아이들 만나러 미국에 가셨고, 주말이라 다른 고용인들도 출근 안 했거든요. 저도 정리 좀 하고 평일보다 일찍 퇴근할 거예요.”

이런. 이건 실망스러운 대답이었다. 하지만 적어도 최악의 상황은 아니라는 생각이 들었다. 도우미 아주머니도 그렇고, 좀 무뚝뚝했지만 아까 본 비서 아저씨도 그렇고, 이렇게 사람들한테 우리를 보여 준다는 건 김현호가 아직 우리 계획을 눈치 못 챘다는 뜻일 테니까. 그놈이 무슨 조폭도 아닌데, 설마 이런 고용인들까지 다 한패는 아니겠지. 점점 가까워지는 저택의 현관문을 보며, 나는 조용히 마음을 다잡았다.

'우리는 곧 김현호를 협박할 거지만, 아직까지는 돌아가신 아버지가 보낸 손님이야. 그 자식은 아무것도 몰라. 그러니까 다 잘될 거야.'

"장소 빼고는 달라진 거 없어."

마치 내 마음을 읽은 듯, 이양이 나직이 속삭였다.

"연습한 대로만 하면 돼. 얼른 치고 빠지는 거야."

나는 진지하게 고개를 끄덕였다. 품에 안긴 꽃순이도 왈, 하고 작게 짖었다.

아주머니는 집 안으로 우리를 안내했다. 새까만 대리석으로 꾸며진 현관을 지나자 눈이 부실 만큼 하얀 공간이 나타났다. 반짝반짝한 바닥도, 돌로 된 기둥도, 벽도, 천장도, 창틀도, 지나가면서 본 가구와 물건들도 전부 하얀색이었다.

"우와."

나도 모르게 탄성이 튀어나왔다.

"이게 뭐야."

"평범하진 않죠?"

아주머니가 익숙하다는 듯 말했다.

"대표님 취향이 좀 별나셔서요. 놀라는 손님분들이 꽤 계신답니다."

표정은 변하지 않았지만, 이양 역시 널찍한 거실 풍경을 두리번거리며 살펴보았다.

아주머니는 하얀 벽난로와 하얀 카펫이 깔린 거실을 지나 하얀 방문 쪽으로 우리를 데려갔다. 다행이랄까, 그 안에는 흰색이 아닌 물건들이 보였다. 바닥과 벽은 여전히 하얬지만 안쪽 창가에는 갈색 책상과 책장이 놓여 있었다. 방 한가운데도 나무로 된 탁자가 있었고, 탁자를 빙 두른 소파 가죽은 베이지색이었다.

아주머니가 휴대폰을 확인하며 말했다.

"소파에 앉아서 기다리세요. 대표님 10분 안에 도착 예정이시랍니다. 마실 거 먼저 드릴까요? 커피, 녹차, 아이스티, 오렌지주스 있습니다."

"저는 아이스티 부탁드려요."

이양이 말했다.

"저도 같은 걸로 주세요."

내가 말했다.

"알겠습니다."

용건을 마치자, 아주머니는 뒤돌아 문을 닫고 나갔다.

멀어지는 슬리퍼 소리를 들으며, 나와 이양은 소파로 다가가 털썩 주저앉았다.

"우와, 나 죽는 줄 알았어."

내가 등받이에 몸을 묻으며 말했다.

"갑자기 집에서 만난다고 했을 때 말이야. 순간 다 들켰나 싶더라니까."

"그럴 가능성은 희박하다고 생각했지만."

이양이 말했다.

"나도 당황하긴 했어. 변수가 생겨서 좋을 건 없으니까. 그래도 이 정도면 다행인 셈…… 으악! 세상에!"

갑자기 소리치며, 이양은 자리에서 벌떡 일어났다. 그 모습에 놀란 나와 꽃순이도 튕기듯 일어났다.

"왜, 뭐야! 무슨 일 있어?"

내가 물었다.

"미쳤나 봐. 나 녹음기 안 켰어!"

이양이 당황한 얼굴로 대답했다.

"아! 그러고 보니 나도!"

우리는 허둥지둥 휴대폰을 꺼내 녹음 앱을 켰다.

"역시, 변수는 위험해."

이양이 떨리는 목소리로 말했다.

"나도 모르게 이쪽 페이스에 말려 버렸잖아. 더 바짝 긴장해야 돼. 이젠 절대 실수하지 말자."

"응. 그러자."

내 대답에 꽃순이도 왈, 하고 짖었다.

나는 주머니에, 이양은 배낭 옆 그물에 폰을 넣었다. 그리고 밖에서 화면이나 불빛이 보이지 않는지 몇 번이나 확인하고 자리에 앉았다.

"꽃순이는 어디에 있는 게 좋을까?"

이양이 말했다.

"소파에? 무릎에?"

"음, 무릎에 앉히자. 애랑 붙어 있어야 조금이라도 마음이 놓일 것 같아."

내 대답을 들은 꽃순이는 다리 위로 뛰어올라와 납작 엎드렸다.

"그러고 보니까, 꽃순이도 물 마셔야 되는데."

강아지를 쓰다듬으며 겨우 진정한 내가 말했다.

"아주머니 오시면 접시 하나 부탁드려야겠다. 조금만 기다려 꽃순아. 물 따라 줄게."

왈, 하고 꽃순이가 대답하는 순간, 뒤쪽에서 문이 열렸다.

"아주머니, 혹시 접시……."

뒤를 돌아보던 내 몸은 그대로 멈췄다. 이양은 다시 한번 벌떡 일어났다.

"네가 장연재구나. 그 옆은 안이양, 강아지는 김꽃순?"

성큼성큼 들어오는 당당한 걸음과 방 안을 쩌렁쩌렁 울리는 큰 목소리.

"만나서 반갑다. 장례식에서 봤었지? 그땐 인사도 제대로 못 해 아쉬웠는데. 이해해라. 내가 경황이 없어 놔서. 지금 처음 본다 치고, 우리 악수 한 번씩 할까?"

정장과 셔츠에 감싸인 커다란 손이 눈앞으로 쑥 들어왔다.

김현호였다.

생각지도 못한 등장에, 기억과 너무 다른 인상에, 김현호를 마주한 내 머리는 버퍼링 중인 컴퓨터처럼 얼어 버렸다.

"야, 장연재, 일어나야지!"

옆에서 이양이 다그쳤다.

그 소리에 겨우 정신을 차린 나는 그제야 꽃순이를 내려놓고 일어나 손을 내밀었다.

"하하, 긴장했냐? 그럴 거 없다. 내 집이다 생각하고 편하게 있어."

김현호가 내 손을 꽉 잡고 흔들었다. 뜨겁고, 건조한, 아주 힘이 센 손이었다. 김현호는 이양과도 악수를 나눈 후 허리를 숙여 꽃순이 머리를 쓰다듬었다.

"일하느라 좀 늦었다. 돈벌이가 쉽지 않구나."

그놈은 우리를 지나 방 끝의 책상 쪽으로 성큼성큼 걸어갔다. 그때였다.

왈왈, 꽃순이가 짖었다.

"꽃순아, 왜 그래?"

내가 물었다.

왈왈, 왈왈.

"얘가 갑자기 왜 이러지?"

김현호의 눈치를 살피며, 나는 꽃순이를 다급히 안아 올렸다.

왈왈, 왈왈, 왈왈, 왈왈.

두 번씩 끊어서 계속 이어지는 짖는 소리.

"저기, 연재야. 설마."

이양이 작게 말하며 나를 보았다.

"설마 뭐?"라고 대답한 순간, 나는 그 소리의 의미를 이해했다.

"꽃순아, 지금 신호한 거야?"

내가 속삭였다.

"아니라는 뜻이야? 뭐가 아니라는……."

"무슨 일 있나?"

등 뒤에서 김현호가 물었다.

"어, 그게."

나는 당황하며 그를 보았다.

어느새 우리 쪽으로 돌아온 김현호는 탁자 끝에 있는 1인용 소파에 털썩 앉았다. 벗어 둔 재킷은 책상 의자에 걸쳐져 있었다.

"강아지가 낯을 가리는 모양이지? 짖어도 괜찮으니 신경 쓰지 마라."

김현호는 넥타이를 느슨하게 당기고 셔츠의 목 단추를 풀었다.

왈왈, 왈왈. 꽃순이가 또다시 짖었다.

소매 단추를 하나씩 풀고, 김현호는 망설임 없이 팔을 걷어붙였다. 팔꿈치까지 올라간 셔츠 아래로 양쪽 손목이 차례차례 모습을 드러냈다. 어느 쪽에도 상처 하나 없는, 아주 깨끗한 손목이었다.

13

쟁반을 가지고 돌아온 도우미 아주머니가 테이블을 돌며 음료잔을 내려놓았다. 김현호는 따뜻한 커피, 나와 이양은 아이스티, 아까 미처 부탁드리지 못했던 꽃순이 물그릇까지 알아서 준비되어 있었다.

쓱쓱, 바닥을 스치는 아주머니의 슬리퍼 소리 사이로, 나는 꽃순이에게 이를 꽉 물고 속삭였다.

"아니야? 범인?"

왈.

"확실해? 냄새 맡아 봤어?"

왈.

"어떻게 그럴 수가 있어?"

왈왈왈.

"들었다며. '아버지'라고 하는 거!"

왈.

"아버지? 무슨 아버지?"

김현호가 이쪽을 보며 물었다. 내 마지막 질문이 생각보다 크게 나온 모양이었다.

"아, 아니에요. 아무것도."

내가 황급히 얼버무렸다.

"강아지 좀 달래느라고요."

"그래?"

그가 어깨를 으쓱하며 대답했다.

"잘 달래 줘라. 너희도 목 좀 축이고. 먼 길 오느라 고단했을 텐데."

당황해서 딱히 목도 마르지 않았지만, 나는 앞에 놓인 유리잔을 향해 기계적으로 손을 뻗었다. 그 짧은 사이 머릿속으로 온갖 물음표가 스쳐갔다.

'꽃순이가 착각한 건가? 꿈이라도 꾼 거야? 하지만 이거 빼고 다른 얘기는 다 맞았잖아. 루미놀 반응도 내 눈으로 봤고, 핏자국도 얘가 말했던 자리에 있었고. 그럼 뭐야. 범인이 따로 있는 건가? 아

들이 아니야? 아니면 숨겨 놓은 자식이 더 있는 거야?'

눈을 마주친 이양 역시 뭐가 뭔지 모르겠다는 표정이었다. 우리가 혼란스러운 눈빛을 주고받는 사이, 꽃순이는 꼬리를 축 늘어뜨리고 아주머니가 바닥에 놓아 주신 물그릇을 향해 걸어갔다.

모든 게 꼬여 버린 와중에, 분명한 사실은 하나뿐이었다. 김현호는 범인이 아니다. 그렇다는 건 몇 날 밤을 새며 연습한 대사도, 허둥지둥 켠 녹음기도 아무 의미 없다는 뜻이었다. 그에게는 협박할 일도, 자백받을 일도 없으니까.

'만감이 교차한다는 게 이런 뜻이구나.'

차가운 액체를 들이켜며 나는 생각했다. 의미 없이 낭비한 시간이 허탈했고, 다시 처음부터 시작해야 한다는 것도 막막했다. 아니, 다시 시작하는 게 맞는지 아닌지도 알 수 없었다. 내가 지금 뭘 하는 거지? 대체 여기 왜 온 거지? 확 울어 버리고 싶으면서, 솔직히 안도감도 조금은 들었다. 같은 공간에 있는 인간이 살인마가 아니라는 게 얼마나 안심되는 일인지, 겪어 보지 않은 사람은 절대 모를 것이다.

조용히 방문 닫히는 소리가 들렸다. 아주머니가 나가신 것이다. 그와 동시에 김현호가 큰 소리로 물었다.

"전해 줄 물건이 있다고?"

콜록, 콜록, 순간적으로 사레가 들린 내 입에서 기침이 터져 나왔다.

"괜찮아?"

놀란 목소리로 물으며, 이양은 테이블 위에 있던 티슈를 집어 들었다. 김현호도 주머니에서 손수건을 꺼내 내밀었다.

"가, 감사, 콜록, 합니다."

내가 티슈와 손수건을 받으며 겨우 대답했다.

"물건은, 콜록, 그, 콜록, 책인데요."

"급한 거 아니니, 일단 진정부터 해라."

김현호가 말했다.

"차 천천히 마시고, 흘린 것도 좀 닦고."

기침은 한참 후에야 진정되었다. 김현호는 커피를 마시며 말없이 기다렸다.

"드, 드릴 물건은 이건데요."

겨우 호흡을 되찾은 내가 주섬주섬 가방을 열며 말했다. 몇 분 전과는 다른 이유로 손이 떨려서 지퍼가 자꾸 미끄러졌다. 왠지 김현호의 얼굴을 똑바로 볼 수가 없었다.

"이거 김 영감, 아니, 대표님 아버님께서 남기신 거예요."

종이 쪽지가 끼워진 『데미안』을 내밀며 내가 말했다. 저도 모르게 목소리가 기어들어 갔다.

"저희는 그냥 그것만 전해 드리고, 바로 가려고……."

"하하, 몇 시간을 고생해서 와 놓고 벌써 가게?"

김현호가 책을 받아 들며 웃었다.

"조금만 더 있다 가렴. 아버지 얘기도 나누고, 너희 얘기도 좀 자세히 듣고 싶은 걸? 그러려고 일부러 시간 비운 건데. 생색내는 건 아니다만, 아저씨 시간이 좀 비싸단다."

"저희 얘기요?"

이렇게 물은 건 이양이었다.

"그래. 너희 얘기."

김현호가 대답했다.

"아버지께 많이 들었거든. 마을에 아주 예뻐하시는 학생들이 있다고. 아, 물론 누둥이 딸 얘기도 들었지. 김꽃순, 저 아이 말이다."

물을 마시던 꽃순이가 멈칫하며 김현호를 바라보았다.

"어, 김 영감, 그러니까 아버님이랑은 연을 끊으셨다고 들었는데요."

내가 쭈뼛거리며 말했다.

"그랬지. 아주 칼같이 끊어 버리고 수십 년을 살았지."

이렇게 말하며, 김현호는 테이블로 팔을 뻗어 커피 잔을 집어 들었다.

"돌아가시기 얼마 전부터 연락이 닿았다. 사실 우리끼리 찾지 않았을 뿐이지, 서로 소식은 어렴풋이 알고 있었어. 왕래하는 친척들 정도는 있었으니까. 아버지께서……."

여기서 잠시 얘기를 멈추고, 그는 잔을 입으로 가져가 한 모금 마셨다. 그리고 다시 내려놓으며 말을 이었다.

"아버지께서 당신 병을 아시고, 남은 시간을 정리하며 먼저 연락을 주셨단다. 생각보다 너무 이르게 가시는 바람에 뵙지는 못했고, 통화만 몇 번 했는데……. 그때마다 너희 이야기를 하시더구나. 낯선 곳에서 고독하게 마감할 생이었는데, 두 사람과 한 마리 덕분에 웃을 일이 참 많았다고. 진심으로 고마우시다고."

대화는 여기서 끊겼다. 이쪽에서 뭐라고 대답해야 될 타이밍인 것 같은데, 나는 할 말을 찾지 못했다. 이양도 마찬가지인 것 같았다. 꽃순이는 말할 것도 없고. 입을 연 것은 또다시 김현호였다. 내게 받은 책을 빤히 보며 그는 중얼거렸다.

"이게 바로, 아버지께서 내게 남겨 주셨다는 유품이구나."

여전히 대답하지 못한 채 안절부절못하는 우리 앞에서, 그는 천천히 책을 펼치고 사이에 끼워진 종이를 꺼내 읽기 시작했다. 작게 움직이는 그의 입에서, 이양이 쓰고 내가 전달한 거짓 편지의 내용들이 흘러나왔다.

'유품이라도 좀 성의 있게 고를 걸.'

양심이 쿡쿡 찔리는 기분으로, 나는 애꿎은 바지만 잡아 뜯었다.

'하다못해 편지라도 손으로 쓸걸. 내용이라도 고민해서, 뭐라도 위로 되는 내용으로 좀 잘 써 볼걸.'

그사이 편지를 다 읽은 김현호가 우리를 향해 말했다.

"아마 알고 있을 거라 생각한다만, 아저씨는 젊을 때 스스로 집을 나왔단다."

처음 인사할 때보다 훨씬 낮아진 목소리였다. 왠지 더 나이 들어 보이는 느낌이라고 생각하며, 나는 고개를 들어 그의 얼굴을 보았다.

"스무 살 때였지."

김현호가 말했다.

"그때 나는 영화감독이 되고 싶었어."

"영화감독이요?"

이양이 물었다.

"그래."

김현호가 고개를 작게 끄덕이며 대답했다.

"중학생 때 임권택 감독의 〈만다라〉를 본 뒤로 쭉 꿈꿨었거든. 그때 〈만다라〉는 청소년 관람 불가 작품이었는데, 포스터만 보고선 에로 영화인 줄 알고 친구들이랑 몰래 봤다가, 훗, 그만 인생의 길이 바뀌어 버리고 만 거야."

꽃순이가 가만히 소파 위로 올라와 내 허벅지에 엎드렸다. 강아지의 온도와 무게를 느끼며, 나는 김현호의 이야기에 귀를 기울였다.

"처음에는 아버지도 내 열정을 대수롭지 않게 여기셨다. 아마도 사춘기의 흔한 방황 정도로 생각하셨던 게지. 그때까지 나는 말 잘 듣고 공부 열심히 하는 착한 아들이었으니까. 하지만 고등학생이 되도록 내 꿈이 흔들리지 않고, 대학에 안 간다는 말이 나오기 시작하자, 우리 사이에는 점점 큰 갈등이 생겼단다. 하필 그때 어머니가 암 진단을 받으시고 황망하게 돌아가시면서, 부자 관계는 돌이킬 수 없이 틀어지고 말았어. 어머니는 집에서 나를 이해해 주던 유일한 분이셨거든. 나는 세상 전부를 잃은 느낌이 들었고…… 어느 순간부터 모든 것을 아버지 탓으로 돌리기 시작했다. 내 괴로움도, 어머니의 죽음도, 전부 다 아버지가 잘못해서 생긴 일이라고 믿어 버렸지."

"아……." 하고, 이양이 작게 내뱉는 소리가 들렸다. 돌아가신 아빠가 떠오른 걸까, 나는 속으로만 조용히 생각했다.

"어머니의 장례를 치른 뒤, 나는 마음의 문을 걸어 잠그고 아버지와 소통을 일절 거부했어. 하지만 공부는 열심히 했단다. 아니, 열심히 한 수준이 아니라 아주 죽도록 미친 듯이 했지. 내가 왜 그랬을 것 같니?"

"어, 잘 모르겠어요."

내가 대답했다.

"왜 그러셨는데요?"

"복수를…… 하고 싶었단다."

김현호가 고개를 떨구며 대답했다.

"아버지를 가장 상처 입힐 수 있는 방법으로."

"보, 복수요?"

내가 약간 놀라며 되물었다.

"지금 생각해 보면."

김현호가 말을 이었다. 목소리가 조금씩 떨리고 있었다.

"참으로 치기 어린 생각이었지. 하지만 그땐 나도 어렸으니까……. 어쨌든, 나는 이를 악물고 공부해서 아버지가 그토록 원하시던 서울대학교 입학증을 받았어. 그리고 곧바로 자퇴 신청을 한 뒤, 자퇴서를 구겨서 아버지 면전에 던지고 그 길로 집을 나와 버렸다. 그때 아버지의 얼굴에 떠올랐던 그, 슬픔과 절망이 뒤얽힌 표정을, 지금도 잊을 수가 없다. 어린 나는 그게 아버지가 받을 벌이라고 생각했어. 그러나 어느 순간 깨닫게 되었지. 내가 얼마나 철없이, 얼마나 큰 잘못을 저질렀는지 말이다."

나는 머릿속으로 김현호가 한 이야기들을 그려 보았다. 수십 년 전의 두 사람 얼굴이 잘 상상되지 않아서, 둘 다 내가 아는 아저씨와 할아버지의 모습이긴 했지만. 익숙한 김 영감의 얼굴에 그렇게 괴로운 표정이 떠올랐으리라 생각하니 너무 속이 상했다. 알고 보면 여리고 정 많은 사람인데, 김 영감. 드라마만 보면 눈물을 찔끔

대서, 내가 놀린 적이 얼마나 많았는데.

“그 뒤로…… 연락 안 하신 거예요?”

내가 아쉬운 마음에 물었다.

“나중에라도 화해하셨으면 좋았을 텐데.”

“글쎄다. 안 한 건지, 못 한 건지.”

이렇게 말하며, 김현호는 편지를 내려놓고 손바닥에 얼굴을 묻었다. 팽팽한 얼굴과 달리, 커다란 손에는 여기저기 주름이 져 있었다.

“첫 10년은 미워서 안 했어. 아버지가 애타게 나를 찾는 걸 알았지만, 복수심에 싹 무시했지. 다음 10년은 부끄러워서 못 했어. 그렇게 큰소리쳤던 꿈을, 결국 이루지 못했거든. 영화라고 부르기도 민망한 쓰레기를 겨우 만들고, 끝내 상영관 하나 못 잡고……. 데뷔도 못 한 채 퇴물 취급을 받는 처지가 창피해서 연락드릴 수가 없더구나. 그래도 미련이 남아서 영화판을 떠돌다가, 내게 작품을 찍는 능력은 없어도 알아보는 능력은 있다는 걸 깨달은 건 그로부터도 10년 뒤였단다. 그 즈음이 되니 아버지가 그리웠지만, 한편으론 가 버린 세월이 무서웠어. 상처받은 아버지의 마지막 표정도 자꾸 떠올랐고. 그래서 이런 저런 핑계를 대며 계속 미뤘다. 어리석었지. 결국은 그렇게…… 아버지가 먼저 연락을 하실 때까지…….”

주름진 그의 손바닥 아래로 눈물 한 방울이 흘렀다. 민망한지 슥슥 문질러 닦았지만, 한번 나온 눈물은 멈추지 않고 계속 나오는 것 같았다.

“미안하다고, 하시더구나.”

김현호가 얼굴을 문지르며 말했다.

"미안하다고. 염치가 없어서 더 찾지 못하셨다고, 하지만 내내 당신 잘못을 잊지 않고 사셨다고……. 그런데 이제는, 서서히 기억을 잃어 가는 병에 걸리셔서, 그 끝에 당신의 잘못까지 잊어버릴까 봐…… 용기 내 연락하셨다고. 잊기 전에 꼭 사과하고 싶어서, 그래서……. 사실은, 사실은 내가 잘못한 건데. 내가 천하의, 불효자식인 건데. 그런데도 아버지는, 홀로 투병을 하시면서도, 이런 편지까지 남기시면서, 끝까지, 끝까지 당신이 미안하다고……."

"저, 사실 그런 게 아니라요."

순간 밀려온 죄책감에 진실을 털어놓을 뻔했지만, 김현호는 내가 말할 틈도 주지 않고 점점 크게 울먹였다.

"아버지는, 어떤 분이셨니."

그가 눈물 범벅이 된 얼굴로 물었다. 거의 애원하는 목소리였다.

"너희가 기억하는, 우리 아버지 말이다. 행복하셨니? 잘 지내셨니? 너무, 외롭진 않으셨니? 뭘 좋아하고 뭘 싫어하시는지, 그 긴 세월을, 어떻게 보내셨는지. 많이 아프진 않으셨는지, 마지막은 어떠셨는지……. 이제 와 내가, 뭐 하나 아는 게 없다는 게, 너무나 죄스러워서……."

"엄청 좋은 사람이었어요."

내가 솔직히 대답했다. 김 영감과의 추억을 아무리 뒤져 봐도, 온통 행복한 기억뿐이었으니까.

"저뿐만 아니라 동네 사람들도 다 좋아했어요. 저도, 여기 꽃순이도, 김 영감 아니었으면 이렇게 크지도 못했을 거예요."

왈, 하고 꽃순이가 작게 끄덕이며 짖었다.

"저도 마찬가지예요."

이양이 작게 거들었다.

"아버님이 안 계셨으면 전 정말 불행했을 거예요. 제가 아는 모든 어른 중에 가장 멋진 분이셨어요."

김현호는 우리 말을 듣고 있는 것 같지 않았다. 이제는 눈물도 콧물도 닦을 생각조차 없이, 그저 짐승처럼 흐느끼고 있었다. 아버지를 부르고 가슴을 치면서, 자꾸만 잘못했다고 말하면서. 갑자기 나도 왈칵 눈물이 났다. 다른 건 다 모르겠고, 그냥 김 영감이 너무 보고 싶었다.

"김 영감…… 보고 싶어. 정말로, 너무너무……."

훌쩍이는 사이 감정은 점점 격해졌다. 나는 결국 김현호만큼이나 큰 울음을 터뜨렸다. 이양도, 꽃순이도, 흑흑대고 낑낑대며 울기 시작했다. 우리는 그렇게 소파에 앉아 한참 동안 울었다.

"미안하다. 어른스럽지 못하게."

김현호가 빨개진 눈을 비비며 말했다.

"이런 모습 잘 보이는 편이 아닌데."

"아니에요. 저희도 다 울었는걸요."

이양이 티슈로 코를 풀며 대답했다.

"그래도 어찌 보면 좀 후련하기도 하구나."

김현호가 말했다.

"이렇게 감정을 드러내 본 게 얼마 만인지. 장례식에서조차 울지 못했으니 말이다."

이양이 건네준 티슈를 받으며, 나는 할까 말까 망설이던 말을 용기 내 꺼냈다.

"사실 저는 대표님이…… 진짜로 안 슬프신 줄 알았어요. 장례식장에서요. 얼굴이 너무 담담해 보이셔 가지고."

처음으로 보인 솔직한 내 마음에, 김현호는 희미하게 웃으며 대답했다.

"그랬을 리가 있니. 속으로는 회한과 자책감에 피눈물을 흘렸지. 그런데도 눈물은 안 나오더구나. 운 지가 너무 오래되어서 그렇다고, 이제는 우는 법도 다 잊어버렸다고, 마냥 그렇게만 생각했는데. 다 너희 덕분이다."

그는 고개를 들어 부은 눈으로 우리를 보았다.

"아저씨 생각인데, 아무래도 아버지는 이 책이랑 편지보다도 너희를 보내 주고 싶으셨던 것 같아. 이렇게 두 사람과 꽃순이를 보고 있으니, 마치 아버지를 뵙고 있는 느낌이라……."

또다시 울컥하는지, 김현호는 입술을 깨물며 손바닥에 얼굴을 묻었다. 나는 미안함과 안타까움에 어쩌지도 못하고 그를 바라보았다.

그래도 잠시 후, 고개를 들고 우리를 보는 김현호의 얼굴은 한결 밝아져 있었다. 커다란 두 손을 들어 짝, 하고 박수를 치더니, 그는 분위기를 바꾸려는 듯 큰 소리로 말했다. 처음 인사할 때처럼 쩌렁쩌렁한 목소리였다.

"우는 것도 좋지만, 귀한 시간을 눈물로만 보낼 수는 없지. 이제 밝은 얘기도 좀 해 볼까? 너희 이야기 말이다."

기억을 떠올리는 듯 이마에 손가락을 갖다 대며, 그는 김 영감에게 들었을 우리 이야기들을 하나씩 늘어놓았다.

"장연재. 안이양. 운랑중학교 3학년 같은 반. 연재는 순하고 정 많은 아이고, 이양이는 야무진 똑순이라지? 둘이 정반대의 성격인데, 어쩐지 둘 다 어린 시절의 나와 닮았다고도 하시더구나. 어떠니? 학교는 다닐 만하니? 앞으로 하고 싶은 일은 있고?"

울어서 멍한 내 머리에는 갑자기 쏟아진 질문이 잘 들어오지 않았다. 하지만 이양은 달랐다. 눈가에 남은 눈물을 닦고 헝클어진 잔머리를 귀 뒤로 넘기더니, 그 애는 마치 준비해 온 대사라도 있는 듯 막힘없이 말을 시작했다.

"김 영감님께 어디까지 들으셨는진 모르겠지만, 전 학교생활을 잘하는 편은 아니에요. 사실 그분 돌아가시긴 전까진 여기 있는 연재랑도 모른 척 지냈고, 김 영감님 외에는 속을 털어놓는 사람도 없었죠. 그래도 꿈은 있어요. 독학으로 공부도 하고 있고요. 웹툰 작가가 되고 싶은데, 혼자 절 키우시는 엄마를 생각해서라도 고등학교까지는 마치겠지만 그 이후로는 서울에 올라와서 본격적으로 준비할 생각이에요. 이미 중심 캐릭터랑 플롯은 다 구상해 뒀거든요. 장르는 SF물인데……."

간간이 코를 훌쩍이며, 이양은 머릿속에 있던 스토리를 조곤조곤 풀어냈다. 틴케이스를 찾던 날 스토리보드를 얼핏 봤지만, 나도 이렇게 자세한 줄거리를 듣기는 처음이었다. 이양이 구상했다는 웹툰은 나비가 주인공이었다. 정부가 첩보용 드론 대신 투입하기 위해 나비의 지능을 조작하다가, 그만 인간보다 똑똑한 변종 나비가 출현하면서 벌어지는 이야기라고 했다.

"지능이 높아진 나비는 드론이나 AI보다 훨씬 무서운 존재가 될 수 있어요."

이양이 말했다.

"기계 부품이 없으니 레이더에도 잡히지 않고, 야외와 실내를 가리지 않고 자유롭게 침투할 수 있으니까요. 이런 생물이 인간에게 적개심을 품는다면, 인류 멸종까지도 불가능한 일이 아니에요. 인간으로서는 로봇 군단보다 더 무시무시한 적을 갖게 되는 셈이죠."

"이야, 굉장히 흥미로운걸?"

김현호가 진지하게 턱을 문지르며 말했다.

"그런 아이디어는 대체 어떻게 떠올린 거니?"

"아빠의 연구에서 영감을 받았어요."

이양이 망설임 없이 대답했다.

"지금은 돌아가셨지만, 원래 나비를 연구하는 곤충학자셨거든요. 사실 나비가 드론보다 첩보에 더 적합하다는 이야기도 아빠한테 들은 거예요. 다른 건 몰라도, 이 작품은 세상에 저밖에 쓸 수 없다고 확신해요. 우리 아빠의 딸은 저뿐이니까. 그래서 꼭 쓸 거예요. 무슨 일이 있어도."

당찬 이양의 이야기는 김현호를 완전히 만족시킨 것 같았다. 화통한 웃음을 터뜨리며 그가 말했다.

"그래. 꼭 쓰도록 해라. 이대로 묻히기에는 너무 아까운 스토리야."

기분이 좋은 듯 손바닥을 비비더니, 그는 내 쪽으로 고개를 돌렸다.

"자, 이번에는 연재 이야기를 들어 볼까? 너는 어떻게 지내고 있니?"

"어, 그게."

당황한 내가 더듬거렸다. 볼이 벌겋게 달아올랐다. 어떡하지. 나는 안이양만큼 확실한 꿈도 없고, 저렇게 논리적으로 말하는 능력은 더더욱 없는데.

"저, 저는, 그냥 평범한 앤데요."

내가 우물쭈물 말했다.

"공부도 못하고, 달리 잘하는 것도 없고. 사실 원래는 꿈 자체가 없었거든요. 그냥 그런 걸 진지하게 생각해 본 적이 없어서요. 근데, 음, 요즘 처음으로 드는 생각인데…… 뭔지는 몰라도 동물에 대한 일을 하면 좋을 것 같아요. 수의사나 조련사도 멋져 보이고. 동물 권리라고 그러나? 암튼 그런 거 관련된 일을 해도 괜찮을 것 같다고……. 물론 뭘 하려고 해도 성적부터 올려야겠지만요."

"흐음, 그렇구나."

김현호가 고개를 끄덕이며 말했다.

"확실히 이양이랑은 성격이 좀 다르구나. 그래도 방향을 아주 잘 잡아 가고 있는걸? 저기 꽃순이도, 네가 적극적으로 나서서 맡아 줬다고 들었다. 나는 강아지를 키워 본 적이 없지만, 딱 봐도 얼마나 사랑을 쏟으면서 키우는지 느껴져."

그 말을 들으며 나는 한 가지 의문을 떠올렸다.

"저, 근데, 하나만 여쭤봐도 돼요?"

내가 조심스럽게 물었다.

"그럼, 당연하지."

김현호가 말했다.

"꽃순이 있잖아요. 왜 버리신 거예요? 절대 안 데려간다 하셨다고, 읍내 수의사 선생님이 그러시던데요."

"아이고, 버렸다는 말은 조금 서운한걸."

그가 눈썹을 살짝 찌푸리며 말했다.

"아저씨는 사실 무척 바쁘단다. 출장도 잦고, 오늘처럼 주말에도 보통 일을 하지. 가족들도 주로 외국에 머물고 있어서, 이 집에 왔다면 꽃순이는 종일 혼자 외롭게 지냈을 거야. 그래서 데려오지 않는 게 맞다고 판단한 거다. 하지만 버릴 생각은 요만큼도 없었어. 얼마가 들더라도 가장 좋은 입양처를 찾아 주려고 마음먹고 있었지. 반려견 복지가 제일 좋다는 독일 쪽에 이미 사람을 보내 놓은 상태였고."

여기서 말을 멈추고, 그는 사랑스럽다는 듯 꽃순이를 바라보았다.

"물론 연재만큼 좋은 주인은 없었을 테지만 말이야."

도도도, 꽃순이가 달려가서 김현호의 무릎으로 점프해 앉았다. 그런 강아지를 귀엽다는 듯 쓰다듬으며, 그는 눈이 휘어지도록 활짝 웃었다.

'이렇게 보니까 진짜 김 영감이랑 판박이네.'

나는 생각했다. 그에게 진실을 고백하고 싶다는 충동이 다시 밀려왔다. 모든 사건을 다 말하진 못하더라도, 이렇게 처음부터 끝까지 거짓말만 하고 가는 건 정말 도리가 아닌 것 같았다. 적어도 책과 편지에 대한 사실만큼은 털어놓고 사과드리는 게 맞지 않을까?

이대로 김현호가 아버지의 유품을 받았다고 믿어 버린다면, 우리가 너무 잔인한 짓을 저지른 거잖아.

'나 혼자 했다고 하자.'

주먹을 꼭 쥐며 나는 다짐했다.

'이양이랑 꽃순이 얘기는 빼고, 그냥 내가 혼자 조작한 거라고 말씀드리는 거야. 그럼 혼이 나도 나만 나고, 욕을 먹어도 나만 먹지 않을……'

그 순간, 날카로운 소리가 내 생각을 깨고 들어왔다. 그것은 꽃순이의 짖는 소리였다.

왈! 김현호의 무릎에 발딱 선 채, 꽃순이는 문을 노려보며 짖었다.

왈! 크르르, 왈! 하고, 짧게 끊어 가며 이어지는 소리.

"꽃순아, 왜 그러니?"

김현호가 놀란 표정으로 물었다.

"어디 불편해?"

하지만 꽃순이는 그를 쳐다보지도 않았다. 잔뜩 찌푸려진 얼굴은 나와 이양 쪽을 똑바로 향하고 있었다. 그리고 다시 한번 터져 나온, 지금껏 그 아이에게서 들어 본 적도 없는 거친 울부짖음.

왈!

이번에는 나도 이양도 신호를 알아차렸다.

꽃순이에게 정신이 팔린 김현호 몰래, 나는 입 모양으로 물었다.

'맞다고?'

이양 역시 작은 소리로 물었다.

"뭐가?"

동시에 방문 쪽에서 노크 소리가 들렸다. 똑똑.

"들어오세요."

김현호가 말했다. 문이 열리고, 도우미 아주머니가 모습을 드러냈다.

"대표님, 김정기 전무님 방문하셨습니다."

"어, 정기가 웬일이지? 약속한 게 없는데."

김현호가 자리에서 일어났다. 양팔로는 꽃순이를 힘주어 안은 채였다. 그가 꽃순이를 향해 다정하게 말했다.

"우리 꽃순이, 역시 낯을 가리는구나? 지금 오는 손님은 아저씨 동생이야. 짖거나 물거나 하면 안 돼요."

빠드득, 꽃순이는 이를 갈며 열린 문 너머를 노려보았다. 나와 이양도 그쪽으로 눈을 돌렸다.

저벅. 저벅. 가까워지는 발소리. 아주머니는 손을 모은 채 한쪽으로 비켜섰고, 그 자리에 슬리퍼를 신은 발과 다리가 나타났다. 주름 하나 없는 흰색 면바지에 번쩍이는 버클이 달린 갈색 벨트. 그 위로는 파란 줄무늬가 그려진 긴팔 셔츠, 풀어진 윗단추 사이로 보이는 두꺼운 금목걸이.

"형님! 나 왔습니다!"

그놈이 양팔을 벌리며 외쳤다. 그 바람에 소매가 당겨지면서, 손목까지 둘둘 감긴 붕대가 똑똑히 보였다. 뒤에서 내 티셔츠 자락을 꼭 잡는 이양의 손이 느껴졌다.

"김 전무, 약속도 없이 웬일이야?"

김현호가 꽃순이를 내려놓으며 반갑게 인사했다. 나는 당장이라도 달려들어 물어뜯을 것 같은 강아지를 낚아채듯 안아 들고 소파로 돌아왔다.

"에이, 형, 회사 밖인데 전무는 무슨. '정기야!'라고 막 불러 달라고!"

빤질빤질한 얼굴로 김현호를 포옹하더니, 그놈은 우리 쪽을 바라보며 말했다.

"어라, 선약이 있으셨나 보네. 내가 실례한 건 아니지?"

왈! 왈! 크르르.

꽃순이가 내 품에서 발버둥 치며 이빨을 드러냈다. 강아지를 발견한 그놈은 약간 흠칫하며 붕대를 만졌지만, 그 외에는 아무런 티를 내지 않았다.

"아버지 친구들이야. 내가 초대했어."

김현호가 대답했다.

"애들아, 이쪽은 우리 회사 김정기 전무님이시다. CFO라고, 재무 관련 일을 총괄하는 아주 중요한 분이지. 나랑은 사촌지간이기도 하단다."

"안녕하세요."

이양이 차갑게 말했다. 나는 소파에 앉아서 고개만 까딱했다.

"오호, 큰아버지한테 저런 꼬마 친구들이 있었어?"

그가 우리를 위아래로 훑으며 말했다.

"근데 대화 중에 미안해서 어쩌나. 우리 형님을 내가 잠깐 빌려가야 할 것 같은데. 어른들끼리 할 중요한 얘기가 있거든."

"얘기? 무슨 얘기?"

김현호가 물었다.

"이쪽도 중요한 약속인데. 꼭 지금 해야 될 얘기야?"

"어. 좀 급해."

김정기가 어깨를 으쓱하며 대답했다.

"일본 투자 건 있잖아. 그쪽에 MOU 일시를 변경하자는데, 당장 오늘 중으로 회신을 달라네."

"아아, 그건 미룰 수가 없지."

심각하게 말하더니, 김현호는 우리를 향해 고개를 돌렸다.

"아쉽지만 오늘 자리는 여기서 마무리할까? 아저씨가 비서한테 연락해서……."

"기다릴게요!"

이양이 말을 끊고 외쳤다.

"뭐?"

김현호가 놀란 표정으로 되물었다.

"가, 가더라도 인사는 제대로 드리고 가야죠."

이양이 단호한 목소리로 대답했다.

"저분도 그러셨잖아요. 형님 '잠깐만' 빌려 가신다고. 얘기 나누고 오세요. 저희는 여기서 기다리고 있을 테니까"

누가 봐도 벙찐 얼굴로, 김현호는 이양을 빤히 바라보았다. 하지만 잠시 후, 그는 김정기를 보며 물었다.

"짧게 끝낼 수 있는 얘기야?"

"어? 뭐, 일단은."

김정기가 대답했다.

"날짜만 픽스하면 되는 거니까"

"흐음."

잠시 생각하더니, 김현호는 우리를 향해 웃으며 말했다.

"그럼 잠깐 기다려라. 밖에서 얘기 좀 나누고 올게."

"다녀오세요!"

나와 이양이 동시에 외쳤다.

김현호는 성큼성큼 방을 나섰다. 김정기는 꽃순이를 힐끔거리며 뒤따라 나갔다. 마지막으로 아주머니가 나가며 문을 닫았다.

빠드드득, 이를 갈며, 꽃순이는 이마에 앞발을 딱 붙이고 나를 쳐다보았다.

"잠깐만. 메모장 켜 줄게."

폰이 담긴 주머니에 급히 손을 넣으며 내가 말했다.

"아버지가 아니었구나."

이양이 중얼거렸다.

"큰……아버지였어."

왈!

꽃순이가 거세게 짖었다.

14

"그러니까, 잘못 들었던 거야?"

꽃순이 앞에 폰 화면을 대 주며 내가 말했다. 침울하게 고개를 끄덕이며, 꽃순이는 발톱으로 글자를 타이핑했다.

- 실수 인정. 심심한 사과.

"사과할 일 아니야, 꽃순아."

이양이 말했다.

"아주 작게 속삭였다며. 넌 자다 일어난 상태였고. 심지어 그때는 사람 말도 몰랐잖아. 너 아니었으면 여기까지 절대 못 왔어."

"맞아."

내가 힘주어 고개를 끄덕였다.

"애초에 김 영감이 살해당한 걸 알 수도 없었을 거고."

고개를 들고 우리를 번갈아 바라보더니, 꽃순이는 천천히 글자를 타이핑했다.

- 감사.

"별말씀을." 하고 작게 웃더니, 이양은 바로 얼굴 표정을 바꾸고 말했다.

"어쨌든, 이제 모든 의혹이 사라졌어. 사실 내내 찜찜했거든. 김현호 대표님이 범인이 아니라는 건 납득이 됐지만, 그래도 우연이 너무 겹친다는 게 이상하잖아? 대표님이 사건 날에 운랑리 근처까지 오셨던 것도, 김 영감님이 범인을 가족처럼 대하셨던 것도 전부 사실이니까. 하지만 범인이 김 대표님의 측근이자 친척이라면 전부 말이 되지. 에이치스토리 임원이면 사건 날 충북대 행사에 같이 참석했을 거고, 김 영감님께도 조카인 셈이니 경계하지 않고 들여보내 주셨을 거야."

왈, 하고 꽃순이가 동의했다.

"근데 진짜 중요한 건."

내가 말했다.

“저놈을 잡는 거잖아. 정체를 알면 뭘 해. 못 잡으면 아무 소용없는데.”

“그건 그렇지.”

이양이 끄덕이며 대답했다.

“어떡하지? 지금이라도 나가서 자백을 받아 낼까? 김현호 대표님 앞에서 사실을 다 밝히고…….”

급하게 떠올린 내 계획을, 이양은 단칼에 반대했다.

“그건 별로 좋은 생각이 아닌 것 같아. 김 대표님 앞이라면 반사적으로 부정할 수 있어. 오히려 김 대표님 쪽에서 증거를 보여 달라고 하실 수도 있고. 그렇게 되면 다 망하는 거야. 우리는 증거가 없어서 자백을 유도하려던 거니까.”

“그럼 어떡해? 대화가 끝나면 저놈은 가 버릴 거잖아.”

내가 답답한 목소리로 말했다.

“어떻게 찾은 범인인데, 지금 이대로 보내면 언제 다시 계획을 세우고 어느 세월에 자백을 받아? 아니, 애초에 받을 수나 있어? 저놈은 김 영감 아들도 아닌데, 무슨 핑계로 불러내? 뺑을 치든 협박을 하든 하려거든 오늘 해야…….”

그때 벌컥, 하고 방문이 열렸다. 김현호와 김정기가 들어왔다. 나는 황급히 입을 닫고 휴대폰을 주머니에 넣었다. 꽃순이는 소파에 납작 엎드렸다.

“우리 왔다, 얘들아.”

김현호가 말했다.

"김 전무도 데려왔어. 큰아버지 친구들한테 인사하고 가라고."

"그래. 얼핏 들으니, 큰아버지 사시던 마을 애들이라며?"

김정기가 우리를 보며 능청스럽게 말했다.

"충청도 어디, 무슨 읍이었나? 면이었나?"

"운랑리"

김현호가 미소 지으며 말했다.

"충북 청원군 운랑리에서 온 애들이야."

"그래, 운랑리!"

김정기가 박수를 딱 쳤다.

"그런 이름이었던 것 같다. 암튼 나도 20년은 연락 못 한 큰아버지인데, 그사이에 너희가 재미있게 해 드린 모양이더라? 참 착하기도 하지."

붕대 감긴 손으로 주머니에서 지갑을 꺼내더니, 그놈은 5만 원짜리 몇 장을 꺼내 우리 쪽으로 내밀었다.

"여기, 용돈이다. 떡볶이 사 먹으라고."

그가 씩 웃으며 말했다.

"강아지 개껌도 좀 사 먹이고."

나는 입술을 깨물며 주먹을 꽉 쥐었다. 하마터면 험한 말을 뱉을 뻔했다. 그러나 이양은 침착하게 일어나 걸어가더니 두 손으로 돈을 받았다.

"감사합니다. 같이 떡볶이 사 먹을게요."

그 애가 말했다.

"그럼 슬슬 헤어질 시간인가?"

김현호가 말했다.

"애들은 우리 기사가 역까지 데려다주면 되고, 정기 너는 집으로 가니? 걸어서 갈 거야?"

"아니. 차 있어. 라운딩 하고 오는 길에 들른 거라."

"그랬구나."

그놈에게 대답한 김현호가 이양과 나를 보았다.

"너희는 서울역으로 갈 거지?"

나는 뭐라고 대답하지 못한 채 절박한 심정으로 김정기를 보았다. 그놈은 벌써 뒤로 돌아 방문으로 향하고 있었다. 이대로 놓치는 건가? 어떡하지? 어떡하지?

"잠깐만요!"

이양이 외쳤다. 거의 악을 쓰듯 날카로운 목소리였다. 모두가 그 아이를 쳐다봤다. 김정기도 걸음을 멈추고 고개를 돌렸다.

"저, 저도 데려가 주세요!"

이양이 다급하게 말했다.

"김 전무님 댁이요!"

"뭐?"

김정기가 어이없다는 듯 되물었다.

"이양아, 갑자기 그게 무슨……."

김현호도 당황한 표정이었다.

"제가, 그, 웹툰 작가 지망생이잖아요."

내 눈에는 미친 듯이 돌아가는 그 애의 머릿속이 보이는 것 같았다. 안이양. 힘내. 제발 어떻게든 해 줘. 나는 속으로 간절히 응원을 보냈다.

“웹툰 그리려면 경험이 많아야 되는데요.”

이양은 눈을 굴리며 말을 이었다.

“오늘 김 대표님 댁 인테리어 보고 큰 영감을 얻었어요. 제 작품에도 그, 뭐냐, 대저택들이 나오거든요. 이렇게 뵌 것도 인연인데, 김 전무님 댁도 보고 싶어요. 서울에 있는 이런 멋진 집을 제가 언제 또 보겠어요. 잠깐이면 돼요. 눈으로만 담고 금방 나올게요.”

‘세상에, 어떻게 저런 핑계를 즉석에서 떠올리지?’

나는 입을 딱 벌리고 생각했다. 솔직히 말도 안 되는 소리긴 했다. 방금 처음 만난 사람한테 대뜸 집을 보여 달라니. 그런 무례한 부탁이 어디 있어? 하지만 이양이 야무지게 막힘 없이 말하니까 왠지 조금은 그럴듯하게 들리기도 했다.

‘어떠려나. 저놈이 허락을 해 주려나?’

나는 떨리는 손을 꽃순이 등에 얹고 입술을 깨물었다.

“미안하지만 안 되겠는데.”

김정기가 말했다.

“집은 좀 그렇지. 아저씨도 사생활이라는 게 있잖니.”

“딱 한 번만요.”

이양이 간절하게 매달렸다.

“시골 살면서 독학으로 공부하는 게 너무 힘들거든요. 사진으로는 한계가 뚜렷해요. 그러니까 제발, 제발 한 번만요.”

“안 된다니까?”

거절하는 김정기의 목소리가 슬슬 거칠어졌다.

"불쌍한 표정 짓는다고 다 되는 게……."

그때 김현호가 끼어들었다.

"한번 보여 주지 그래?"

그가 부드럽게 말했다.

"너무 무리되는 거 아니면 잠깐만 보여 줘라, 정기야."

"아, 형까지 왜 그래."

김정기가 짜증스럽게 대답했다.

"나 결벽증 있는 거 알잖아. 집에 사람 들이는 거 싫어서 장가도 안 가고 혼자 사는 거 몰라?"

"알지. 그래도 얘네는 아주 특별한 손님이거든."

김현호가 말했다.

"우리 아버지를 끝까지 보살펴 드린 애들이잖아. 너한테는 큰아버지이기도 한 분인데, 미안하고 감사하지 않니?"

'큰아버지'라는 이야기에 흠칫하는 김정기의 얼굴을, 나는 분명 보았다. 그런 기색은 눈치채지 못한 것 같았지만, 김현호는 사촌 동생을 다독이듯 계속 말했다.

"얘기 나눠 보니, 저 이양이라는 애가 여간 똑똑한 게 아니더라. 꿈도 확실하고. 집 잠깐 보여 줘서 저런 애한테 도움이 된다면 얼마나 좋겠니? 형이 이렇게 부탁할게."

"아, 진짜."

거칠게 내뱉으며 인상을 쓰면서도, 김정기는 사촌 형이자 회사 대표인 김현호의 부탁을 거절하지 못하는 것 같았다.

"알았어. 대신 잠깐만이야. 아무것도 만지지 말고, 눈으로만 보고 가는 거다."

"네! 그럴게요."

이양이 대답했다.

"잘됐구나."

김현호가 그 애를 향해 웃으며 말했다.

"김 전무 집은 요 근처니까, 보고 나올 시간 맞춰서 차 보내 주마. 한 30분이면 되려나?"

"아니요! 저희끼리 갈게요."

이렇게 대답한 건 뒤에서 듣고 있던 나였다. 협박을 하고 자백을 받으려면 시간이 얼마나 걸릴지 몰랐으니까. 이양이 어떻게 끌어낸 기회인데, 이번에야말로 놓치지 않고 무조건 증거를 잡아야 한다는 절박함이 밀려왔다.

내게 희미하게 고개를 끄덕여 보이더니, 이양은 똑 부러진 마무리를 해 주었다.

"연재 말이 맞아요. 저희 때문에 기사님 왔다 갔다 하시는 거 너무 죄송해요. 그런 거 익숙하지도 않고요. 김정기 전무님께 용돈도 많이 받았는데, 그걸로 택시 타고 갈게요. 그게 마음 편할 것 같아요."

"흠, 그럴래?"

약간 망설이는 듯하더니, 김현호는 결국 고개를 끄덕이며 지갑을 꺼냈다.

"그래라, 그럼. 그래도 기껏 받은 용돈을 택시비로 써 버리면 안 되지. 그건 내가 따로 주마."

그는 내 쪽으로 걸어와 5만 원 지폐를 쥐어 주었고, 나는 자리에서 일어나 최대한 공손히 받았다.

"조심히 내려가고, 다음에 또 놀러 와라."라고, 김현호가 작별 인사를 건넸다.

"이장님 통해서 연락 주마."

"그럴게요. 안녕히 계세요."

이양이 말했다.

"택시비 너무 감사합니다."

내가 말했다.

꽃순이는 짧은 다리로 도도도 뛰어가서 김현호의 다리에 얼굴을 비볐다.

"갈 거면 빨리 가자."

김정기가 복도로 나가며 퉁명스럽게 말했다.

김정기는 방을 나서자마자 누군가와 통화를 시작했다. 현관에서 허리를 숙이는 도우미 아주머니는 쳐다보지도 않았고, 뒤듯이 쫓아가는 우리도 무시한 채 아주 빠른 걸음으로 걸었다. 그사이 그놈이 우리에게 한 말이라곤, 담장 밖에 주차된 차를 탈 때 수화기를 막으며 던진 두 단어뿐이었다.

"개 집어넣어."

나는 토 달지 않고 순순히 꽃순이를 이동장으로 들여보냈다. 운전대를 잡고도 그놈은 통화를 멈추지 않았다. 이어폰조차 끼지 않고 듣기 싫은 목소리로 누군가에게 끊임없이 허세를 떨었다.

"홍 사장, 나 못 믿어? 으하하. 그렇다니까. 이 김정기한테 그 정도 끗발은 있어요."

그 능글맞은 목소리가 너무 불쾌해서 귀라도 막고 싶은 심정이었다. 질색하는 표정을 보니 이양 역시 나와 같은 생각인 것 같았다. 고개를 절레절레 저으며 휴대폰 녹음기를 켜더니, 이양은 내게 화면을 보여 주며 톡톡 두드렸다. 신호를 이해한 나도 녹음기를 켰다.

걸어갈 거냐는 김현호의 질문을 듣긴 들었지만, 두 사람의 집은 진짜 가까운 모양이었다. 녹음기를 켜서 주머니에 넣자마자 거의 바로 차가 멈췄다. 김정기의 집은 높은 시멘트 담이 둘러진 주택이었다. 대문 앞에서 내렸던 아까와 달리, 이번에는 담벼락에 달린 차고의 셔터가 스르륵 올라갔다. 김정기는 한 손으로 핸들을 돌리며 그 안에 차를 댔다.

"어. 그래. 홍 사장. 내가 또 전화할게."

전화를 끊으며 그가 말했다. 그러더니 운전석 문을 열며 툭 내뱉었다.

"내려."

자동으로 닫히는 셔터 소리를 들으며, 이양과 나는 차에서 내려 두리번거렸다. 우리 집만큼이나 넓은 차고였다. 방금 내린 검은색 SUV 옆에는 검은색 세단과 새빨간 스포츠카, 화려하게 도색된 오토바이가 서 있었다. 안쪽 벽에는 아마도 집 안으로 통할 철문이 달려 있었고, 그 옆에는 바퀴 크기가 제각각인 자전거가 여러 대 보였다. 자동차 용품이 가지런히 정리된 선반, 박스 몇 개, 골프백…….

"잠깐만."

김정기가 갑자기 말했다.

우리는 그쪽을 쳐다보았다. 심각한 얼굴로 휴대폰을 보더니, 그 놈은 빠른 걸음으로 차를 돌아가 벽에 달린 버튼을 눌렀다. 닫혔던 셔터가 다시 스르르 올라갔다.

"미안. 급히 갈 데가 생겨서, 집은 못 보여 줄 것 같다."

나가라는 손짓을 하며 그놈이 말했다.

"저기로 나가라. 인연 닿으면 또 보자."

"저기!"

당황한 목소리로 말하며, 이양은 그놈에게 다가갔다.

"약속하셨잖아요. 집 보여 주시기로. 진짜 잠깐이면 되는데……."

"아, 나가! 나가라고! 나가라는 말 안 들려?"

미친놈처럼 소리를 지르더니, 김정기는 이양의 배낭을 거칠게 잡고는 질질 끌어서 차고 밖으로 던지듯이 밀어냈다. 아스팔트 바닥에 넘어지는 이양을 보고 꽃순이가 짖기 시작했다. 나 역시 깜짝 놀라 이동장을 들고 쫓아갔다.

내가 이양을 부축해서 일으키는 사이, 김정기는 다시 차에 올라탔다. 시동 걸린 차가 차고 밖으로 나왔다. 우리 옆에서 잠깐 멈추더니, 놈은 유리창을 내리고 말했다.

"미안. 그러게 나가라니까 왜 말을 안 듣고 그래."

붕대가 감기지 않은 손으로, 그놈은 5만 원짜리를 꺼내 우리 쪽으로 내밀었다. 나는 돈을 받지 않고 가만히 노려보았다. 이양도 꼼짝하지 않았다.

피식, 웃더니 그놈은 지폐를 창밖으로 던지며 말했다.

"모범택시 타고 가라."

선팅이 짙게 된 유리창이 닫히고 차가 출발했다. 그사이 차고 셔터가 내려와 닫혔다.

🐾

"괜찮아?"

내가 이양에게 물었다.

"응. 고마워."

이양이 담담하게 말했다. 하지만 까진 무릎과 팔꿈치에서 피가 스며 나왔다.

"야! 피 나잖아!"

내가 소리쳤다.

"저 미친 사이코패스 새끼가!"

왈! 꽃순이도 거세게 동의했다.

나는 한 손에 이동장을 들고 한 팔로 이양을 부축해서 대문 앞 계단에 앉혔다.

"난 정말 괜찮아."

이양이 말했다.

"대단한 상처도 아니고, 약 바르면 낫겠지 뭐. 문제는 지금 이 상황이지. 어떻게 여기까지 왔는데, 놈을 놓쳐 버렸잖아."

"아오, 그것도 그렇지."

이동장 문을 열고 메모장을 세팅하며 내가 대답했다.

"어떻게 다시 들어갈 방법을 못 찾을까?"

"들어간다 해도 문제야."

이양이 팔꿈치를 문지르며 말했다.

"아무래도 김현호 대표님한테 쓰려고 했던 작전을 그대로 쓰면 안 될 것 같아. 협박도 무슨 말이 통해야 하지. 김정기는 너무 다혈질이고, 막무가내야. 어쭙잖은 거짓말은 시작도 못 해 보고 쫓겨날 것 같지 않아? 수틀리면 골프채든 뭐든 막 휘두를 인간 같은데, 저런 놈을 어떻게 앉혀 놓고 대화를 시작할지 감도 안 잡힌다."

평소와 달리 자신 없어 하는 이양을 보며, 나는 조심스럽게 물었다.

"저, 꼭 대화를 해야 할까? 사진 정도로는 너무 약하려나?"

"사진? 무슨 사진?"

이양이 되물었다. 꽃순이 역시 무슨 소리냐는 듯 내 쪽을 보았다.

"차고에 그림 있었잖아. 너희도 봤지?"

내가 말했다.

"김 영감 집 거실에 있던 거. 김정기가 지 입으로 큰아버지랑 20년간 연락 안 했다고 했는데. 근데 김 영감이 죽기 직전까지 갖고 있던 그림이 갑자기 여기서 나오면, 그건 진짜 이상한 거 아냐?"

대답하는 대신, 이양은 인상을 쓰며 나를 빤히 보았다. 꽃순이도 계속 고개를 갸웃거렸다.

"어, 역시 좀 약한가?"

내가 눈치를 보며 얼버무렸다.

"씨도 안 먹히려나? 음, 하긴, 핏자국도 안 통했는데……."

"잠깐만."

이양이 손을 들며 말했다.

"그러니까 네 말은, 김 영감님 댁에 있었던 그림이 지금 저 차고 안에 있다는 거야?"

"어? 응."

내가 대답했다.

"넌 못 봤어?"

"못 봤어."

이양이 말했다.

"아니, 못 봤다기보다, 아예 무슨 그림인지 몰라. 나는 김 영감님과 늘 약국에서만 만났고, 댁에는 한 번도 올라가 본 적 없거든. 꽃순아, 어때? 너는 봤어?"

고개를 도리도리 저으며, 꽃순이는 메모장 자판을 두드렸다.

- 거실 그림은 기억. 차고 부분은 확인 불가. 이동장 시야 제한.

"꽃순이도 방금은 못 봤나 본데."

폰 화면을 들여다보며 이양이 말했다.

"연재 너, 확신할 수 있어? 진짜 김 영감님 댁에 있던 그림이야?"

"어. 이건 200프로야."

내가 대답했다.

"거의 태어날 때부터 계속 본 건데 어떻게 몰라. 그림은 물론이고 액자까지 그대로던데? 파란색 바탕에 흰색 선이 막 그어진 그림이고, 아래쪽에 '천재일우'라고 제목이 쓰여 있어. 김 영감 소꿉친구가 직접 그려서 선물한 건데, 쭉 거실에 걸려 있다가 죽기 얼마 전에 뗀 거거든. 이건 확인해 줄 동네 어른들도 꽤 계실 걸? 맨날 바둑 두던 쌀집 아저씨라든가……. 앗, 깜짝이야!"

갑자기 벌떡 일어난 안이양 때문에 놀란 내가 말을 멈췄다.

"뭐야, 너 왜 그래?"

이양은 대답 대신 휴대폰을 꺼내더니 화면을 정신없이 두드렸다. 잠시 후, 그 애가 내 얼굴에 폰을 들이밀며 말했다.

"이거, 맞아? 네가 본 거."

화면에 떠 있는 것은 확대된 사진이었다. 점이 어지럽게 찍힌 그림 한 구석에 쓰인, '천재일우'라는 하얀 글씨.

"마, 맞아."

내가 당황하며 말했다.

"그림은 다른데 제목은 같네. 글씨체도 똑같고. 뭐야, 이걸 어떻게 찾았어?"

"제목이 아니야."

이양이 눈을 크게 뜨며 말했다.

"서명이야. 올해 별세하신 기천우 화백 서명."

"기천우? 그게 이 사람 이름이야? 김 영감 친구?"

내가 물었다.

"나도 이름까지는 몰라서. 올해 돌아가신 건 맞는데. 무슨 암이었다던가?"

"그 기사 한번 읽어 봐 봐."

내게 휴대폰을 건넨 이양이 뛰듯이 계단을 내려갔다.

"나는 생각 좀 정리할게."

어리둥절한 상태로, 나는 꽃순이와 함께 사진이 들어 있던 기사를 읽었다.

<색의 찬미> 시리즈 기천우 화백 별세

한국 현대 미술의 거장 기천우 화백이 16일 오전 지병인 췌장암으로 별세했다. 향년 82세. 기 화백은 정규 교육을 받지 않고 독학으로 화법을 익힌 이래, 독자적인 추상화 스타일을 확립하며 세계 예술계의 주목을 받았다. 대표작인 <색의 찬미> 시리즈 중 <색의 찬미 III: 고아한 독백>은 지난 20XX년 크리스티 경매에서 760만 달러에 낙찰된 바 있다.

"이게 뭐야."

나는 떨리는 목소리로 중얼거리며 고개를 들었다. 이양은 담으로 둘러싸인 골목길을 빙빙 돌며 뭔가 중얼대고 있었다. 김 영감네 약국 앞 놀이터에서, 협박 작전을 세우던 그날처럼.

"760만 달러가 우리 돈으로 얼마야?"

내가 더듬거리며 물었다.

"대충 100억 원."

이양이 툭 대답했다.

"조금만 기다려. 거의 다 됐어."

그 애가 멈춰 선 것은 몇 분이 더 지나서였다.

"자, 이제 하나씩 맞춰 보자."

나와 꽃순이가 앉은 계단으로 걸어오며 이양이 말했다.

"장연재. 네가 말한 바에 따르면, 김 영감님 댁에 기천우 화백 그림이 있었어. 그 두 분은 소꿉친구고. 맞아?"

"어, 내가 알기론 그래."

내가 얼떨떨하게 대답했다.

"그 그림을 돌아가시기 전에 떼신 건 확실해?"

"확실해. 그림이랑 이런저런 물건들이 같이 치워졌거든. 그때 나눴던 대화도 있고, 시기적으로도 김 영감이 떠나기 직전이라 꽤 자세히 기억해."

"그걸 증언해 줄 사람이 너 말고도 더 있다는 거지?"

"응. 김 영감, 운랑리 마당발이었잖아. 그 약국이 어르신들 아지트기도 했고. 어르신들이 바둑 두다가 김 영감네 집 화장실도 많이 쓰고 그래서, 모르긴 몰라도 열 명은 넘게 있을걸?"

"좋아. 이번엔 꽃순이한테 물어볼게."

이양이 말했다.

왈! 꽃순이가 대답했다.

"돌아가시던 날 밤, 김 영감님이 범인한테 돈 얘기를 했다고 하셨지? 너한테 줄 돈은 한 푼도 없다, 이런 느낌으로?"

왈!

"그건 범인이 김 영감님께 돈을 요구했다는 뜻으로 이해할 수 있겠지?"

왈!

"주사기는 범인 주머니에서 나온 거 확실해? 김 영감님 서랍이나, 뭐 그런 데서 꺼낸 거 아니고?"

왈!

"됐어. 완벽해."

이양이 말했다.

"처음부터 끝까지 구멍 하나 없이 이어졌어. 그리고 결론적으로 말해서."

이 부분에서 말을 멈추고, 그 애는 나를 똑바로 보았다.

"연재 네 생각이 맞아."

이양이 말했다.

"차고에 있다는 그림, 그거 사진만 확보하면 증거로 쓸 수 있을 것 같아."

"진짜?"

내가 흥분해서 되물었다.

"진짜 재수사가 될까?"

"재수사가 아니지. 새로운 수사가 시작되는 거야. 그림 절도 사건."

"어, 절도? 그건 너무 약하지 않나?"

내가 조금 실망하며 대답했다.

"물론 도둑질도 큰 죄지만, 살인에 비하면 벌도 약할 텐데."

"아니, 내가 확신하는데. 그림 절도를 수사하기 시작하면 반드시 김정기의 살인이 수면 위로 떠오를 거야. 두 사건은 동시에 일어난 같은 사건이니까."

왈! 꽃순이가 이해했다는 듯 짖었다. 그런 강아지에게 고개를 끄덕여 보이며, 이양은 말을 이었다.

"김정기는 처음부터 김 영감님을 죽일 생각으로 찾아갔던 거야.

살해 후에 그림을 훔치려고. 친척이니까, 부모님이나 누구를 통해서 그게 거기 있다는 얘기를 들었겠지. 기천우 화백 그림은 원래도 비쌌지만 최근에 작가가 사망하면서 가격이 더 뛰었어. 벽에 걸 정도의 그림이라면 최소 수십 억은 할걸? 그 정도의 가치의 물건에, 증언해 줄 사람도 그렇게 많은 상황이라면 경찰도 수사를 할 수밖에 없을 거야. 그러면 김정기도 설명해야겠지. 돌아가신 큰아버지의 수십 억 원짜리 재산을 본인이 어떻게 갖고 있는지에 대해."

"하지만 설명 못 하겠지!"

내가 말했다.

"연락한 적도 없다고 떠들고 다녔으니까."

"정확해. 게다가 김정기는 그 그림을 액자째 차고에 방치하고, 심지어 우리를 데려가면서 치우지도 않았어. 그게 무슨 뜻이겠어?"

"……몰랐구나."

드디어 상황 전체를 이해한 내가 말했다.

"그게 원래 거실에 걸려 있었다는 걸, 몰랐던 거야, 김정기는."

왈! 꽃순이가 짖었다. 이양도 고개를 끄덕이며 대답했다.

"그래. 그게 너를 비롯해서 운랑리 사람들이 다 아는 물건이라는 걸 알았다면, 절대로 그렇게 허술하게 드러내 놓지 않았을 거야. 큰아버지랑 연락 안 한다는 말도 함부로 떠들지 않았겠지. 거기서 김정기의 실수가 나왔어. 우리는 그 실수를 사진으로 박제해서 증거로 써먹을 거고."

"정말…… 정말 좋은 생각이다. 근데."

내가 말했다.

"차고에는 어떻게 들어가?"

"어?"

이양이 멈칫하며 말했다.

"사진만 있으면 모든 게 완벽해도, 결국은 사진이 있어야 되는 거잖아."

내가 말했다.

"근데 그 사진을 어떻게 찍어? 저기는 김정기네 집 차고인데."

"그, 그건."

이양이 당황한 얼굴로 말했다.

"거기까진 생각 못 했어."

에휴, 나는 한숨을 쉬며 머리를 벅벅 긁었다.

"어떡하지."

내가 우울하게 말했다.

"그놈이 그림을 언제 치울지도 모르는데. 우리도 언제까지 여기 있을 수는 없고. 오늘 안에 못 들어가면……."

왈! 왈! 꽃순이가 짖었다. 나는 그쪽을 보았다. 강아지는 발을 들어 앞에 놓인 내 휴대폰을 가리키고 있었다.

"읽으라는 거지?"

나는 폰을 집어 들었다. 옆에 서 있던 이양도 허리를 숙여 화면을 보았다. 거기에는 강아지가 쓴 글자 네 개가 찍혀 있었다.

- 잠입 가능.

"뭐? 어떻게?"

내가 외쳤다.

- 인간 불가. 소형견 가능. 현 위치 잠복 대기 후 차량 진입 시 하방에서 잠입.

"그러니까, 너 혼자 들어가겠다는 거야?"

이양이 말했다.

"이 근처에서 잠복하며 대기하다가, 김정기 차가 돌아오면 그 밑에 숨어서 들어가겠다고? 그다음에 사진을 찍어 나온다는 거지?"

끄덕.

"우와, 그럼 가능하겠네. 진짜로 인간은 상상도 못할 계획이야."

감동한 목소리로 말하다가, 이양은 문득 심각한 표정을 지었다.

"하지만 문제는 남아 있어. 첫째로, 그렇게 했다간 얘 능력을 들킬 위험성이 커. 비싼 차가 몇 대나 있는 차고인데, 저기야말로 CCTV 하나 없을 리 없잖아. 잠입하는 것까지야 강아지가 차를 따라 실수로 들어갔다고 우길 수 있겠지. 하지만 사진은? 정확히 우리가 증거로 쓰려는 그림 앞에서 강아지가 사진을 찍어 대는데, 그걸 순수한 우연이라고 믿을 사람이 어디 있겠어? 또 다른 문제는 탈출이야. 차가 들어가면 셔터가 다시 닫힐 텐데, 그럼 나올 수가 없잖아. 안에서 잡히기라도 하면, 김정기가 얘를 곱게 보내 줄 리 없으니."

소름이 끼치는 듯 몸을 부르르 떠는 이양을 보며 내가 말했다.

"걱정하는 건 알겠는데, 일단 탈출이나 도망은 문제가 아닌 것 같아."

"그게 무슨 소리야?"

이양이 갸웃하며 되물었다.

"네가 몰라서 그러지, 꽃순이 그쪽 분야에는 완전 고수거든."

나는 이양에게 일주일씩 이어졌던 추격전과 옥상에서 있었던 일을 간단히 설명해 주었다.

"차고 안에 문 여는 버튼 있었잖아."

내가 말했다.

"우리 내쫓을 때 김정기가 겁나 싸가지 없이 눌렀던 버튼. 그 주변에 자전거며 선반이며 딛고 올라갈 물건이 워낙 많아서, 애 정도면 충분히 누를 수 있을 것 같아. 그리고 내가 당해 봐서 아는데, 이 녀석 마음먹고 도망가면 절대 못 잡아."

왈!

왠지 우쭐해 보이는 표정으로, 꽃순이는 고개를 끄덕이며 짖었다.

"또 다른 문제는 사진을 찍는 거였지?"

내 질문에 이양이 대답했다.

"맞아."

"이건 갑자기 떠올린 생각인데, 그거 동영상으로 어떻게 되지 않을까?"

"동영상?"

"어. 그러니까, 차고에서 사진을 찍을 게 아니라, 처음부터 동영상 촬영 모드인 폰을 물고 들어가서 그냥 뛰어다니다 나오는 거지."

"아하! 무슨 말인지 알겠어!"

이양이 무릎을 치며 말했다.

"그 영상 안에 그림이랑 차고 내부가 자연스럽게 담기도록 만들자는 거지? 강아지가 각 잡고 사진을 찍으면 너무 수상하지만, 폰 물고 뛰는 것쯤이야 할 수 있는 거니까."

"맞아."

내가 대답했다.

"내가 집에서 얘 동영상을 하도 찍다 보니까, 그게 갑자기 생각났어."

"너무 괜찮은 아이디어야!"

이양이 내 어깨를 툭 치며 말했다.

"그러면 많은 부분이 해결되겠네. 강아지는 신나게 뛰어 놀았던 것뿐인데 '우연히' 그림이 찍혔고, 버튼도 날뛰다 보니 '우연히' 눌렀다고 해 볼 수 있겠어. 다만, 꽃순이 연기력은 좀 필요할 것 같은데. 어때? 할 수 있겠어?"

이양의 물음에, 꽃순이는 자신 있게 고개를 끄덕였다.

"그건 진짜로 걱정할 필요 없어."

나도 옆에서 거들었다.

"얘 완전 연기파거든. 청룡영화제 대상급이야."

"좋았어. 그럼 작전은 완벽하고."

이양이 손을 비비며 말했다.

"그럼 이제 실행만 하면 되겠네. 뭐부터 해야 하나."

톡톡톡, 꽃순이가 자판을 두드렸고, 나는 그 내용을 읽었다.

"잠복 대기."

"그렇네. 일단 집에 연락부터 해야겠다. 늦는다고."

이양이 말했다.

"아니다, 어떻게 될지 모르니까, 아예 자고 간다고 해야지. 에이치스토리 대표님 댁에서 묵는다고 하면, 우리 엄마도 얼씨구나 하고 허락할 거야."

"나도 전화해야겠다."

내가 말했다.

"통화 마치면 편의점 찾아서 빵이랑 물 같은 거 좀 사올게. 넌 여기서 꽃순이랑 잠복해."

"좋아."

이양이 말했다.

"교대로 감시하자고. 리허설 좀 하면서."

완벽해 보였던 작전의 문제는 생각지도 못한 부분에서 발견되었다.

"실패야. 도저히 안 돼."

또다시 땅에 떨어진 휴대폰을 주워 들며 내가 말했다. 낑, 하고 신음하며 꽃순이는 고개를 숙였다.

우리의 희망이었던 김꽃순 요원은 폰을 물고 뛸 수가 없었다. 단두종 소형견의 작고 짧은 주둥이가 묵직한 스마트폰의 무게를 견디지 못했던 것이다. 가로로도 세로로도 물려 보고, 조금이라도 가볍게 해 보려고 케이스랑 그립톡을 다 뺐는데도 소용없었다. 폰 전체에 엉망으로 이빨 자국과 스크래치가 날 때까지 몇 번이나 떨어뜨리며 시도했지만, 우리는 결국 포기를 선언해야 했다.

"입으로는 절대 못 물어."

내가 말했다.

“앞발에 끼우는 거라면 몰라도.”

“하지만 그러면 뗄 수가 없잖아.”

이양이 난처하게 대답했다.

“강아지가 뒷다리로 걸어 나올 수도 없고.”

“그러게. 아우, 어떡하지.”

셋이서 한참을 고민했지만 뾰족한 수가 떠오르지 않았다. 시간은 흐르고, 김정기는 언제 돌아올지 모르고. 모두가 초조함에 머리를 쥐어뜯던 그때, 이양이 심각하게 입을 열었다.

“안 되겠다. 사람이 필요하겠어. 우리가 같이 들어가자.”

“우리가 어떻게 들어가?”

놀란 내가 물었다.

“꽃순이랑 같이 차 밑으로 기어가자고?”

“아니.”

이양이 고개를 저으며 대답했다.

“내 말은, 시간차 작전을 쓰자는 거지. 꽃순이가 먼저 잠입해서 대기하다가, 차고가 비면 안에서 문을 열어 주는 거야. 그때 우리가 들어가서 잽싸게 찍고 나오면 돼.”

“너, 너무 위험하지 않을까?”

내가 말했다.

“차고 문이 열리면 김정기가 눈치채고 뛰어나올지도 모르는데. 꽃순이는 몰라도 우리는 잡힐 수도 있잖아.”

“당연히 위험하고 걸릴 확률도 높지. 그래도 어떡해. 방법이 없는데. 그럼 여기서 그냥 돌아가?”

여기까지 말하고, 이양은 반창고가 붙은 팔꿈치를 빤히 바라보았다. 그러다 결심한 듯 고개를 들고 말을 이었다.

"잡힌다고 해도 죽지는 않을 거야. 김정기도 겉으로는 멀쩡한 기업 임원인데, 설마 자기 집 차고에서 사람을 죽이기야 하겠어? 끽해야 좀 때리거나 경찰에 넘기는 정도겠지. 맞으면 치료받으면 되고, 경찰한테는 내가 어떻게 변명해 볼 수 있을 것 같아. 루미놀 실험 때 썼던 시나리오를 살짝 응용하면 돼. 강아지가 실수로 차고에 들어갔는데, 걱정된 마음에 쫓아 들어갔다던가. 영상은…… 그래. 버튼이 눌려서 우연히 찍혔다고 하면 되지 뭐."

랩이라도 하듯 숨도 안 쉬고 말하는 그 애 얼굴을, 나는 빤히 바라보았다. 얘만큼 머리가 좋지 않은 나지만, 지금 이 계획이 루미놀 실험이랑 비교할 수 없이 위험하다는 것 정도는 알 수 있었다. 김영감네 약국은 빈집이었지만, 김정기에 집에는 엄연히 주인이 살고 있다. 게다가 그 주인은 아무렇지 않게 폭력을 휘두르는 사이코패스 살인마였다.

무섭지 않았다면 거짓말이다. 그러나 이양의 말처럼, 다른 방법은 떠올릴 수 없었다.

"그래."

내가 무겁게 말했다.

"한번 해 보자."

왈, 하고 꽃순이도 나직이 짖었다.

잠시 후, 다 같이 수정한 작전이 완성되었다. 1단계. 김정기가 돌아오면 꽃순이가 차 밑으로 따라 들어간다. 2단계. 놈이 집 안으로 들어가면 꽃순이가 안에서 문을 열어 준다. 3단계. 나와 이양이 들어가서 꽃순이를 잡는 척 돌아다니며 영상을 찍고 도망친다.

"굳이 같이 들어가는 게 좋겠어?"

내가 이양에게 물었다.

"나 혼자 들어가서 찍고 나오는 게……."

"아니야."

이양이 단호하게 대답했다.

"안쪽에서 망 볼 사람도 필요하고, 혹시 걸리더라도 흩어져서 도망쳐야 주의가 분산되지."

"망이라. 흠, 그것도 그렇네."

고민하던 나는, 결국 그 애의 말에 동의했다.

"좋아. 그 대신 조건이 있어."

"뭔데?"

이양이 물었다.

"망은 내가 볼게. 넌 꽃순이랑 영상 찍어. 그리고."

주먹을 꾹 쥐며 나는 말을 이었다.

"만에 하나라도 현장에서 잡히면, 내가 김정기를 붙잡아서 시간을 끌 거야. 이양이 넌 영상을 들고 바로 경찰서로 가."

"어떻게 그러냐? 다 같이 도망가야지."

이양이 받아쳤다.

"흩어져서 도망치자니까? 그랬다가 정해진 장소에서 다시 만나면 되잖아. 아까 빵 샀던 편의점 같은 데 어때?"

"아니. 그럼 안 돼."

나는 단호하게 대답했다.

"그놈은, 김정기는 체격도 좋고 힘도 세. 재무 담당 임원이라는 거 보면 머리도 잘 돌아가겠지. 만약 내가 그놈이라면, 우리가 흩어져서 도망쳐도 무조건 네 쪽을 쫓아갈 거야. 그럼 10미터도 못 가고 잡혀. 너 한번 밀쳐진 것 갖고 팔꿈치며 무릎이며 다 깨졌는데, 열 받은 그놈이 손찌검이라도 하면 그 자리에서 뼈 부러질걸."

"그, 그래도."

이양이 말을 흐렸다. 똑똑한 애답게 내 말을 알아들은 것이다. 그게 맞다는 것도 이해했고. 하지만 여전히 망설이는 그 애에게, 나는 낼 수 있는 가장 밝은 목소리로 말했다.

"네가 그랬잖아. 김정기도 자기네 집 차고에서 사람 죽이진 못할 거라고. 내가 그놈 다리든 어디든 붙잡고 매달릴 테니까, 너는 뒤돌아보지 말고 뛰어."

"알겠어. 그렇게 하자."

이양이 결심한 듯 말했다.

"우리 진짜, 이번에 김정기 잡자. 이번이 마지막 기회다 생각하고. 아니, 실제로 마지막 기회니까, 그러니까 절대 놓치지 말고 김영감님 원수 꼭 갚자."

"당연히 그래야지."

내 말에 꽃순이도 왈, 하고 힘차게 짖었다.

그 소리를 신호로, 잠복이 시작되었다.

15

해가 지고 골목에 가로등이 켜졌다. 우리는 차고 문이 보이는 골목 구석에 몸을 숨긴 채 빵을 먹으며 기다렸다.

"오늘 안 돌아오는 거 아니야?"

생각보다 길어지는 외출에, 불안해진 내가 말했다.

"난 내일까지도 기다릴 각오 하고 있어."

이양이 대답했다.

"어쨌든 출근도 해야 하는 사람이니까, 주말 안에는 들어오겠지. 만약 밤샘을 하게 된다면 교대로 눈 붙이자."

골목 끝에 그놈의 차가 나타난 것은 밤 11시가 다 되어서였다. 나는 꽃순이에게 백 번쯤 반복한 작전을 빠르게 말했다.

"김정기가 집 안으로 확실히 들어간 뒤에 문 열어 줘."

왈, 조용히 짖은 뒤, 꽃순이는 출발 준비 자세를 취했다.

잠시 후 차가 차고 앞에 섰다. 셔터가 천천히 올라가고, 검은색 SUV의 커다란 바퀴가 느릿느릿 굴러가기 시작했다. 도도도, 작은 강아지가 날렵하게 뛰어 차량 밑으로 사라졌다. 잠시 후 차가 완전히 들어가고 셔터가 닫혔다.

"괜찮겠지?"

내 물음에 이양은 대답하지 않았다. 나도 딱히 대답을 바라고 던진 질문은 아니었다. 우리는 말없이 침을 삼키며 닫힌 셔터만 뚫어지게 쳐다보았다.

숨 막히는 몇 분이 지났다. 드디어 셔터가 움직이기 시작했고, 잠시 후에는 사람이 들어갈 수 있을 만큼 틈이 생겼다.

"지금이야."

내가 속삭이며 뛰어 들어갔다. 이양도 휴대폰을 쥐고 뒤를 따랐다. 우리가 들어가자마자 센서 등이 확 켜졌다. 갑자기 눈을 때린 밝은 빛에 잠시 비틀거렸지만, 나는 아까 봐 뒀던 안쪽 철문으로 곧장 달렸다. 이양은 꽃순이와 그림 위치를 확인한 뒤, 강아지를 쫓아가는 척 차고 안을 빙 둘러 찍었다.

"됐어, 이 정도면 충분해. 나가자."

이양이 말했다.

"좋아."

내가 대답했다. 철문이 벌컥 열린 것은 그때였다.

"걸렸다! 튀어!"

문 쪽으로 몸을 던지며 내가 외쳤다. 차고 밖으로 달려가는 이양의 뒷모습을 확인하고, 나는 안에서 나온 남자의 허리를 잡고 매달렸다. 하지만 소용없었다. 그는 혼자가 아니었다.

"하나 더 있어! 잡아!"

내게 잡힌 남자가 외쳤다. 그 소리에 문 뒤에서 또 다른 남자가 나오더니 차고 밖으로 총알처럼 뛰어나갔다. 이양이 붙잡혀 돌아오기까지는 1분도 걸리지 않았다. 꽃무늬 셔츠를 입은 남자의 건장한 어깨 위에, 이양은 대롱대롱 매달려 있었다. 의식이 없어 보였다. 이양을 받쳐 든 남자의 손에는 그 애의 전기 충격기가 들려 있었다.

"이년이 귀여운 물건을 휘두르더라고. 큭큭."

꽃무늬 셔츠가 말했다.

"빳어서 맛 좀 보여 줬지. 웬 개새끼도 한 마리 있었는데, 그건 놓쳤어."

"안이양! 괜찮아?"

이양의 길쭉한 목에 생긴 피멍을 보며 내가 몸부림쳤다. 하지만 양팔이 뒤에서 붙잡혀 힘을 쓸 수 없었다.

"개까지 신경 쓸 건 없지. 우리도 곧 나갈 거야."

나를 붙잡은 남자가 팔을 꺾으며 말했다.

"움직이지 마라 꼬마야. 다친다."

"으악!"

밀려오는 고통에 소리를 지르며, 나는 문 안으로 끌려 들어갔다.

복도를 지나 끌려간 곳은 넓은 거실이었다. 그곳은 낮에 갔던 김현호의 집과 완전히 달랐다. 빨간색, 노란색, 파란색. 사방에 선명한 색깔의 가구와 물건들이 가득했다. 그 가운데 김정기가 있었다. 인테리어만큼 얼룩덜룩해진 얼굴로, 바닥에 무릎을 꿇고 양손이 뒤에서 묶인 채.

그놈의 앞에 놓인 새빨간 소파에는 처음 보는 남자가 앉아 있었다. 검은색 줄무늬 양복에 파란 넥타이를 맨 그는, 우리를 잡아온 사람들을 향해 말했다.

"뭐야, 꼬마들이야?"

"네, 사장님. 어떻게 할까요?"

이양을 떠메고 온 꽃무늬 셔츠가 물었다.

"묶어서 한쪽에 던져 놓고, 일단 입부터 막아."

사장님이라고 불린 남자가 말했다.

"애새끼들 앵앵거리는 거 딱 질색이니까."

"악! 살려 주세, 읍, 읍."

입에 청테이프가 붙고, 곧바로 손과 발에도 테이프가 둘둘 감겼다. 놈들은 의식을 잃은 이양의 몸까지 꽁꽁 동여맸다.

무서웠다. 살면서 처음 느껴 보는 공포였다. 지익, 소름 끼치게 울려 퍼지는 테이프 소리를 들으며, 나는 살아서 나갈 방법을 필사적으로 생각했다. 하지만 묶인 상태에서 건장한 어른 남자 세 명을 따돌리고 도망칠 방법은 아무리 봐도 없었다.

'꽃순이는 무사히 도망쳤잖아.'

나는 절박하게 생각했다.

'그 애가 어떻게 해 줄 수 없을까? 문자로 누군가한테 도움을……. 아, 지금 걔한테 폰이 없잖아. 젠장, 그거 말고 어떻게 빠져나가거나 도움 청할 방법 없나? 어떡하지? 어떡하지? 어떡하지?'

그러는 사이, 나와 이양의 몸은 옴짝달싹할 수 없이 묶여 버렸다.

"자, 사소한 소동을 처리했으니, 우리 대화를 마무리할까?"

소파에 앉은 남자가 김정기 쪽으로 고개를 돌리며 말했다.

"홍 사장, 왜 이래 정말."

김정기가 땅바닥에 머리를 대고 엎드렸다.

"며칠만, 응? 딱 며칠만 봐 줘. 그림 팔면 다 갚을 수 있다니까. 손바닥만 한 스케치랑 소품 몇 점만으로도 이자 싹 털었잖아. 저 사이즈 유화면 아무리 낮게 쳐도 50억이야."

"싹 털긴 뭘 털어. 그게 언제 적 이자인데."

홍 사장이 빙글빙글 웃으며 말했다.

"복리로 계속 붙는 거 몰라? 그사이에 갚은 만큼 다시 늘어났어. 그리고 현금 이자만 생각하면 안 되지. 너 그 영감탱이 작업하라고 우리가 대준 약이랑 대포폰, 대포차, 그것도 전부 비용으로 처리해야지. 약에 5천, 폰에 5천, 차에 1억, 합이 2억."

"그게 무슨, 말도 안 되는……."

김정기가 울먹였다.

"도박쟁이들은 이게 문제야."

홍 사장이 자리에서 일어나며 말했다.

"빌릴 때는 당당하고 갚을 때는 비굴해. 모범 시민이라면 말이야, 그 반대여야 정상인 거거든."

그가 구두 신은 발로 김정기의 머리를 밟았다.

"아악!"

고통에 찬 비명이 터져 나왔다. 하지만 홍 사장은 눈 하나 깜짝하지 않았다.

"그리고 네가 착각하는 게 있는데."

쿨럭대는 김정기의 목을 지근지근 밟으며, 그가 말을 이어갔다.

"우리, 여기 그림 가지러 온 거야. 직접 가져가서 팔면 되는 걸, 네가 팔아서 돈 싸들고 올 때까지 기다릴 이유가 없잖아? 성태야."

홍 사장의 부름에, 나를 끌고 와 묶은 남자가 대답했다.

"네, 사장님."

"오늘 자로 김 전무 채무가 총 얼마지? 원금, 이자, 작업비 싹 합쳐서."

"확인해 보겠습니다."

성태라고 불린 남자는 뱀이 그려진 초록색 셔츠 윗주머니에서 휴대폰을 꺼내 두드리더니 대답했다.

"54억 8,250만 6,926원입니다."

"그래. 100만 이하는 절사해 주고, 그래도 54억 8천이라."

홍 사장이 말했다.

"그럼 받아도 우리가 손해네. 근데 김 전무, 이제는 더 갚을 재주도 없잖아? 회삿돈도 끌어 쓸 수 있는 만큼 쓰고, 집이랑 차도 경매 들어갈 거고, 부모님도 우려낼 만큼 우려냈고, 그림 대 준 큰아버지도 좋은 데 가셨고. 그럼 어떻게 해야 할까?"

"갚을게. 무슨 짓을 해서라도 갚을게."

김정기가 짓이겨진 얼굴을 들며 말했다. 눈물과 피가 섞여 턱으로 흘러내렸다.

"며칠만, 아니, 하루만 기다려 줘. 홍 사장, 제발."

"미안하지만 우리 바로네트워크는 김 전무 상환 능력이 끝났다고 판단했어."

홍 사장이 주머니에 손을 넣으며 태연하게 말했다.

"이럴 땐 하루라도 빨리 받을 거 받고 손절하는 게 답이거든. 재무 전문가니까, 김 전무도 잘 알지? 그림으로 50억 갚고, 나머지는 몸으로 갚아. 성태야."

"네, 사장님."

"오늘 기준으로 장기 시세 어떻게 되지? 눈이랑 간, 심장, 신장, 싹 뽑으면 4억 8천 나오나?"

"택도 없습니다."

"어휴, 손해가 막심하네. 선량하게 사업하면 꼭 이렇게 피해를 본다니까."

홍 사장이 주머니에서 손을 빼더니, 천천히 몸을 돌려 나와 이양을 바라보았다. 그 신이 난 표정에 나는 피가 얼어붙는 것 같았다.

"저 애들까지 해서 아쉬운 대로 퉁쳐 줄게. 얘들아, 너희 아직 술 담배 안 하지?"

그는 킬킬거리며 웃음을 터뜨렸다.

"아, 입이 막혀서 대답을 못 하나? 괜찮아. 엑스레이 찍어 보면 다 나와."

갑자기 그가 웃음을 뚝 그쳤다. 소름 끼치게 침착한 목소리로, 그가 뒷짐을 진 채 서 있던 부하들을 불렀다.

"성태야."

"네, 사장님."

"애들이랑 김 전무 차에 실어라. 현민아, 너는 그림 챙기고."

"네!"

남자들이 대답했다.

"빨리 움직이자. 그림이 뒷좌석, 애들은 트렁크야."

뱀 티셔츠가 우리에게 다가왔다. 꽃무늬 셔츠는 차고 쪽으로 멀어졌다.

공포에 질려 머리가 하얘졌다. 누가 도와줘, 제발. 꽃순아, 도와줘.

우악스러운 손아귀가 배 밑으로 쑥 들어왔다. 몸이 공중에 붕 떴다. 이양 역시 묶인 다리를 대롱거리며 들려 올라갔다. 김정기의 울부짖음 사이로 홍 사장의 목소리가 들렸다.

"애들은 김 전무 집에 왔다가 김 전무 차 타고 실종된 거야. 같이 잘 가라고."

눈앞으로 복도와 차고로 이어지는 문이 빠르게 지나갔다. 활짝 열린 트렁크가 보였다. 곧바로 내 몸이 던져지고, 그 위로 이양이 포개졌다. 탁, 하고 문이 닫혔다.

"읍, 읍."

어둠 속에서 이양을 깨우려고 몸을 꿈틀거렸다. 그러나 소용없었다. 차가 움직이기 시작했다.

등 밑에서 바퀴가 굴러가는 느낌이 나다가 잠시 후 스륵, 하며 멈췄다. 차고 셔터가 열리길 기다리는 것 같았다. 그 문을 넘어서면, 이제 끝장이겠지.

김 영감이 떠올랐다. 엄마, 아빠, 꽃순이, 학교 친구들, 선생님, 이장 아저씨, 마을 사람들 얼굴도 차례로 스쳤다. 눈물이 줄줄 흘렀다. 콧물 때문에 코가 막혀서 어지러웠다. 입으로 숨을 쉬기 위해 뻐끔거렸지만 공기가 들어오지 않았다.

어둡고, 답답하고, 숨이 막혔다. 반쯤 풀린 이양의 머리카락이 얼굴을 덮었다. 조금이라도 움직이고 소리를 내서 어떻게든 그 아이를 깨워 보려다, 나는 생각을 바꿨다. 어차피 지금 눈을 떠 봤자 달라질 것도 없다. 탈출은커녕 대화도 불가능하니까. 그럴 바엔 차라리, 그냥 이렇게 의식을 잃은 채로 가는 편이 나을 것이다. 아프지라도 않게, 무섭지라도 않게.

'하느님, 부처님, 최대한 빠르게, 덜 아프게 해 주세요. 김 영감, 제발 부탁해.'

이제 내가 할 수 있는 기도는 이것밖에 없었다.

또다시 덜컹, 하는 소리가 났다. 이번에는 차 바닥이 아니라 뒤편이었다. 그쪽에서 한 줄기 빛이 들어왔다. 빛은 점점 넓어지더니, 이윽고 동그랗고 쪼글쪼글한 강아지 얼굴이 보였다.

'꽃순이? 꿈인가?'

스르륵, 소리와 함께 시야가 계속 넓어졌다. 나는 깨달았다. 트렁크 문이 열리고 있다는 걸. 그 너머로 퍼그를 안은 커다란 손이 보이고, 회색 티셔츠가 보이고, 굵고 단단한 목을 지나 사람 얼굴이 보였다. 김현호였다.

"세상에, 연재야! 괜찮니?"

내 쪽으로 허둥지둥 손을 뻗으며 김현호가 물었다. 그 품에서 빠져나온 꽃순이도 트렁크로 뛰어 들어왔다.

"여기 트렁크에 애들이 있어요! 테이프로 묶여 있어! 칼이나 가위! 빨리요!"

김현호가 차 앞쪽을 향해 외쳤다.

잠시 후 경찰들이 달려왔다. 조심스러운 손길이 입에 붙은 청테이프를 떼어 냈다. 팔과 다리에 감긴 테이프도 하나하나 잘려 나갔다.

나는 천천히 트렁크 밖으로 걸어 나왔다. 밝은 불빛에 눈을 찌푸리며, 나는 주위를 둘러보았다. 우리는 여전히 차고 안에 있었다. 내가 실려 있던 김정기의 SUV는 문밖으로 반쯤 나가다 말고 멈춘 상태였다. 차 앞에는 사이렌을 끈 경찰차가 서 있었다. 뒤쪽으로 또 다른 경찰차가 보였고, 양쪽에서 경찰 마크를 단 차들이 계속 들어왔다. 자세히 보니 SUV를 막고 선 경찰차 안에 김정기가 타고 있었다. 옆에 홍 사장 얼굴도 보였다.

"어떻게 된 거예요?"

떨리는 목소리로 내가 물었다.

"이양이가 보낸 문자를 받고 달려왔지."

김현호가 말했다.

"오면서 경찰에 신고도 했다. 나한테 연락하길 정말 잘했어. 집이 가까워서 바로 올 수 있었으니까. 무섭고 정신도 없었을 텐데, 아주 침착하게 잘 대응했더구나. 이장님께 내 번호를 받았던 모양이지?"

나는 쓰러진 이양을 보고, 그 옆에 있는 꽃순이를 보았다. 꽃순이는 포박이 풀린 채 트렁크에 쓰러져 있는 이양의 얼굴을 열심히 핥고 있었다.

"곧 구급차도 도착할 거야. 이양이도 쇼크로 기절한 것 같아. 생명에 지장은 없을 테니 걱정 말아라."

김현호가 내 어깨를 토닥이며 말했다.

"선생님! 이것 좀 확인 부탁드립니다."

저쪽에서 경찰관이 외쳤다. '선생님'은 김현호를 말하는 것 같았다. 그는 내게 잠시 기다리라고 말한 뒤 경찰 쪽으로 걸어갔다.

그 모습을 보던 나는 천천히 꽃순이에게 다가갔다.

"대표님이 받은 문자. 네가 보낸 거야?"

내가 조용히 물었다.

왈! 그렇다고 대답하며, 꽃순이는 트렁크에서 뛰어나와 차고 바깥으로 달려 나갔다. 나는 이쪽을 보는 사람이 없는지 슬쩍 둘러보고 그 뒤를 따랐다. 강아지가 향한 곳은 김정기의 집과 옆집 담벼락 사이에 있는 작은 틈이었다. 사람은 못 들어갈 정도로 좁은 그 틈으로 쏙 들어가더니, 꽃순이는 잠시 후 휴대폰 하나를 밀면서 나왔다. 익숙한 안이양의 폰이었다.

나는 폰을 집어서 메시지 앱을 켰다. 보낸 메시지 함에는 꽃순이가 발송한 문자가 저장되어 있었다.

- 안이양입니다. 김정기 집에 납치 감금. 위급. 경찰 신고. 도와주세요.

상대방 번호는 저장되어 있지 않았다.

"여기 받는 사람 번호……. 이거 김현호 대표님 휴대폰이야?"

왈, 꽃순이가 대답했다.

"어떻게 알았어? 나도 몰랐던 건데."

꽃순이는 대답 대신 어깨를 으쓱하며 뒤를 돌아보았다. '지금은 보는 눈이 많잖아. 나중에 설명해 줄게.'라고 말하듯이.

나는 바닥에 무릎을 꿇고 꽃순이를 안았다. 자꾸만 눈물이 나왔다.

"고마워, 꽃순아. 정말 고마워."

바깥에서 사이렌 소리가 들렸다. 잠옷 바지를 입고 운동화를 신은 김현호의 발이 성큼성큼 다가왔다.

"찾았잖니, 연재야."

김현호가 말했다.

"구급차 왔다. 너도 이양이랑 같이 병원에 가는 게 좋겠어. 큰 상처가 없더라도 정신적 충격이 상당할 테니까. 입원 수속이랑 부모님 연락은 다 내가 알아서 하마."

"저 차고 안에 그림이 있는데요."

내가 꽃순이를 안고 일어나며 말했다.

"그거 김 영감, 아니 대표님 아버님 물건이에요. 그게 김 영감, 아니 아버님, 아오, 헷갈리니까 지금만 그냥 김 영감이라고 할게요. 김 영감 친구가 그린 그림인데, 안이양 말로는 몇십억 짜리라고 하더라고요."

김현호가 눈을 크게 떴다.

"아버지 그림이라니. 네가 그걸 어떻게……."

당황한 듯 중얼거렸지만, 그는 곧 침착한 표정으로 내게 말했다.

"알았다. 그 부분은 내가 따로 확인해 보마. 너는 일단 병원에 가서 치료에 집중해. 꽃순이는 걱정하지 말고. 아저씨가 데리고 가서 잘 돌보고 있으마."

구급대원 누나의 부축을 받으며, 나는 구급차에 올라탔다. 이양은 들것에 실려 누워 있었다. 차 뒤쪽으로 강아지를 안고 선 김현호와 경찰들이 보였다. 탁, 하고 문이 닫혔다.

"꽃순이가 김 대표님한테 문자를 보냈다고?"

환자복을 입고 침대에 누운 이양이 말했다.

"거기까진 나도 생각 못 했는데. 경찰에 신고하거나 우리 엄마한테 연락할 줄 알았어."

"일단 거기서 폰을 던진 게 신의 한 수였어."

같은 환자복을 입고 침대에 걸터앉아 내가 말했다.

"어떻게 그런 생각을 했냐? 그 짧은 순간에."

"네가 그랬잖아."

이양이 차분하게 대답했다.

"나는 도망쳐도 곧바로 잡힐 거라고. 뒤에서 누가 쫓아오는 걸 느끼자마자 일단 폰부터 골목 틈으로 던졌지. 부디 꽃순이가 찾아서 뭔가 해 주길 바라면서."

"그러고 전기 충격기를 꺼낸 거야?"

"응. 저항하는 것보단 차라리 먼저 공격하는 게 나을 것 같아서."

"대단하다, 진짜. 겁이라는 게 없냐, 너는?"

"겁이 없는 게 아니라, 최선의 전략을 택한 거지."

이양이 말했다.

"뭐, 먹히진 않았지만. 앞으론 더 조심해야 한다는 것도 배웠어."

잠깐 시무룩한 표정을 짓더니, 이양은 말을 돌리려는 듯 물었다.

"근데 꽃순이는 김 대표님 번호를 어떻게 알았대? 우리도 몰랐던 건데."

"아, 그건. 그것도 진짜 대단한데 말이야. 이장 아저씨가 우리 앞에서 대표님이랑 통화한 적 있었잖아. 만날 약속 잡던 날. 그때 화면에 뜬 번호를 슬쩍 보고 바로 외웠대. 아침에 대표님이 꽃순이 데리고 면회 오셨거든? 그때 화장실 가는 척 데리고 나가서 들었어."

"역시 천재견은 다르구나."

이양이 희미하게 웃으며 말했다.

"아쉽다. 조금만 일찍 깨어났으면 나도 들었을 텐데."

"그러게 말이야. 엄청난 이야기들이 많았는데. 대표님이 해 주신 말씀도 장난 아니었어. 그분이 그러시는데, 이미 김정기의 죄를 몇 개는 알고 계셨대. 횡령도 의심 중이었고, 김 영감 그림 훔친 것도 눈치채고 계셨다는 거야. 그래서 네 번호로 온 문자 한 통에 그렇게 바로 움직일 수 있었던 거지."

"그림 훔친 걸 알고 계셨다고?"

이양이 놀란 표정으로 물었다.

"어떻게?"

"나도 몰랐는데, 김 영감이 기천우 화백 작품을 여러 개 갖고 있었대. 큰 작품은 벽에 걸렸던 거 하나지만, 스케치랑, 무슨 소품인가? 암튼 작은 그림은 몇 개 더 있었나 봐. 김 영감은 병을 알고 난 뒤에, 자기가 떠나면 그걸 다 기증하겠다고 서울에 있는 미술관이랑 약속을 했었대. 미술관 쪽에서는 장례식 후에 아들한테 연락했고."

"근데 그림이 없어졌던 거구나?"

이양이 물었다.

"맞아."

내가 대답했다.

"사람을 보내서 김 영감 집을 다 찾아 봤는데 한 점도 없었대. 이상하게 생각한 대표님이 미술품 시장을 확인했고, 김정기가 그걸 팔고 다녔다는 사실을 알아낸 거지. 도박 빚을 갚으려고 그랬다나 봐. 회삿돈에도 손을 대고, 자기 부모님 돈도 전부 갖다 썼대. 그러다 큰아버지 병이랑 그림 이야기를 듣고 나쁜 마음을 먹은 것 같아."

"김정기 그놈은 정말……. 캐도 캐도 죄가 끝없이 나오는구나."

이양이 베개에 묻힌 고개를 절레절레 저었다.

"그러니까 말이야. 그놈이 살인범인 것 같다는 말씀은 아직 못 드렸는데, 그건 네가 회복하고 나서 같이하는 게 좋을 것 같아. 나는 꽃순이가 목격자라는 부분을 빼고 어떻게 말이 되게 얘기할지 감이 안 잡히더라고."

"잘했어."

이양이 고개를 끄덕이며 말했다.

"그런 시나리오는 내가 기가 막히게 짜지."

"기회는 많을 거야. 이제는 연락처도 알고, 시간 나면 또 면회 오신다고 했거든. 아참, 우리 부모님이랑 너희 어머니도 지금 올라오고 계신대."

말을 마친 나는 커다란 소파와 가구가 놓인 널찍한 병실을 쭉 둘러보았다.

"근데 여기 진짜 끝내주지 않냐? 대학 병원 특실이라니, 이런 데는 영화에서나 봤는데."

쿡쿡 웃더니 이양이 밝게 대답했다.

"우리가 했던 모험에 비하면 이 정도는 영화 축에도 못 끼지."

에필로그

편지가 도착한 것은 퇴원해서 집으로 돌아오고 사흘이 지났을 때였다.

"연재야, 편지 왔다! 김현호 대표님이 보내신 거야."

엄마는 내게 하얗고 길쭉한 봉투를 건네주었다.

"편지라고? 문자나 메일도 아니고?"

내가 얼떨떨하게 말했다.

받는 사람 칸에는 우리 집 주소와 함께 '장연재, 안이양, 김꽃순'이라는 글자가 깔끔한 글씨체로 쓰여 있었다. 부모님이 대놓고 내용을 궁금해했지만, 나는 먼저 우리끼리 읽고 싶다고 말하며 꽃순이를 데리고 집을 나섰다.

이양의 어머니는 우리를 반갑게 맞아 주셨다. 우리는 이양과 함께 방으로 들어가서 가위로 봉투를 자르고 안에 있는 종이를 꺼냈다. 두툼한 흰색 편지지에는 봉투에 쓰인 것과 같은 글씨체로 긴 글이 쓰여 있었다. 우리 셋은 머리를 맞대고 바닥에 엎드려 편지를 읽었다.

연재와 이양, 그리고 분명히 함께 있을 꽃순이에게.

집으로 돌아가 잘들 지내고 있니? 내려간 지 얼마 되지도 않았는데, 벌써 너희가 보고 싶구나. 메일을 보낼 수도 있었겠지만, 아무래도 아저씨는 옛날 사람이라 손으로 쓴 글이 마음을 잘 전하는 것 같아 이렇게 펜을 들었다.

다른 무엇보다도 고맙다는 말을 하고 싶구나. 불효자인 내가 저버린 아버지를 살뜰하게 챙겨 드려서, 마지막까지 웃음을 선물해 드려서 정말 고맙다. 너희가 없었다면 삶의 보람도 없었을 거고, 말년에 내게 연락하지도 못했을 거라고 아버지는 말씀하셨어.

너희가 가져온 유품과 편지가 가짜라는 걸 알았을 땐 조금 황당했지만, 그래도 전혀 기분이 나쁘진 않았다. 그때도 잠깐 얘기했지만, 아버지의 진짜 유산은 물건이 아니라 너희의 존재라고 생각했으니까. 그걸 들고 나를 찾아와 줘 고맙다. 편지를 읽으며 울던 그때, 나는 그 방에 아버지가 함께 계셨다고 생각해.

그날 이야기가 나온 김에, 무거운 소식도 함께 알려 줘야겠구나. 아버지의 사인과 관련해 너희가 들려줬던 추측들은 진실로 확인됐어. 오늘 아침 경찰에서 연락을 받았다. 아직 공식적으로 발표되진 않았지만, 경찰 측에서는 김정기를 살인 용의자로 특정하고 재수사를 시작했어. 관련된 모든 죄를 낱낱이 밝혀 죗값을 치르도록 나 역시 지원을 아끼지 않을 생각이다.

가족이라는 핑계에 눈에 흐려져, 그놈의 죄를 꿰뚫어 보지 못한 내가 부끄럽다. 정기의 과오들을 몇 개나 눈치챘으면서도, 그저 그놈이 돈 관리를 못하고 손버릇이 나쁘다는 정도로만 생각했어. 살인자인 줄 알았다면 절대로 그 집에 너희를 보내지 않았을 거다. 진실을 알려 줘 고마운 마음 이상으로, 너희에게 미안한 마음이 커. 이 글을 빌려 머리 숙여 사과하마.

자, 말로만 감사와 사과를 전하는 건 도리가 아니니, 이제 그만 보상 이야기를 해 볼까? 너희가 목숨을 걸고 내게 준, 말로 다 표현할 수 없는 큰 선물에 대해 나 역시 부족하게나마 보답을 하고 싶구나.

먼저 꽃순이에게(이 부분은 두 사람이 챙겨 주렴).

서울의 우리 집에 꽃순이를 위한 방을 마련해 두었다. 최고급 장난감과 강아지용 놀이기구, 간식이 떨어지지 않게 할 거야. 내가 있을 때든 없을 때든 언제든 놀러 와도 좋다. 그 외에도 꽃순이가 건강하고 행복하게 지내는 데 필요한 것들이 있다면 주저 없이 연락 주렴. 돈이든 물건이든 인력이든, 지체 없이 전달될 거야. 멀리서나마 이렇게라도 꽃순이의 보호자로서 역할을 다하고 싶구나.

다음으로 이양에게.

네 멋진 꿈을 펼칠 수 있도록 응원해 주고 싶다. 에이치스토리는 재능 있는 학생들을 지원하는 사회 공헌 사업을 하고 있어. 학비 지원은 물론이고 생활비까지 지원되는 교육 프로그램이 두루 갖춰져 있지. 사회 공헌 팀 담당자에게 따로 연락하라고 전해 둘 테니, 양식에 맞춰 신청서를 작성해서 보내 주렴. 얼마가 들든, 얼마가 걸리든, 네가 원하는 이론과 기술을 모두 배울 수 있게 해 줄 생각이다. 그렇게 해서 언젠가 너의 오리지널 작품이 완성된다면, 영화화와 드라마화 제작 후보로 우리 회사를 고려해 주겠니?

마지막으로 연재에게.

너는 아직 미래에 대해 이양이만큼 구체적인 계획을 세우고 있지 않은 것 같아 어떻게 해 줄 수 있을지 조금 더 고민이 되었다. 우선 꿈을 찾는 네 여정을 응원해 주고 싶구나. 동물과 함께하는 일이라는 윤곽까지는 잡혔으니, 그 길목에서 내가 도울 수 있는 부분이 있다면 물심양면으로 지원하마. 꿈에 대한 부분은 일단 이렇게 하고, 당장의 보답은 비용적인 부분으로 시작하는 게 어떨까? 상속세도 있고, 관리에 들어가는 비용도 있을 테니 말이다. 내 경험상, 그 정도의 물건이라면 대여를 통해 수입을 올릴 수도 있을 거다. 그런 부분들은 내가 전문가를 붙여서 처리해 주마.

ps. 이 편지와 함께 아버지의 유언장 사본을 동봉하니, 이양이와 함께 읽어 보렴.

앗, 놓칠 뻔했구나. 유언장은 너희가 찾아 준 그림 액자 뒤에 숨겨져 있었어. 아버지의 마지막 목소리를 되찾아 준 것도 정말 고맙다.

20XX년 9월 2일. 서울에서 김현호 삼촌이.

유언장

나, 유언자 김기문은 사후의 유산 처분에 대해 다음과 같이 유언한다.

(1) 충청북도 청원군 운랑리 OO길 약국과 주택이 포함된 2층 건물 및 부속 토지는 아들 김현호에게 상속한다.

(2) 이한은행 OOO-OO-OOOOO 계좌의 현금 자산은 2,000만 원을 제하고 청원복지재단에 기부한다. 단, 세금 납부와 자산 처분에 필요한 비용은 예외로 한다.

(3) 위에서 제한 현금 2,000만 원은 다음 사람에게 각각 절반씩 상속한다.

- 장연재: 20XX년 12월 28일생 / 청원군 운랑리 OO길 다가구주택 1층 2호 거주

- 안이양: 20XX년 11월 11일생 / 청원군 운랑리 OO길 운랑빌라 302호 거주

(4) 기천우 화백의 목탄화 4점, 연필 스케치 7점, 소품 액자 3점은 서울 정도미술관에 기증한다.

(5) 지금 이 유언장이 끼워진 작품, 기 화백이 생전에 선물한 <색의 찬미 VII: 인연의 타래>는 나의 반려견 꽃순이에게 상속한다. 본인의 사후 꽃순이를 거둬 주는 사람에게 그림의 소유권과 처분권을 일임한다.

20XX년 7월 15일 유언자 김기문 (인)

작가의 말

『숨진 김 영감네 개가 수상하다』는 사람보다 똑똑한 강아지가 등장하는 판타지 소설입니다. 영재 소녀 안이양에 자수성가 재벌 김현호, 비밀로 가득한 시골 약사 김 영감, 여기에 (자신은 모르지만) 선한 에너지로 주변을 변화시키는 장연재까지. 모든 주인공이 크고 작은 판타지 요소를 지니고 있죠.

하지만 소설적인 과장을 조금 걷어 내고 보면, 이들은 우리 삶 속에서 얼마든지 볼 수 있는 캐릭터예요. 얼핏 보기엔 평범하지만, 내면에 저마다의 사연과 드라마를 품고 있는 존재들이요. 겉으로 드러나는 요소 몇 가지로 상대를 단순하게 분류해 버리는 세상 속에서, 모두가 지닌 복잡성과 가능성을 보여 주고 싶어 이 소설을 썼습니다.

실제로 제게 이 이야기는 상당 부분 현실이에요. 일단 모델들이 대부분 주변 인물이거든요. 꽃순이는 초등학생 때부터 친하게 지냈던 친구의 반려견입니다. 연재는 이제 갓 돌을 지난 조카의 본명이에요. 김 영감의 외모와 성격은 친할아버지에게서, 이름과 직업은 돌아가신 이모부에게서 빌려 왔습니다. 김현호는 사촌 동생들의 이름과 성격을 조합해서 탄생시킨 캐릭터고요. 안이양의 모델은, 쑥스럽지만 저예요. 물론 지능 부분은 아니지만요. 항상 책에 파묻혀 살며 엉뚱한 질문을 던져서 유별나다는 소리를 들었던, 하지만 어느 순간부터는 '모나지 않은 사람'이 되기 위해 그런 모습을 억누르려고 애썼던 제 학창시절을 떠올리며 썼습니다.

제게 소설적 상상력이라는 게 있다면, 그건 모두 어릴 때 매달려 놀았던 할아버지의 등과 베고 누웠던 할머니의 무릎에서 나왔어요. 그리하여 『숨진 김 영감네 개가 수상하다』가 세상에 나올 수 있었습니다. 이러한 판타지를 가능하게 해 주신 제 삶의 두 영웅, 우리 할아버지(서종흔 님) 할머니(김광례 님)께 이 책을 바칩니다.

2024년 봄

서메리